무제;
그토록 찬란한

무제;

케 이 장 편 소 설

프롤로그

 내가 당신을 만난 것은 아마 열일곱 6월이었어요.
 당신은, 불행과 비운의 착종 상태에 빠진 나를 기꺼이 구원해 주었죠. 아마 그때부터였을까요? 당신이 향하는 곳 어디든지 나의 시선이 따라갔고, 또 당신이 마음 두는 곳에 별안간 나조차 관심을 두기 시작했던 것 같아요.
 그런데, 당신은 지금 어디 있죠?

 내가 널 꼭 지켜줄게, 라고 한 치의 슬픈 표정 없이 웃으며 말하던 당신을 난 기억해요. 어차피 우리 둘 다 죽을 운명임을 알고 있지만 그럼에도 더 행복해지자며 내게 조언하던 당신도요. 그때 당신의 표정이 어땠는지, 그날 밤이 너무 어두워 보지 못한 것이 아쉬웠어요.

　하지만 저는 알아요. 우리는 이곳에서 지을 수 있는 표정 중 최악의 얼굴을 한 채 죽음을 맞이하겠죠. 하지만 우리는 익숙할 정도로 이런 삶을 살고 있으니, 이것은 곧 운명을 겸허히 받아들여야 한단 의미기도 하겠죠.

　그런데, 왜 당신은 나보다 고작 한 살밖에 더 먹지 않았으면서 그렇게나 어른스러운 행세를 하고 있는 거예요? 당신도 죽음을 가까이 두고 두려운 것은 매한가지면서, 꼭 표정을 숨기고. 당신은 당신의 진실된 찰나조차 허락하지 않는 건가요?

　저는 이따금, 내 앞에 주어진 더럽고 참혹한 현실보다도 그런 식으로 자신을 파먹으며 타인을 위안시키는 당신의 이타적이면서도 자학적인 모습에 화가 났습니다.

　"로드. 들어오래."
　"너무 걱정 말아. 내가 이 앞에 있을게. 무슨 일 없을 거야."
　내 걱정 할 시간에, 자신 걱정을 더 해주면 안 돼?
　그녀는 어디서, 어떻게 나오는지도 모를 피를 입가에 흘리고 있었다. 곧 그 피는 흘러 턱 끝으로 향했다. 나는 내심 당신의 말에 기분이 좋으면서도, 당신이 다친 모습을 보니 마음 한편에 점화가 시작된 듯 따가운 느낌이 들었다. 난, 소매에서 'J'라고 적힌 깨끗한 손수건을 꺼내어 당신의 입가를 닦아주었다. 그제야 당신은 피가 흐르는 것을 알아차리고, 급히 손수건이 다녀간 자리를 소매로 벅벅 닦기 시작했다. 당신은 감추고 있었지만 놀란 표정이었고, 당혹함이 묻은 표정을 한 채 나로부터 한 발짝 멀어졌다. 여전히 당신은 내게 피와 같은 잔인한 것은 보여주고 싶지 않은 모양이었는지, 당신은 연신 소매로 입가를 벅벅 닦았다. 그 바람에 상처가 벌어져 소매에 더 많은 양의 피가 묻고 입가에 자국이 번졌지만, 당신은 고통조차 느끼지 못하는 건지, 여전히 내가 피를 무서워한다고 생각하는 건지, 온 신경을 나에게만 쏟고 있는 것 같았다.

"상처 벌어져요. 금방 다녀올게요."

나는 당신에게 손수건을 손에 꼬옥 쥐여주고 당신의 곁을 스쳐 지나가 당신이 방금 열고 나온 문으로 이동했다. 사실 나는 당신 곁을 지나자마자, 마지막 당신이 손수건을 받고 어떤 표정으로 어떤 자세를 취하고 있었는지 확인하지 못한 것에 조금 후회했다.

그러나 문 너머에는 나를 기다리고 있는 사람이 있었으니.

"로드. 늦었구나."

──── 로드는 나에게 'J'라고 적힌 손수건을 하나 쥐여주고 나서 문을 열고 교원의 방으로 이동했다. 그 손수건은 다름 아닌 내가 로드에게 주었던 것이었다. 나는 그가 피를 무서워한다는 사실을 아주 잘 알았기에, 그런 꼴을 보여 미안했으며 동시에 스스로가 우스워졌다. 물론 내가 그 사실을 안 지는 얼마 되지 않았으며 따져봐야 고작 4개월 남짓 지나지 않았다. 그러나 내겐 로드를 알게 된 그날부터 아주 많은 시간이 흐른 것처럼 느껴질 터였다.

　로드를 만난 이야기, 우리 이야기를 시작하려면 내가 지금 어떤 운명에 놓여 살아가고 있는지부터 말해야 하는 터라, 조금 이야기가 길어질 것도 같다.

　하지만 이 이야기는 지루하지 않을 것이며 오히려 당신이 내게 강한 연민과 내 처지에 대한 동정 또는 애처로움을 느낄 수 있을 것만도 같다.

목차

프롤로그

01 제인　10

02 제인　21

　　　　　24　**03 로드**

04 제인　35

　　　　　39　**05 로드**

　　　　　50　**06 로드**

07 제인　54

08 제인　67

　　　　　71　**09 로드**

10 제인　76

　　　　　93　**11 로드**

　　　　　98　**12 레오**

13 제인	122	
	155	**14 로드**
15 제인	172	
16 제인	193	
	220	**17 로드**
	238	**18 로드**
	262	**19 무제; 그들로부터**
	268	**20 무제; 그들로부터**
	286	**21 무제; 그들로부터**
	305	**22 무제; 그들로부터**

작가의 말

01

제인

먼저 나와 로드, 그리고 이곳에 거주하는 다른 모든 아이들도 마찬가지로, 우리는 가장 최상의 대접을 받으며 키워진다. 이곳은 교육원이라는 대외적 이미지를 띠고 있고, 그것을 아주 잘 활용한다. 그러나 교육원이라니. 너무나 과분한 호칭임이 분명하다.

이곳에는 100명의 아이들이 존재했다. 이들은 모두 각자 적절한 시기에 이곳으로 오게 되었고, 그 전까지의 기억은 존재하지 않는다. 모두들 이곳에서 생활하며 교육원이라는 호칭에 나름 부합하게 이곳의 관리인들이 우리를 가르친다. 무엇을? 그것에 대해 정확히 정의할 수는 없다. 범위는 광범하다. 수학 능력을 기르기 위한 수업부터, 대인 관계 능력을 기르기 위한 수업, 또는 몸을 쓰는 힘을 기르기 위한 수업까지. 그렇다면 어떤 이들이? 이곳의 교육자들이 말이다. 이곳은 나름 직급 체계가 아주 잘 이루어져 있다. 교장부터 교원들까지. 교육자들은 본명을 사용하지 않는다. 교장은 단순 교장으로 부르고, 나머지 교원들은 이니셜이나 별명 정도만 사용하는 듯 보였다. 예를 들면 교원 H, 이런 식으로 말이다.

 의식주를 제공받으면서 광범한 지식을 배울 수 있다니. 이보다 좋은 곳이 어디 있겠냐마는, 과연 당신은 그 대가로 목숨을 앗아간다 하여도 같은 답을 할 수 있겠는가?

 이곳에서는 두세 달 간격으로 한 번씩 시험을 치른다. 그것은 불규칙적으로 이루어지는 시험이고, 내용은 지금껏 받은 교육에 대한 것들이다. 그런 종류의 시험을 기준으로 이곳은 생활 구역을 A, B, C로 나눈다. 먼저 A 구역, 교육원의 우두머리인 교장이 머무는 중앙 구역과 가장 가까운 A 구역은 아이들 중에서도 총명하여 뇌가 발달한 아이들이 주로 머무는 곳이었고, 중앙 구역으로부터 동쪽은 B 구역으로, 예술과 체육 능력이 좋은 아이들이 머무는 곳이었다.

 그리고 마지막 중앙 구역으로부터 북쪽, A와 B 구역으로부터 가장 동떨어진 C 구역이 바로 내가 며칠 전까지 머물렀던 곳이다. 그곳은 이도 저도 아닌, 즉 머리가 좋거나 운동 신경이 좋은 아이들을 모두 제외하고 재능이랄 것이 크게 없거나 그저 모든 면이 보통에 그치지 않는 아이들을 모아둔 곳이었다.

 여기까진 그래. 보다 수월한 교육을 위하여 이해할 수 있는 체제다. 하지만, 여느 시험이 그렇듯 이곳 또한 합격과 탈락의 경계는 분명하다. 합격한 아이들만이 앞서 설명한 A, B, C 각 구역에서 교육을 받으며 '생존'하는 것이고, 탈락을 한 아이들은 가차 없이 처분된다. 즉, 죽는다는 것이다. 이런 식으로 탈락자 처리된 미성년 아이들이 무려 5년 동안 50명 이상이다. 그렇게나 많은 아이들이 가기 때문에, 때로는 새로운 아이들이 들어오기도 했다.

교육원의 진실을 아는 아이들은 많지 않다. 기껏해야 손에 꼽을 정도. 아마 아이들은 탈락자들의 운명이 단순 교육원 추방 정도라 이해하고 있을 것이다. 현실은 그보다 더 참혹하고 잔인한데도. 나는 이곳의 진실을 알고 있지만, 왜 이런 끔찍한 일을 강행하는지는 알지 못한다. 추측은 할 수 있겠지만 말이다.

아무튼, 이 지옥에서 아이들은 서로 친목하곤 했다. 어른이라곤 관리자들뿐이고, 이곳에서 어린 나이의 또래라곤 서로뿐이었기 때문에 돈독을 다지기엔 충분했다. 나는 이곳의 아이들과 대부분 모두 안면을 텄고, 유독 친한 아이들을 꼽자면 다섯 정도 되겠다. 로드가 바로, 그 다섯 안에 드는 아이였다.

로드는 내가 A에 와서 처음 만난 아이였다.

나는 열여덟까지 이 기준으로부터 C라는, 등급과 다를 것 없는 구역을 책정받았다. 그건 시험에서 항상 최상위의 점수를 받아본 적이 없다는 사실에서 비롯된 일이었다. 하지만 무슨 일인지 열여덟 6월 평가 때 문제를 다루는 실력이 평균치를 넘어선다는 평가를 받아 A 구역으로 옮겨지게 되었다. 그곳에서, A 구역의 에이스라는 로드를 만나게 된 것이다.

로드는 척 보기에도 똑똑한 아이였다. 이것저것 알려주지 않아도, 알아서 무엇이든지 잘 해내는 아이였다. 나보다 나이가 어리다는 것이 믿기지 않을 정도로. 나는 그런 로드가 꽤나 어른스럽다고 생각했었다. 그러나, 그건 완전한 생각이 아니었다. 얼마 가지 않아, 나는 A 구역으로 옮긴 지 2주가 채 되지 않는 날에, 처음 로드의 아픔을 마주했다. 로드의 무게 있는 눈물과 비롯되는 그의 고통스러운 신음을 들었을 땐, 마치 무언가 찢기는 것처럼 나의 내면이 비통하다고 호소하는 것만 같았다. 로드와는 고작 만난 지 2주가 채 되지 않았는데도 말이다.

  로드는 교원의 방에 다녀온 이후로 말수가 적어지기 시작했다. 원래에도 수다스럽거나 적극적인 성격은 아니었지만, 적어도 내가 말을 먼저 걸어가면 조심스럽게나마 대답해 주곤 하는 다정한 아이였다. 그런데, 왜일까? 교원의 방을 다녀온 이후로 로드는 유독 긴 소매를 고집하고 매일 밤 11시나 12시 정각에 강박적으로 정원을 산책하는 등 이상 행동을 보이기 시작했다. 그리고 일은 이때부터 시작했다. 나는, 그런 로드가 걱정스러워 어느 날 산책을 나가는 그의 뒤를 따라갔었다. 그리고 나서야 알게 되었다. 어째서 로드가 이 더운 날에 긴 소매를 고집하는지, 왜 그의 말수가 날이 갈수록 적어지는지.

  그는 달이 밝게 비추는 정원 한가운데에 서 있었다. 그때 로드의 심정을 모르는 달은 유독 찬란히도 빛나고 있었고, 그런 달빛이 로드의 금발을 밝게 비추어 금빛 가닥이 서로 반짝이고 있었다. 하지만 그보다 더욱 반짝였던 것은, 호수를 내려다보는 수면으로부터 비친 로드의 녹색 빛 눈동자였을 것이다. 한쪽에만 앞머리를 걷은 반 깐 머리카락 사이로 보이는 눈동자 말이다. 그러나 그런 그 눈에 비친 것은, 로드를 끌어내리기 위해 손을 뻗는 무언가의 모습이 투영된 환영이었을 것이다.

나는 로드가 호수 아래로 손을 뻗는 것을 보았다. 이윽고 로드는 그 호수에 손목까지 완전히 적셨다. 그의 긴 소매가 물에 서서히 젖어갔고, 나는 그런 로드를 의아하게 바라볼 뿐이었다. 그때까지만 하여도 그저 날이 더워 찬물에 손을 적시는 것 정도로만 여겼기에, 멍청했던 나는 그것이 로드의 목숨을 빼앗아 갈 수 있었다는 사실까지 차마 염려하지 못했다.

로드는 손목을 적시는 데에서 멈추지 않았다. 그는 시계초가 움직일 때마다 더욱 깊게 손을 호수 속으로 집어넣었다. 마치 소중한 물건을 찾으려는 것처럼. 내가 로드에게로 달려가 그를 말렸을 참은 로드가 그 긴 팔을 전부 호수 속에 집어넣고, 환영의 무언가가 원한다면 상체까지 모두 내어줄 기세를 보였을 때였다. 나는 그의 이름을 부르며 호숫가로 뛰어갔다. 주변에는 데이지와 장미가 아름답게 피어 백색과 적색의 조화를 이루고 있었으나, 로드를 붙잡기 위한 내 본능이 그들의 고개를 모두 꺾어버렸다. 발밑으로 사부작대며 아름다운 그들의 숨이 다하는 소리가 들렸지만, 나는 못 들은 척 치맛자락을 두 손에 쥐고 달릴 뿐이었다. 마침내 내가 그의 등 뒤에 다다랐을 땐, 그는 상체의 절반, 그러니까 오른쪽 가슴팍까지 모두 호수 속에 담근 뒤였다.

나는 황급히 로드의 목덜미의 옷자락을 쥐어 당겼고, 로드는 내 다리 위로 마치 이미 기절한 사람처럼 힘없이 늘어졌다. 로드가 저항하며 온몸에 힘을 주고 있을 것이란 내 예상과 달리, 로드는 이미 잠에 들어 꿈을 꾸는 것처럼 별다른 저항이 없었다. 나는 로드의 체중 아래서 바닥과 맞닿은 나의 상체를 일으켜 세우고 아직까지도 힘없이 늘어져 있는 그의 팔을 강하게 흔들었다. 로드의 의식과 마주하지 못할 것만 같던 그 상황에서, 다행히도 로드는 눈을 뜨고 나를 바라보았다. 마치 깊은 잠을 자다가 깬 사람처럼, 이 상황을 설명해 달라는 듯한 혼란스러운 눈으로 말이다. 그러나 나는 상황을 설명할 수 없었다. 영문을 모르고 눈앞에서 사람이 목숨을 잃을 뻔했는데. 이 상황을 설명하라면 나는 그저 눈을 끔뻑대며 네가 살아서 다행이야, 라는 말 외엔 할 수 없으리라. 그래서 나는 상황에 대한 설명보다 호숫물에 젖어 축축해진 그의 옷소매와 팔을 잡아주었다. 여름이라지만 밤은 찼다. 나는 다급히 걸치고 있었던 가을의 색을 섞어놓은 듯한 카디건을 벗어 로드의 어깨에 걸쳐주었다. 로드는 그제야 제 한쪽 팔의 한기를 감지한 사람처럼, 왼팔로 젖은 오른팔을 품에 안았다. 그리고 또, 얼마 지나지 않아 자신이 호숫가에 몸의 일부를 담갔다는 사실을 자각한 모양이었는지 그 올망한 눈망울에 눈물이 차츰 고이기 시작했다. 날은 어두웠고 로드의 얼굴을 밝히는 빛이라곤 달빛뿐이었지만 눈물만은 그렇게 정확히 보일 수 없었다. 눈물이 뺨을 타고 흐르기 전, 달빛은 내게 로드의 눈물의 존재를 알려주듯 그 가련한 눈에 흐르는 눈물을 비추어 주었다. 나는 아무 말도 할 수 없었다. 어떤 위로의 말도 쉽사리 입 밖으로 꺼내기 어려웠다. 그때 내 앞의 로드는, 마치 흘리면 안 되는 눈물이라도 흘리는 양 죄책감이 가득한 표정을 짓고 있었기 때문이다. 어째서?

나는 그때 처음으로 한 사람의 표정 속에서 다양한 감정을 읽었다. 타인이 감히 형용할 수 없을 만큼의 고통스러운 표정을 지었다가도, 내가 자신을 구해준 것에 대한 고마운 미소를 지었다가, 또다시 물에 젖을 대로 젖은 옷소매와 차가운 한기가 서린 팔을 붙잡고 무언가를 잃어버린 사람처럼 소리 내어 울었다. 나는 차마 그에게 사정을 물어볼 수 없었다. 내가 그의 옆에서 할 수 있는 것뿐이라곤, 세상을 잃은 것처럼 눈물을 보이는 그의 어깨에 다정히 손을 얹고 따뜻한 온기를 건네주는 것뿐이었다.

그의 눈물이 멎을 때까지, 나는 로드의 곁을 지켰다. 달빛이 시간의 흐름에 따라 점점 더 환해지나, 그가 비추는 곳은 더 이상 로드가 아니게 될 때까지. 호숫물의 온도가 점점 더 시려질 때까지. 나는 로드의 곁을 지켰다. 늦은 시간까지 돌아가지 못한 것은 내가 떠나면 로드가 다시 호숫가로 손을 뻗을 것만 같았던 두려움 때문이었고, 이만 돌아가자고 말을 건네지 못한 것은 여전히 로드가 슬픈 표정을 짓고 있었기 때문이었다.

그는 소매의 물기가 거의 마를 때까지 그렇게 풀숲에 앉아 눈물을 흘렸다.

여름밤의 한기에, 그의 어깨를 토닥여 주던 내 두 손이 점점 온기를 잃어가고 이젠 그와 비슷해진 체온으로 그를 감싸안아 주고 있었을 때, 아마 두 시간가량 지났을 때였을 것이다. 그때 뒤에서 여름밤의 풀벌레가 아닌 새로운 인기척이 들려왔다.

"거기, 로드인가?"

교원 L이었다. 그를 아주 잘 알진 못하지만 지금껏 보았을 때, 그는 교육자들 중에서도 꽤나 권위자 같았다. 다른 교원들과 마주칠 때면 항상 그들이 먼저 머리를 숙였고, 그럴 때면 교원 L은 익숙하다는 듯 무시하며 지나치곤 했으니 말이다.

그는 밝은 빛을 내는 등불을 들고 우리를 비추었고, 나는 꽤나 오랜만에 달빛 아닌 다른 빛을 시야에 담았다. 인위적으로 반짝이는 빛에 눈살을 찌푸리며, 고개를 돌려 로드를 보았을 때 로드는 이미 그 빛을 시야에 담기보다 눈을 감아 시야를 가리는 선택을 한 듯, 내 옷소매에 파고들어 자신의 눈을 가리고 있었다. 그랬기에 나는 로드의 표정을 볼 수 없었다.

"로드와 제인이구나. 어서 올라와야지."

장발에 가까울 정도로 조금 긴 은색 생머리. 그 은빛은 어둠 속에서도 환했다. 그리고 꽤나 지적인 분위기를 풍기는 같은 색의 얇은 테두리의 안경과, 계절을 가리지 않고 언제나 강박으로 느껴질 만큼의 단정하고 깔끔하게 재단된 정장. 그 모든 특징이 적용되는 단 한 사람, 교원 L이었다.

그러나 나와 로드를 찾으러 온 사람은 L뿐이 아닌 것 같았다.

그의 뒤에는 두셋의 경비로 보이는 교원들이 함께하고 있었다. 나는 로드의 손을 꼭 잡은 채로, 우리를 내려다보는 L을 올려다보았고 그는 여전히 미동이 없는 우리를 향해 손을 뻗었다.

"어서."

그렇게 말하는 그를 보고 있으니, 문득 그의 머리 색과 똑같은 색의 눈동자가 나를 소름 돋게 했다. 여름밤의 한기가 시렸기 때문일까? 아니면 나와 로드를 보는 그의 눈동자가, 생각 외로 밝아 결막과 홍채의 구분이 제대로 서지 않아서일까.

 내가 그 눈동자에 반쯤 신경을 건넨 채로, 한 손으로 로드의 손을 맞잡으며, 다른 한 손으로 L의 뻗은 손을 잡으려고 할 때였다. 로드가 그 어느 때보다 필사적인 모습으로 나의 뻗어가는 팔을 그 차가운 손으로 낚아챘다. 순식간에 벌어진 일이었다. 그의 악력에 놀란 채 그를 바라보았을 때, 이미 로드는 두려운 어떤 형상을 마주한 사람처럼, 겁에 질린 채로 허공을 보고 있었다. 추측하건대, 나와 L의 사이 그 어느 틈을 바라보고 있었던 것 같다.

 "로드…?"

 그의 이름을 부르는 나는, 어느샌가 두 손 모두 그와 맞닿아 있었다. L은 여전히 손을 뻗은 채였다. 그러나, 나는 로드의 그 감정 어린 눈빛을 차마 뒤로할 수 없었다. 하지만 지금 눈앞의 L의 손을 잡지 않으면, 나중에 이 지옥에서 내게 어떤 일이 벌어질지 모른다. 그러나 사람은 모순덩어리다.

 "두 사람 모두 일어서."

 L이 차갑게 말했다. 그의 눈빛이 보이지 않았다. 그저 은색 안경 테두리가 그가 들고 있던 등불의 빛이 반사되어 반짝일 뿐이었다. 지금 당장 일어서지 않으면 L과 L의 뒤에 서 있는 교원들이 나와 로드를 어떻게 할지 모른다. 무서운 일이었다. L의 차가운 위협을 마주하는 것도, 다른 교원들의 앞에서 무력해지는 것도. 그러나 내게 가장 무서운 일은, 지금 로드를 뿌리치고 저들의 말을 들을 때 줄곧 로드가 보일 행동들이었다.

 저들의 손을 잡으면 왠지 다시는 로드의 손을 잡을 수 없을 것만 같았다.
"마지막 기회야. 듣지 않으면 억지로라도 끌고 갈 것이야."

그런 말을 들으면서도 나는 로드의 손을 끝내 놓을 수 없었다.

그리고 여전히 그와 손끝으로 체온을 나누고 있는 나와 로드를 번갈아 보듯 등불을 들이밀던 L은 어느새 우리의 앞에 다가와 있었다. 마지막 기회라며 위협적인 말투로 우리를 꾀어내던 L은 이젠 정말 마지막 자비이자 배려라는 듯 나의 팔을 잡은 채 내려다보았다. 그제야 보이는 그의 눈빛. 그 어느 때보다 냉랭하게 나만을 보고 있었다. 그런 그의 앞에서 나는 그저 겁먹는 일 외엔 할 수 있는 게 없다고 느꼈다.

"제인."

지금 당장 일어서지 않으면 그가 붙잡은 팔이 이대로 뽑힐지도 모른다. 아니, 어쩌면 이 자리에서 즉결 처분을 당할지도 모르지. 상황에 대해 여럿 끔찍한 가정들을 했지만, 그가 무엇을 할진 여전히 확신하진 못한다. 그렇기에 두려웠다. 그는 아직도 그 팔은 놓지 않은 채였다.

"…!"

다행으로 여겨야 할까? L은 그 자리에서 팔을 뽑는 대신 얼굴에 표정 변화 하나 없이 나를 자기 쪽으로 끌어당겼다. 가볍게 당겼을 뿐인데, 정신을 차려보니 더 이상 내 손끝으로 로드의 체온이 흐르지 않았다. 로드와의 거리가 벌어진 것이다.

나와 로드의 사이에 더 이상 아무것도 남아 있지 않았다. L의 한 손에 여전히 팔이 붙잡혔지만 내 모든 감각의 방향은 로드를 향해 있었다. 그리고 순간, 로드의 눈에 초점이 흐려지는 것을 보았다. 로드는 마치 환상을 보는 것 같았다. 그의 두 눈동자가 향하는 곳은 그 누구도 아니고 그저 허공일 뿐이었다. 그는 아까부터 무엇도 남아 있지 않는 것처럼 허공만 바라보았다.

무엇이 로드의 이성을 흐리는 걸까….

아까와 같은 그 허무한 눈빛을 보는 것이 두려워, 나도 모르게 손을 뻗었을 때.

그 순간을 마지막으로, 그 뒤로부터의 기억은 희미하다. L의 명령 하나로 그 뒤의 교원들이 순식간에 휘두르던 쇳덩어리. 그것이 내 머리를 강타함으로써 마찰하며 울리는 둔탁한 소리가 아마 나의 기억을 흐렸으리라. 그때 내 손이 로드에게 닿긴 했을까.

02

제인

 그 뒤로 아무 기억도 남아 있지 않다. 그저 로드를 향해 손을 뻗었을 뿐. 그 손이 로드에게 닿았는지, 닿지도 못하고 그저 손끝만이 로드를 향한 채로 그 풀숲에 기절해 버렸는지. 알지 못한다.
 평소와 같은 공간에서 눈을 떴고, 나는 눈을 뜨자마자 달력을 보았다. 달력은 24일을 마지막으로, 일수가 지났다는 표시인 빨간 엑스선이 그어져 있지 않았다. 그러니까 어제가 24일, 오늘은 25일.
 머리를 강타당했지만 충격이 크지 않았던 모양이다. 그러니 오래 잠들어 있지도 않은 모양이고, 통증도 머리가 지끈거리는 것 외엔 없다. 무엇보다 사지가 멀쩡하다. 숨도 붙어 있다. 문득 그런 자각이 들자 나는 소름이 끼쳐 나의 목 부근을 더듬어 보았다. 그리고 어제 L이 잡아당겼던 팔, 소매를 들춰보니 아무런 자국도 남아 있지 않다. 꽤나 아팠는데.

 뒤이어 나는 주변을 둘러보았다.

 낯익은 지옥. A 구역 아이들. 그리고 아이들과 함께 쓰는 이 침실. 아이들의 이부자리의 포근한 냄새와 창밖에서 아침을 알리는 듯한 새소리. 마치 어젯밤에 있었던 일은 그저 나의 기묘한 꿈에 지나지 않다는 것처럼 이곳은 잠연할 뿐이구나.

 그다음, 내 시선은 로드의 침대로 향하였다. 사실 눈을 뜨자마자 본능적으로 나의 머리는 로드의 침대를 바라보라고 명령했지만, 로드가 자리에 없을 때 비로소 느낄 나의 절망이 두려워 외면하고 있었다. 하지만 이처럼 아무 일도 없었다는 듯이 고요한 침실이, 더 이상 절망을 두려워하기엔 현실은 지독하다고 말해주는 것 같았다. 그리고 마침내 시선이 로드의 침대를 향했을 때, 정말 어젯밤의 일은 그저 나의 꿈일 뿐이라 하듯 로드 또한 다른 아이들처럼 깊게 잠에 빠져 있었다.

 참으로 오랜만에 깊은 안도감을 느꼈다.

 나는 곤히 잠들어 있는 로드를 보며 어젯밤의 일을 다시 곱씹어 보았다. 로드의 행동은 다시 생각해 봐도 마치 어딘가에 홀린 사람 같았다. 증상으로 치자면 중독이나 환각에 가까웠던 것 같다. 그런 생각을 하며 편한 표정으로 잠들어 있는 로드를 보니, 차라리 어젯밤 일이 정말 꿈이었으면 좋겠다는 상상이 스쳤다. …정말 상상으로 그치는 생각이 되겠지만.

 내 시선이 한참 로드를 향해 있을 때, 창틈 사이로 비치는 햇살에 로드가 눈을 찡그렸다. 곧 두어 번 정도 눈을 깜빡이더니 잠에

취한 얼굴로 천천히 몸을 일으켰다. 그도 나와 같은 생각을 한 걸까. 몸을 일으키자마자 곧장 나와 눈을 마주쳤다. 우리는 한참 동안 사이에 침대 네 대 정도의 간격을 둔 채 서로를 보았다. 그리고, 내가 먼저 입을 열었다.

"로드."

"…."

그는 침대에서 일어서 내게 다가왔다. 곤히 잠들어 있는 아이들 사이로 걸어와 가장 먼저 한 일은 내 머리를 확인하는 일이었다. 쇠붙이에 의해 둔탁한 소리를 내며 강타당한 머리를 말이다. 그는 상처가 나지는 않았는지, 혹이 생기지는 않았는지 내 머리카락 사이사이로 손을 비집어 넣으며 상처의 여부를 확인해 갔다. 이윽고 아무런 이상도 발견하지 않았는지 나와 눈을 한 번 더 마주치곤, 그대로 방을 나섰다. 아무런 대화도 오가지 않았지만, 우리는 서로의 눈에 담긴 감정을 읽었다. 그 감정이 어떤 말을 하려는지도 서로 읽었던 것 같다.

그것도 대화라면 대화였다.

03

란

  어제가 아마 처음 그 애를 정면으로 마주할 수 있었던 순간이었을 것이다. 정확히 6월 24일인, 어젯밤에 말이다. 나는 꽤 오랜 시간 동안 홀로 아파왔었다. 그 애가 오기 전까지, 얼마나 많은 고통을 견디고 살았는지도 모르겠다.
  나로서도 혼란스러웠다. 어째서 자꾸만 그런 일이 일어나는지 알 수 없었다.
  내가 그 혼란을 겪게 된 일은 생각보다 오래되었다. 일수로 따지면 356일, 햇수로 따지자면 1년에 가까운 시간이었다. 어째서 내가 그렇게 되었는지는 확실하지 않았지만, 짐작 가는 데라면 하나 있다.
  이곳은 일주일에 한 번씩 아이들에게 디저트를 제공했다. 디저트가 제공되는 날 외엔 디저트를 먹을 수 없기에, 어린아이들이라면 무조건 달달하고 매력적인 모습의 디저트에 손을 대기 마련이다. 그러나, 그건 단순한 디저트가 아니다. 제조 과정에서 디저트 속에 이상 약물을 넣었을 것이고, 즉 아이들은 출처를 알 수 없는 독을 먹는 것과 같은 상황이 된다.

  내가 처음 그 사실을 알게 되었을 때는 날로부터 1년 전쯤이다. 그때는 아마 교원 중 하나가 내게 특별상이라며 아이들과 다른 디저트를 선물해 주었을 때였을 것이다. 하지만 그건, 보상의 가치와는 거리가 멀었다. 오히려 독에 가까울 정도로, 내게 극심한 통증을 안겨주었다.

  그날 디저트를 먹은 이후 이상증상이 나타나 교원들에게 호소했지만, 그들은 그것을 단순 복통이나 소화불량으로밖에 치부하지 않았다. 그러나 말했듯 내 몸이 말하는 고통은 단순한 그런 것이 아니었고, 그것들보다 열 배, 아니 백 배는 넘게 아픈, '극심한 통증'이었다.

  나는 그 고통으로 인해 한동안 괴로움에 시달려야 했다. 나날이 몸에 알 수 없는 멍이 늘어가고 지독한 통증이 따라왔다. 그러나 교원들은 통증의 원인인 디저트를 먹이는 것을 멈추지 않았다. 오히려 내가 아플수록 더욱이 디저트를, 즉 약을 대량으로 공급하기 시작했다. 저항하고 싶었지만 그럴 수 없었다. 그들에 비해 나는 언제나, 또 어디까지나 '어린이'였기 때문이었다. 그랬기에, 아무리 힘을 쓴대도 무력에 가까웠다.

  "로드, 디저트를 먹을 시간이야."

"…."

그때도 여느 때처럼 나를 독방에 가두고 매일 다른 디저트를 먹이는 날이었다. 그들은 디저트의 정체를 아는 나에게도 여전히 매일매일 다른 빛깔과 모양을 가진 디저트를 내왔다. 그 정성은 마치 이 심연에서 빠져나갈 수 없다는 비웃음을 주는 것과 같았다.

"오늘은 딸기 크레이프란다. 어떠니, 먹음직스럽지?"

낮에는 다른 아이들과 함께 평소처럼 수업을 받도록 해주고, 저녁 7시, 식사가 끝난 뒤에 나를 그 독방으로 오게끔 한다. 그 방은 창문 하나 없이 꽉 막힌 작은 방이었고, 볼 수 있는 풍경이라곤 철창 있는 창문으로 보이는, 지나가며 내 처지를 힐끔대는 교원들뿐이었다. 그곳은 아이들이 활동하는 곳과는 조금 멀리 떨어져 있었기에 아무도 내 고통을 알 수 없었다. 그렇다고 직접 아이들에게 말할 수도 없는 노릇이었다.

"로드, 아이들에겐 비밀로 하는 것. 여전히 잊지 않은 거지?"

"…."

"이렇게 맛있는 음식을 로드만 먹다니. 아이들이 분명 질투할 거야, 그렇지?"

질투라니. 내가 아이들에게 사실을 말하는 순간 아마 아이들은 질투를 비롯한 감정을 느낄 새도 없이 그들에게 참해당하고 말 테다. 진실을 알게 되었다는 이유 하나만으로 나를 그렇게 괴롭혔던 그들인데, 과연 나보다 어리다고 봐주기나 할까? 그럴 리 없다.

"…네."

나는 점점 말수를 잃어갔다. 내가 불안정하다는 것을 눈치챈 아이들이 가끔씩 다가와 안부를 물어주었지만, 나는 대답할 수 없었다. 차마 몸이 아프다는 말조차도. 진실을 추측하기에 터무니없이 가벼운 말인데도. 아이들이 봉변을 당하는 것이, 그렇게 되어 더 이상 사람이 남지 않게 되는 것이. 내가 그때까지 겪어온 고통과 앞으로 겪게 될 고통보다 더욱 두려웠던 것이었다.

당연하게도 아이들은 자신의 말을 무시하는 사람과 더 이상 대화하고 싶지 않아 하였다. 그것은 나의 본심이 아니고 진심이 아니었지만 해명할 여지도 없이 나는 점점 심연으로 빠져들었고 어느새 그런 사람이 되어 있었다. 어쩔 수 없었다. 이 상황을 두고 어느 교원은 나에게 운명이야, 라고 말했던 것만 같다. 그리고는 "우리에겐 너만 한 보물이 없어, 넌 지금 엄청난 도움을 주고 있는 거야."라고 덧붙였던 것 같다. 그러나 그들끼리 하는 대화를 어쩌다 한번 엿들었을 때는, "재만큼 딱 맞는 실험체가 없어."라든지, "확실히 너무 낙천적인 애는 그닥이야. 얌전하고 신중한 것도 하나의 기준인데 말야."라는 말을 들어본 적도 있는 것 같은데 말이다.

그 뒤로는 단순히 디저트로 인해 통증만 호소하게 된 것이 아니었다. 몸에 알 수 없는 반점이 늘어났고, 팔 하나가 통째로 멍에 뒤덮이는 등. 더 이상 거울에 비치는 내가 인간이라고 할 수 없을 만큼 망측한 모습이 되어 있곤 했다.

어느 날은 그 끔찍한 현실로부터 도피하고 싶었다.
그랬기에, 모두가 잠든 시각, 시계 분침이 점점 숫자 12를 향해 갈 시간에, 자정이 얼마 남지 않은 그 밤에 나는 자살을 결심했다.

그날도 어김없이 디저트를 먹었고 극심한 통증을 앓았다. 복부가 찢기는 듯이 아팠고, 장기들이 모두 폐부를 타고 올라올 것만 같았다. 심장은 비정상적으로 빨리 뛰거나 느리게 뛰었고, 뇌는 이미 자잘히 부서진 파편으로 남아 걸을 때마다 나의 발바닥을 찌르는 것만 같았고, 남아 있는 내 하나의 팔조차 괴상한 색에 잠아먹힌 뒤였다. 몸 어느 하나 아프지 않은 곳이 없었다.

심장만이 색을 띠는 부패한 시체 같았다.

또는 지독한 영혼이 따라붙은 변사체거나.

어쨌거나, 살아 있는 사람으로 보이진 않았다.

나는 어쩌면 죄인일지도 모른다고 생각했다. 살아 숨 쉬며 자아를 가진 것, 그것이 죄라면 죄였고, 삶을 영위하는 것, 그것이 내게 벌이라면 벌이었다. 나의 죄목은 무게가 가볍다. 따라서 동등한 벌을 받는 것이다. 죄목보다 가벼운 나의 목숨을 내어주는 것으로.

결심을 한 지는 꽤 되었지만 기회가 쉽게 주어지지 않았다. 나의 생각을 미리 간파했던 것인지, 그들은 감시를 목적으로 내 곁에 붙어 있지 않은 적이 없었다. 화장실을 가는 것조차, 바람을 쐬러 나가는 것조차 마음대로 할 수 없었다. 그러나 스스로가 죄인으로 취급되어 가는 그 시간에서조차 여전히 지독하게 심장은 뛰었다.

그런 이유로, 때가 되니, 그 심장소리는 가증스럽게까지 느껴지곤 했다.

그래서 그날 그때 결심했던 것이었다. 그날 이후로 나는 더 이상 같은 아픔을 겪지 않아도 되리라 믿었다. 해가 저물고 달이 산 정상에 걸린 그 시간에 고통에서 벗어날 것이라 확언했다. 어느 공간보다 익숙해진 그 독방에서 빠져나와 화장실을 간다는 이유로 교원 하나와 바깥으로 향했다. 물론 화장실은 실내에도 있었지만, 그랬다가 다른 아이들을 마주친다는 염려가 있어 나는 바깥 화장실을 사용해야 했다. 그때의 나는 얼굴은 물론 몸 전체가 괴로움에 울부짖을 때였으니.

내가 화장실 칸으로 들어갔을 때, 그리고 교원은 칸 밖에서 나를 기다리고 있을 때.

"휴지가… 없어요….''

"꼭 필요하니?"

"…네."

"그래."

교원이 다른 칸을 모두 둘러볼 때, 교원이 만들어 낸 소음에 나의 움직임으로 인한 소리가 숨겨질 수 있을 때. 그때가 기회였다.

그때 나는 미리 가져온 빵칼을 꺼내 들었다. 빵칼이라 함은, 그리 뾰족하지 않아 상처를 내기에는 어려운 도구다. 하지만 나는 그날 밤을 위해 매일 시간을 들여 독방에 홀로 앉아 칼날을 깎았다. 벽에 마찰도 시켜보았고, 돌멩이를 몰래 가져와 그 끝을 찍어보는 노력도 해보았다. 그리하여 그때 내 손에는 그 어떤 무기보다 완벽한 날붙이 하나가 들려 있었다. 나는 주저 없이, 지난 생에 미련 따위 하나 남아 있지 않다는 듯이 스스로 목을 그었다. 과연 그간의 노력이 빛을 발한 걸까. 칼끝은 겉에 머무를 새 없이 표피를 파고 들어 금세 혈관에 다다랐다. 그 이후의 일은 기억나지 않는다. 단, 휴지를 가져왔다는 말에 대답하지 못하자 교원이 문을 강제로 부수고 나를 안아 들었던 것은 기억난다. 그때 교원의 품에 안기며 그의 명찰을 보았다. 빛나는 금색 배경에 L이라고 각인되어 있었다. 그날 처음으로 지금껏 내게 디저트를 먹이고 모든 감시를 지휘하던 남자의 이름을 알게 되었다.

   그리고 그 전에 아마 그때 그 고통이 내가 지금껏 겪은 고통 중 가장 달콤했을 것이다.

─────── "로드, 로드!"
"반드시 살려내, 꼭. 무슨 일이 있어도!"
"…안 돼. 신이, 완벽한 피조물이…."
"이게 최선이야? 더 힘을 써보란 말이야!"

내가 눈을 떴을 때. 주변은 말할 것도 없이 소란스러웠고 모두 같은 옷을 입은 교원들이 여기저기를 뛰어다니고 있었다. 천장은 새하 으나, 왜인지 시야는 작았고 어둡게만 느껴졌다.

아. 실패했구나, 싶었다.

그날 나는 최악의 기분, 완벽한 절망을 느꼈다. 또다시 비참한 시간을 보내야 한다니. 여기서 혀를 깨물면 죽을 수 있을까, 하고 있는 힘껏 입을 움직였지만 제멋대로 되지 않았었다. 그뿐이 아니었다. 신경을 비롯해 온몸이 경직되어 있었다. 아니, 마비에 가까웠다.

"로드! 눈을 뜬 거니? 아아…."
"처음부터 네가 적격자인 줄 알았으면, 나는 그러지 않았을 텐데."

나의 작은 미동을 눈치챈 교원 여럿이 사색이 된 표정을 하고 내게 달려왔다. 그 뒤로는 눈을 뜰 힘도 없어 두 눈 모두 감고 있었지만, 그곳 사람들이 얼마나 갈망하는 목소리로 나의 이름을 불렀는진 똑똑히 들었다. 그리고 또 그들이 어떤 표정을 하고 있었는지도 짐작할 수 있었다. 내가 고통스러워하는 모습이 혹시 그들에게는 하나의 즐거움인 것일까. 그래서 이렇게 나의 생존에 목마름을 느끼는 것일까. 그런 생각을 하고 나니 더욱더 그 상황이 절망적이었다.

그들은 나를 두고 저들끼리 내 의식이 돌아온 것에 대해 무엇이라고 모여 떠들기 시작하였다. 그 소리는 너무도 소란스러웠고, 그 전에 많은 이들의 목소리가 섞여 있었기 때문에 제대로 듣지 못했다.

"저것 봐. 저 생명력. 적격자가 아니라면 뭐겠어?"

"약을 꿋꿋하게 참아냈을 때부터 알아봤어야 했어."

"내가 말했지? 나는 교장님께서 처음 이 아이를 데려올 때부터 알아봤다니까."

"뭐? 낙천적인 아이는, 적격과 거리가 먼 자유분방이라던 때는 언제고?"

"조용히 좀 해요! 이런 상처가 생겼는데 살아 있다면, 확실하잖아요. 뒤늦게라도 사실을 떠올려서 다행인 거죠. 하나의 실수로 치부하자고요!"

그리고 이내 들리는 하나의 귀에 익은 목소리가 보다 더한 절망으로 완벽하게 나의 세상을 망가트렸다.

"몰라봐서 미안해, 로드. 그동안 참 아팠겠구나."

미안하다니, 그게 가당키나 한 말인가. 과연 미안하다는 사과 한마디로 내 고통들을 모두 씻어줄 수 있으리라 생각한 걸까? 것보다, 이제 와서 미안하다고 하는 저의는 무엇이지…, 같은 수많은 생각이 순간 뇌리를 스쳤다. 사실 전에는, 그들의 사과를 들으면 만족스러울 것만 같았었다. 그러나 아픔이 점점 쌓이고 쌓이며 고통이 모여 만든 마치 하나의 모래성과 같은 것이 되었을 때는 차라리 사과하지 않았으면 한다는 생각만이 존재했다. 이제 와 사과를 한다 하여도 보기 좋게 부드러운 파도가 몰려와 그 모래성을 깔끔히 씻어줄 리 없었다. 오히려 보다 메마른 바람이 불어 그것을 더욱이 단단히 만들어 줄 뿐이었다. 그리고 그런 마음은, 사람은 그렇게나 망가졌는데도, 아직 더 망가질 길이 있었다는 걸 알려주는 것만 같았다.

"미안해, 로드."

"아, 아. 사과하, 닥쳐…."

"이런, 우리가 너무 늦게 알아채긴 했죠."

처음으로 나의 속마음을 있는 그대로 뱉은 순간이었다. 입을 움직일 때마다, 소리를 내뱉을 때마다 머리가 울려 너무나도 아팠지만 그대로 그들의 사과를 듣고 있는 일이 내겐 더 큰 고통이었다. 눈을 뜨지 않아도 느낄 수 있었다. 적막 속 그들의 표정을 말이다. 아마 가장 익숙한 교원 L은 내 다소 거친 언행에 얼굴을 찌푸렸을 것이다. 그리고 평소 나를 멸시하던 교원 하나는 내 말에 충격받은 듯 감히, 네가, 라는 얼굴로 나를 보고 있었겠지.

"아, 아, 아아악!"

의식을 찾은 후 처음 내뱉었던 말. 그 말을 내뱉고 난 뒤 이미 망가질 대로 망가진 내 몸은 무리했다는 듯 또 통증을 자각하기 시작했다. 차라리 그곳에서라도 죽자, 안 된다면 그 상황에서 더 이상

의식이 존재하지 않았으면 좋겠다. 그렇게 생각했는지 나는 큰 소리로 한껏 소리 질렀다. 내가 있는 방이 떠나가도록, 그들이 들은 나의 목소리 중 가장 큰 것이리라 생각하도록.

그리고 예상대로 얼마 가지 않아 다시 의식을 잃었다.

04

제인

 목숨이란 얼마나 끈질긴 것인가? 제아무리 죽고 싶어도 죽길 원해도 쉬이 그럴 수 없다. 원래 사람 인생이란 바라는 대로 되지 않는 것투성이다. 하지만, 그것이 자신의 생사를 결정하는 일에도 적용되는 것이던가….
 그렇게 생각한 날이 있었다.
 그때는, 내가 A 구역에 오게 된 지는 이제 기껏해야 2주가 조금 지났을 때였다. 그때까지는 씻기지 않았다. 나는 내가 지닌 상처를 씻어내기 위해 여러 곳에 의지하곤 했다. 예를 들면,
 그렇담 한 달 정도 지나면 잊을 수 있을까, 괜찮아질 수 있을까? 어떤 희망을 가져야 비참하지 않을 수 있을까. 이곳에서 희망을 갖는다는 것 자체로도 모순이지만 그럼에도 나는 사람이다. 숨을 쉬

는 한 무언가를 소망할 수 있고 넘어서서 갈망할 수 있다. 허황된 짓일 뿐이래도 나는 지난날부터 희망만으로 살아왔다. '언젠간'이라는 말에 집착하며.

지금은 탈락 처리되어 세상에 없는 어느 아이의 일기장에서 발견한 그 문장에 의지하듯 말이다.

그리고 얼마 안 가 의지, 란 비슷한 사람들끼리 모여 하는 자기연민이라는 사실을 알아챘다.

그때를 기준으로 2주 전까지만 해도 나는 C 구역에서 지냈었다. 말했듯, 그때 나는 이도 저도 아닌 평범한 사람에 속했다. 그러나 그것은 어디까지나, 여전히, 교육자들이 정한 기준에서밖에 미치지 못한다. 그들의 기준은 한없이 난해하고 잔혹해서 지당히 도덕적으로는 이해할 수 없다. 그들은 생명을 다루는 일에도 전혀 망설이지 않는다. 자신들의 일에 쓸모가 없는 날이 오게 되면 온갖 고문으로 사람을 망쳐놓는 일까지도 하는 자들이니 말이다.

나는 A 구역에 오기 전까지 C 구역에 지내며 꽤나 고초를 겪었다. 그건 단순히 그들이 만든 기준에 미치지 못했기 때문이었다. 나는 아마 이 세상 실존하는 고문법은 모조리 당해보았던 것도 같다. 하지만 이곳의 교육자들은 그런 고문을 두고 '실험'이라고 칭했으며 모든 것은 자신들의 실험 정신, 따라서 열정에서 비롯되는 것이라 하곤 멈추지 않았다. 그들이 실험이라 칭하는 일은 당연하게도 침실이나 도서관 같은 공공의 장소가 아닌 밀실과 비슷한 구조의 좁은 방에서 강행되었다. 수법은 다양했고, 고통의 정도도 다양했다. 신체적 고문은 물론, 심리적인 고문까지 진행되곤 했다. 나는 그 과정에서 수많은 상처가 몸에 생겼고, 당연히 정신적인 면에서의 상처도 피할 수는 없었다. 그렇게 되니 피폐해져 멍하니 창문만 바라보고 지낸 날도 있었다. 가끔은 고통이 덜한 날이 감사하게 느껴질 정도였다.

그렇지만 불행 중 다행히도 C 구역에서 나와 같은 일을 겪는 사람은 나밖에 없는 듯 보였다. 나는 그런 지옥 같은 상황에서도 피해자가 나뿐인 것에 깊이 안도했다. 하지만, 내가 A 구역으로 오게 된 후, 가령 C 구역 교육자들이 '실험' 대상을 다른 아이로 대체한다든가 하면 어쩌지, 라는 근심이 들곤 했다. 확실히 A 구역에 오게 된 이후 이곳의 교육자들은 나를 건드리지 않는다. 다만 그것으로 안심할 수 있는 일인가? A 구역의 또 다른 아이가 같은 일을 당하고 있는 것은 아닌가? 그 전에 C에서는? 그런 걱정은 한동안 주변을 맴돌았다.

걱정은 꼬리표다. 어디를 가나 따라붙는다. 특히 나의 걱정은 '언젠간'이라는 마법의 단어로도 쉽사리 사라지지 않는다.

그제서야 나는 *언젠간* 이 악몽이 걷히겠지, 하는 터무니없는 바람은 이제 회피로부터 기인된 합리화에 불과하다는 사실을 깨달았다.

그리고 A 구역에도 나와 같은 피해자가 있을 것이란 나의 반신반의한 추측은, 로드와의 진정한 첫 대화, 그러니까, 로드를 늦은 밤 호숫가에서 목격했을 시기에 비로소 정립되었다. 그리고 다짐했었다. 나보다도 어린 이 아이. 나와 같은, 아니, 보다 심한 고통을 겪었을지도 모르는 이 아이. 반드시 내가 나보다 나은 삶을 살게 해주겠노라고.

05

로드

 목숨이란 이리 끈질긴 것이다. 나는 상상할 수 없을 만큼의 아픈 고통을 겪고도 이렇게 살아 있다. 여전히 목을 만지작대면 칼자국이 선명했고 아직 낫지 않은 디저트의 고통 또한 선명했지만 말이다. 그런데도 나는 이곳의 사람들과 같은 풍경을 보고 같은 물을 마시고 같은 이불과 베개로 잠에 든다.
 그날 이후 나를 대하는 교육자들의 태도는 전폭적으로 달라졌다. 예전처럼 나를 독방에 가두지도 않고, 매일 저녁마다 내게 따로 조리한 디저트를 먹이지도 않았다. 내 곁을 하루 종일 감시하던 교원들도, 돌연 나를 보호한답시고 경호에 가까운 짓을 했다. 그 모든 것을 처음에는 의심했었다. 그러나 시간이 지날수록 정신뿐 아니라 육체에도 변화를 확실히 느꼈을 때. 폐부에서부터 느껴지던 이상 증상이 서서히 사라져가고, 복부 전체를 부식시켰던 내상도 희미해져 갈 때. 그럴 때마다 나는 치유를 온몸으로 느끼고 있었지만 여전히 또 결심의 충동을 버티기는 힘들었다. 통증은 사라진대도 여전히 그 기억은 내 속을 갉아먹기 충분한 크기였기에 말이다. 그러나 그럴 수 없었다.

내가 의식을 완전히 되찾았을 때. 교육자들은 보란 듯이 A 구역에 또래 여자아이 하나를 데려왔다. 검고 긴 생머리와 가끔 섬뜩할 정도의 선명한 붉은 눈을 가진 여자아이를. 그 애는 내가 같은 선택을 하지 않게끔 하기 위한 협박용 물건으로 여겨졌을 것이다. 그때 아마 내가 또다시 죽음을 원하는 티를 내었다면, 그 애가 나 대신 디저트를 매일 먹게 되었을 것이고, 밤새 고통에 시달렸을 것이다. 나는, 내게 끊임없이 주어지는 이 지속적인 고통을 멈추고 싶다는 충동이 그득했지만, 그렇게 되어 결국 내가 결심한다면 교육자, 그들과 같은 사람이 되어버릴 것 같았다. 내 시신을 보며 절망적인 표정을 지을 그 애의 얼굴과 나를 향하게 될 그 애의 원망의 정도는 벌써부터 생생했기에. 그랬기에 스스로 충동을 저지할 수밖에 없었다. 무엇보다 숨을 쉬는데 호흡기가 아프지 않다는 사실이 충동을 제지하는 데 꽤 큰 부분을 차지하곤 했다.

더 이상 그 누구도 나를 괴롭히지 않았지만, 그 누구도 내 곁에 남아 있지도 않았다. 그랬기에 나도 내 특이병을 알아차리는 데에는 꽤나 시간이 걸렸다. 때는 정상적인 생활을 하게 된 지 2주가 조금 넘었을 때이고, 나는 A 구역에 새로 온 여자아이, 그 애 덕분에 알게 되었다.

어쩌면 모두가 알고 있었지만 아무도 알려주지 않았던 남은 내 상처를.

─────── "로드, 로드!"

차가운 액체가 손끝을 감싸안았다. 이내 높이가 점점 높아졌다. 거대한 수영장에 빨려 들어가고 있는 느낌이었다. 이만 멈추지 않는다면 아무래도 익사할 것 같았지만, 나는 그때 나는 내 앞에 놓인 형상을 놓칠 수 없었다.

척 봐도 공들여 시간을 쏟은 정갈한 머리 모양새, 얼굴은 어디 하나 상한 곳 없이 깔끔하고, 옷매무새 또한 전혀 흐트러짐 없이 완벽하게 갖추어져 있다. 피부에선 윤기가 흐르고 표정은 또 어떤가, 세상에서 가장 행복해 보이는 표정을 하고 있었다. 그저 작은 미소라도, 그렇게 보였다.

나였다. '내'가 항상 닿을 수 없는 허공에서 웃으며 손을 흔들고, 손을 뻗고, 가끔은 내 손을 잡고 직접 이끌기도 했다. 내가 심연에 빠지기 전, 그 한참 전 아무것도 모르고 평범한 나날을 보낼 때의 나 자신이었다.

'나'를 마주하는 일은 다시는 돌아오지 않는 하나의 시절을 보는 것과 같았다. 그때로 돌아가고 싶어 손을 뻗었다. '내'가 있는 곳으로 발걸음을 옮겼고, '내'가 어느 곳을 가든 무조건적으로 따랐다.

그렇게 하면 '나'와 가까워질 수 있었다. 가까워지면, '나'는 나의 손을 잡고 좋아하던 노래를 불러주거나 하루 있었던 일을 이야기해 주기도 했다. 그렇게 보니, 나는 그 누구보다 수다스러운 어린아이였다.

어떻게 놓칠 수 있겠는가, 그때 내가 눈앞에 열망하던 가장 이상적인 나의 모습이 보이는데 말이다. 그때까지 나는 잠을 청하고 이내 깊은 잠에 빠졌다고 생각했을 때 '나'를 마주했었다. 그야말로 꿈속에서 마주하는 줄로만 알았던 것이다.

"로드!"

그런데, 꿈이 아니었나. 닿는 감각이 너무나 환상적이라 당연히 꿈이라고 생각했었고, 심지어 기분 좋은 꿈을 자주 꾸게 되어 나쁘지 않다고만 여겼었다.

"로드…!"

그땐 매우 혼란스러웠다. 나를 암묵적으로 협박하기 위한 목적으로 오게 된, 아무것도 모르는 그 애가 내 이름을 애타게 부르고 있었다. 뒤편에서 무언가 사부작댔다. 인기척이 가까워졌을 때.

그때 비로소 알게 되었다.

평범한 하루에도 쉽게 미소 짓던 '나'는 환각이었다는 사실을, 그렇지 않고서야 지금껏 닿아본 것 중에 가장 따뜻한 온도를 가진 그 애의 손이 어떻게 느껴질 수 있었겠는가.

───── 그 애가 잡아주지 않았더라면 나는 꿈을 꾸는 것을 넘어 언젠가 머지않아 착란이 만든 환상에 살았을 것이다.

"…로드…?"

꿈에서 깨는 듯한 감각에 주위를 둘러보니 그때 난 교육원의 호숫가에 주저앉아 있었다. 주변은 어두웠고, 달만이 하늘을 비추고 있었다. 그리고 옆에는 물에 젖은 내 손을 자기 손인 것마냥 따뜻하게 데워주고 있던 그 애가 있었다.

타인이 손을 잡아준 것은 오랜만이었다. 나는, 다들 나를 피한 지 오래되어 나는 타인과 스쳐본 기억조차 희미했다. 아직도 멍과 반점으로 물들어 있는 내 손을 아무렇지도 않게 잡아주는 사람은 그 애가 유일했다. 마치 내 사정을 모두 알고, 이해한다는 식으로 손을 잡아주는 데에서 그치지 않고 내 손을 자신의 품에 안아주곤 했다. 실내에서 나온 지 얼마 되지 않은 그 애의 온기가 손끝을 타고 온몸에 돌았다. 속에서 무언가가 끓는 기분이었다. 가시가 가득한 나무 장작이 한꺼번에 불타는 기분이었다. 따뜻함을 넘어 뜨거워서 곧 그 온도에 델 것 같았다. 낯선 감각에 온몸이 저릿했다. 계속해서 무언가 타오르는 느낌. 불길을 거두어야 했지만 그러지 않았던 것은 결코 화상을 입지 않을 것 같았기 때문이었다.

그리고 이내 그 애가 손을 놓았다. 나는 두려웠다. 너도, 내 팔이 흉측해 보이는 것이냐고 묻고 싶었지만 그 잠깐의 온기와 맞먹는 호숫물의 한기에 소름이 돋았다. 목 끝까지 덮는 상의도, 그 한기를 미처 막아주진 못했다. 그 애에게 손을 잡아달라고 부탁하고 싶었지만 그러지 못하고, 나는 물에 젖은 내 팔을 감싸안을 뿐이었다. 그때 따뜻한 액체가 무릎 위로 떨어졌다. 소매를 적신 그 액체들보다 훨씬 온기가 묻은 한 방울. 그건 그 무엇도 아닌 내 눈물이었다. 어째서인지 눈물이 났다. 그동안 얼마만큼의 고통의 시간을 보냈어도 눈물을 쉽게 흘린 적 없다. 의문이었다. 전처럼 아프지도 않은 데다가 얼어 죽을 만큼 추운 것도 아닌데 어째서.

그때 그 애가 어떤 표정을 지었는지 잘 모르겠다. 주변은 너무 어둡고, 빛이라곤 희미한 달빛뿐이었다. 그것조차도 더 이상 나와 그 애를 비추지 않았다. 시간이 많이 흐른 것 같은데, 내겐 아직도 흘릴 눈물이 더 남아 있었다. 얼마나 많은 시간을 호숫가에서 보냈었는지 모르겠다. 잔잔하게 물결이 흐르는 소리나, 여름밤의 풀벌레가 울어대는 소리가 귓가에 전해졌지만 깊은 곳에서부터 토해내는 듯한 울음소리가 이내 그것들을 모두 잡아먹어 버리곤 했다.

그 애는 내내 내 곁에 있어 줬다. 내가 몸을 떨 때면 그 애는, 자신의 카디건을 벗어 내 어깨에 걸쳐주었다. 통풍이 잘되는 소재로 만들어진 얇은 카디건이었지만 아직까지도 나는 그만큼 따뜻한 겉옷을 걸쳐본 적 없다. 그러곤 내 어깨를 토닥여 주었다. 토닥여 준다는 것은, 무언가를 게워낼 때 등에 손을 얹고 두드려 주는 것. 내겐 그 이상 이하도 아닌 단어였다. 그날 아침까지만 해도 무의미했던 단어들과 행동들, 그리고 내 이름이 느닷없이 온기를 찾는 순간이었다. 그 애가 어떤 저의를 가지고 내게 이러는지는 알 수 없었다. 알고 싶지도 않았으며, 그것이 설령 나를 더 깊은 심연으로 빠트리려는 꾀라 하여도 말이다.

그러나 현실은 여전히 현실이었다. 그 애의 손을 한 번만 더 잡아보고 싶다는 속마음이 입 밖으로 나올 것만 같을 때쯤, 세상에서 가장 익숙하고 친숙한, 그래서 가증스럽고 혐오스러운 목소리가 고막을 강타하듯 울려 퍼졌다.

"거기, 로드인가?"

두 눈으로 직접 확인하지 않아도 알 수 있었다. 이곳에서 그 누구보다 잔인하고 비인간적인 사람. 매일 밤 웃는 얼굴로 죄수의 옥방이 되어버린 독방을 두드리던 사람. 며칠 전 여전히 얼굴에 미소를 띠고, 그 애틋한 목소리를 하고, 그러나 어투에는 진심이 전혀 담겨 있지 않은 사과를 하던 사람. 교원 L, 그 사람이었다.

목소리가 들리고 나서부터 나는 줄곧 정면을 바라보지 못했다. 여전히 그 사람의 눈을 보는 것은, 그 사람의 얼굴을 보는 것은, 위선을 보는 것은 미치지 못할 만큼의 역겨운 일이었기 때문이다. 그렇지만 나와 그 애를 끌어내리려는 그 다정한 척하는 목소리가 고요한 밤바람을 가르고 자꾸만 들려왔다.

"어서."

정신을 차려보니 나는 그 애의 옷소매를 방패 삼아 얼굴을 가린 뒤였다. L에게 표정을 보여주고 싶지 않았기 때문이었다. 눈물의 흔적은 더더욱 보여주고 싶지 않았다. 무엇보다 그 애에게 L을 마주할 때의 나의 두려워하는 표정을 보여주기엔, 스스로가 너무 초라해질 것만 같았다. 그 애는 여름인데도 나와 같이 긴팔을 입고 있었다. 살과 소매 부분이 적당하게 달라붙은 그 옷소매에 모든 것을 감췄다. 그러나 하나 그러지 못했던 것은, 떨리는 내 몸이었다.

"…."

그 애는 아무 말을 하지 않았다. 그러나 옷소매를 꽉 붙잡은 내 손끝으로 느껴졌다. 너, 다른 한쪽 팔을 들었구나, 본능적으로 알 수 있었다. 그 손이 어디로 향하는지, 어떤 손을 잡을지. 이성적으로 행동해야 했지만 그럴 수 없었다. 모든 것이 불가항력이었다. 나는 마치 모든 악몽을 먹어치워 악 그 자체가 된 커다란 짐승 앞에 놓인 먹잇감 같다는 생각을 했다. 더 이상 죄인은 아니었지만 여전히 도망자였다.

필사적으로 교원을 향해 뻗어가는 그 애의 팔을 낚아챘을 때. 아마 그 애도 느꼈을 것이다. 얼마나 많은 감정과 얼마나 깊은 진심이 그 손끝에 존재했는지. 그러나 그 손을 잡지 않았으면 좋겠다. 내 행동 하나하나로 그 애가 피해를 볼 수 있었다. 어쩌면 내가 다시 무한한 고통에 갇히게 될 수도 있는 노릇이었다. 그러나 그 모든 건 이성의 범위였다.

그 어느 쪽도 바라볼 수 없었다. 교원을 보지 못하는 것은 당연지사, 차마 그 애의 얼굴마저 볼 수 없었다. 영문도 모른 채 비참한 꼴을 구경하고 있을 그 애의 표정이 어떨지 짐작도 가지 않았다. 이미 내 머리엔 수많은 가정 속 그 애의 표정이 스쳤지만, 그 어느 하나 가능성이 수반되지 않았던 것이다. 하여 나는 여전히 허공에서 내게 손 내밀고 있는 '나'를 볼 수밖에 없었다. 그때 내 앞에 거울이 하나 놓여 있었더라면, 나는 가차 없이 무너지고 말았을 것이다. 그 어느 때보다 무참하고 처참하게 말이다. 때를 가리지 않고 항상 미소 짓고 있는 '나'와 세상에서 가장 불쌍한 아이의 표정을 짓고 있는 나를 같은 시야에 두고 보는 일, 그것만큼 절망적인 일이 없을 것이니.

머릿속이 그 애와 L, 그리고 '나'와 나에 대한 생각으로 가득 찼을 때, 그 애의 온기가 다시 한번 나를 감쌌다. 여전히 그 손은 따뜻했다. 보온의 능력을 가진 것처럼, 차가워질 줄 몰랐다. 나는 그 온전한 온기에 의지하며 두 눈을 꼬옥 감았다.

그때였다.

그 애의 손에 더 이상 어떤 감정도 실려 있지 않다고 느꼈을 때. 마주 잡은 두 손은 여전히 느껴졌지만, 그건 마주 잡는다기보단 손과 손이 닿은 정도, 딱 그 정도였다고 느꼈을 때. 이상하고 낯선 감각에 고개를 들었을 때, 그 애는 나를 구해 안은 그 풀숲에 쓰러져 있었다.

그 애는 저물어 가는 눈을 했다. 또, 그 애의 긴 머리카락이 얼굴을 모조리 덮고 있었다. 그 애의 작은 입술까지도. 그러나 그 틈으로 새어 나오는 소리, 나는 분명히 들었다.

"괜찮아. 괜찮아, 로드…."

끝으로 더 이상 기척이 없었다.

아.

차마 이를 수 없는 감정을 느꼈다.

처음으로 강한 분노를 느꼈고, 처음으로 강한 애틋함을 느꼈다.
또 서투르지만 결코 가볍지 않은 욕구가 심금을 스쳤다.
강한 인상을 남겼다.
아….
내게 충분한 힘만 있었다면, 이 자리에서 저들을 모조리
죽여버리는 건데….

06

리드

 어젯밤, 그런 일이 있고 나서 밤새 잠을 잘 수 없었다. 해가 뜰 때까지 화장실과 침실을 오가며 구토하는 것을 반복했다. 그 애가 그렇게 당하고 나서, 그들은 나를 침실까지 품에 안은 채 들고 와 눕혔다. 그러곤 별다른 말 없이 떠났다. 그 애가 침실에 들어온 건 내가 들어오고 2시간가량 흘렀을 때였다. 그 애는 머리 한 올 흐트러지지 않은 깔끔한 모양새를 하고 L의 품에 안겨 들어왔다.
 그때까지도 여전히 내 손엔 그 애의 온기가 묻어 있었다.

 한숨도 자지 못하고 날밤을 샜다. 태양 빛이 강하게 창문 틈 사이를 비출 때, 그 애가 누운 침대 쪽에서 인기척이 들렸을 때, 그 애가 잠에서 깬 듯 부스럭거리는 소리가 들려올 때. 당장 일어나서

감사 인사를 할까, 아니면 몸은 어떠냐고 안부 인사를 물을까. 그런 고민이 머릿속을 덮었다. 하지만 그런 고민 끝에 내가 할 수 있는 건 아무것도 없었다. 정작 그 애 앞에 서면 무슨 말을 해야 할지 몰라 몸이 굳었던 게 이유였다. 그 애뿐이 아니었다. 나는 어느새 사람들과 소통하는 법을 잊고 있었다.

"…."

나는 바보같이, 나를 구해준 사람에게도 감사 인사 하나 전하지 못했다. 내가 그 애 앞에서 할 수 있었던 거라곤 강타당한 머리를 더듬어 보며 상처의 유무를 확인하는 것 정도였다. 만약 상처가 있었다면, 나는 결국 또 처참한 꼴을 보여줬을 것이 분명했겠지만 다행히도 상처는 없어 보였다. 그러나 그런 편이 오히려 나를 혼란스럽게 했다.

분명 큰 소리가 났고, 그 애는 의식을 잃었다.

그런데 혹도 없고 말끔하다. 그 애에게 그들이 무슨 짓을 했는지, 왠지 짐작이 가서 복부가 쓰라린 듯 아파왔다.

나는 화장실로 향해 빈속을 한 번 더 게워낸 뒤 다시 침실로 향했다. 이번에 그 애와 시선이 맞닿게 된다면 무슨 말이라도 꺼내봐야지, 하는 작은 다짐을 갖고 말이다. 그런데 침실로 들어서자마자 나는 방금까지 존재했던 작은 다짐을 잃었다. 그럴 수밖에 없었다. 있어야 할 사람이 없다. 그 애가 없어졌다. 침실에서, 그 애 자리에서 그 애가 보이지 않았다.

속에 다시 불안감이 엄청난 크기로 커져나갔다. 주위를 둘러봤지만 어디에도 보이지 않았다. 다시금 복도로 가서 확인해 봤지만,

그랬듯이 횅했다. 이마를 타고 식은땀이 흘렀다. 내가 없는 틈을 타서 그들이 데려간 것은 아닐까. 어제 일에 충격을 크게 받은 것은 아닐까. 걷잡을 수 없는 그늘이 나를 덮쳐왔다. 시야가 흐려지고 모든 초점이 머릿속 망상에 몰려왔다.

"로드."

아…. 아직도 기억에 선하다. 나를 잡아먹을 듯이 커진 공포감과 불안감이 바람 빠진 풍선처럼 나약해지는 순간이었다. 그 목소리. 내 이름을 불러주었던 목소리. 어젯밤 내가 의존했던 단 하나의 목소리. 걷잡을 수 없던 그늘이 한꺼번에 걷히는 듯한 목소리….

"…."

"로드? 안색이 안 좋아."

그 애였다. 내 걱정과는 달리 편안한 얼굴을 하고 있었다. 평온한 잠을 자다 깬 사람처럼 말이다. 다행이었다.

그 애를 두고는 몇 번의 감정 기복을 겪는지도 모르겠다. 끝도 없이 불안해했다가, 두려워했다가. 이내 혼자 안심하곤 마음을 추스른다. 그래도, 이리 혼란스러운 감정을 겪는 사람이 나여서 다행이었다. 그 애가 아니라 나여서.

"잠은 잘 잤어?"

"…."

나는 아무 말도 할 수 없었다. 입이 도무지 열리지 않았다. 그 애와의 대화를 피하고 싶었던 것은 절대 아니다. 그러나 내 의지로 되지 않았다. 나는 그저 무기력하게 고개를 두어 번 끄덕였다. 사실은 아니었지만. 그럼에도 그 애는 대답해 주어서 고마워, 라고 웃으며 말했다.

"우리 친하게 지내볼래?"
"…."
"부끄럽지만… 여기 온 지 얼마 안 돼서 친구가 없어. …사실 그것도 그건데, 난 너랑 친해지고 싶었거든."
그때 그 애가 놀란 내 표정을 읽었는지 모르겠다.
"아, 내 이름을 말하지 않았구나. 나는 제인이야."

07

제인

로드에게 달리 할 말이 없었다. 괜찮냐는 말은 너무 진부하다. 특히나 영문도 모르는 사람이 하는 안부는 좋게 들릴 리 없다는 것을 알고 있었기에.

더군다나 이런 상황에선 어젯밤의 일을 모른 척 넘어가는 게 좋을 것 같았다.

많이 괴로워 보여서, 마치 C 구역에 있을 때 내 모습을 보는 것만 같아서 동정은 아니지만 깊은 연민을 느꼈던 것 같다. 감히. 함부로. 로드는 나와 같은 상처를 받지 않았던 것일 수도 있는데 말이다.

로드는 나와 다르다.

"나는 제인이야."

로드는 내 말에 대답하지 않았다. 나도 구태여 대답을 요구하진 않았다.

"로드. 잘 부탁한다는 말을 해도 될까?"

그렇게 말하며 손을 내밀었다. 그러자 의외로 로드는 내 손을 덥석 잡았다. 어젯밤 그가 필사적으로 내 팔을 낚아챘던 것처럼, 본능이 말하는 그대로 행동하는 것 같았다. 그는 내 손 한 마디의 두 배는 더 길어 보이는 가느다랗고 큰 두 손으로 내가 내민 한 손을 잡았다. 그리고는 별다른 말 없이 내내 손을 잡고 있었다.

"좋아. 잘 부탁해!"

그렇게 말하며 그의 두 손을 맞잡아 주었다.

로드는 어떤 상처를 받은 것일까, 나와 같은 일을 겪은 것일까?

당장 로드에게 물어보고 싶은 게 많았지만 꾹 참았다. 우선은 어젯밤 일로 놀란 로드의 마음을 추슬러 주는 일이 먼저였다. 그리고 로드의 불안정한 마음도 낫게 해주는 일도 말이다.

나는, 나와 같은 기억을 가진 아이들이 더 이상 존재하지 않기를 바란다.

"아침 식사 시간은 멀었어. 핫초코를 타줄까? 좋아해?"

여전히 로드의 손을 잡은 채로, 우선 침실을 걸어 나왔다. 그리곤 침실 바로 오른쪽에 위치한 휴식실로 들어갔다. 아침 식사 시간은 7시, 그리고 아직 시계는 6시 30분을 가리키고 있었다. 로드는 내 손에 이끌려 휴식실로 들어왔다. 혹시나 억지로 끌려온 건 아닐지 싶었지만, 싫어하거나 억지스러운 짓을 하는 표정은 아니었기에 다행이라고 생각했다.

"핫초코? 녹차? 허브티?"

나는 소파에 앉은 로드를 두고 휴식실의 티백을 살펴보며 말했다. 로드는 내 어떤 말에도 겉으로 의사를 드러내지 않았지만, 본심에서 우러나오는 그의 표정이 가끔 내게 대답해 주었다. 가령 티백의 이름을 읊을 때 미세하게 울렁거리는 눈동자 같은 것들이 말이다.

"좋아. 녹차를 좋아하는 거지?"

"…"

로드는 누가 보아도 놀란 표정을 하고 있었다. 어떻게 알았냐고 묻는 얼굴.

"이래 봬도 너보다 한 살 많은 누나라니까."

"…"

음. 이번엔 정말 놀란 표정이구나!

로드가 놀라는 이유도 이해할 만하다. 나는 열여덟이고, 보통 구역 배정을 받는 나이는 이르면 열이고, 시기가 늦는다고 해도 기껏해야 열셋 정도이기 때문이다. 나는 열여덟이라는 나이에 구역을 옮기게 된 것이니, 자신보다 어리다고 생각할 수 있는 입장이었겠지.

이야기가 나오니 말인데, 난 아직도 구역을 갑작스레 옮겨준 이유가 궁금하다. 고작 시험에서 좋은 점수를 받았다고 구역을 돌연 옮겨준다니, 그 말에는 모순이 있었다. 먼저 나는 최근 치른 시험에서 그리 좋은 성적을 거두었다고 생각하지 않았다. 오히려 평소보다 불만족스러우면 불만족스러웠지, 스스로 시험을 잘 봤다고 생각하지 않았다. 그리고 내게 구역 이동을 알렸던 교원의 말을 들어보니 자신들도 꽤나 다급한 상황에 처한 듯 보였다. 당연히 직접 언급하지는 않았지만 그 사람의 말투, 행동 따위에서 추측할 수 있었다. 처음엔 A 구역에 인원수가 모자란가, 라는 생각도 했었지만 직접 와보니 그렇지도 않았다. 되려 A 구역의 아이들 수가 C 구역보다 많았다.

그런데 왜?

"…!"

생각이 점점 더 깊어질 때쯤, 의문의 끝을 달려나가고 있을 때쯤 이젠 익숙해질 때도 된 그 손이 찻잔을 쥐고 있는 내 손을 덮었다. 감촉을 느끼고 시선을 손에 두었을 때, 이미 손은 붉게 물든 뒤였다.

"로드!"

머릿속 생각에 집중하느라 물이 이미 끓어 넘쳤는지도 모르고 계속 멍때리고 있었던 것이다. 고온의 물이 직통으로 흐른 내 손은 당연히 화상을 입었고, 당황했는지 다급히 내 손 위를 덮은 로드의 손도 따라 화상을 입었다.

"로드, 괜찮아?"

물이 넘쳐흐르고 있다고 말로 하면 되지, 왜 자기까지 화상을 입느냐고 말하고 싶었다. 그러나 아직 간단한 대답도 망설여하는 로드를 두고, 나를 조금이라도 덜 아프게 하기 위해 제 손을 희생한 그 애를 두고 어떻게 그런 말을 할 수 있겠는가.

로드의 손을 재빨리 찬 물에 헹궈보았지만, 그 붉은 화상 자국은 쉽사리 사라지지도 않았고 나아지는 것 같지도 않았다. 그저 피부의 온도가 내려앉았을 뿐. 화상은 겪어본 적이 없어 물로만 헹구면 되는 줄 알았는데, 책에서 이렇게 하면 금방 낫는다고 했는데, 로드가 나 때문에 많이 아프겠다고, 그에게 미안한 마음이 들었다.

그러나 로드는 한치의 고통도 느끼지 못하는 듯 아무렇지도 않은 표정을 하고 있었다. 오히려 평소보다 조금 편안해 보이는 표정을 하고 있었다. 통증을 느끼지 못한다기엔, 어젯밤 추위를 느꼈던 그였다. 로드에게 품게 되는 의문과 애틋함은 차츰 더 커져가고 있었지만, 지금 가장 중요한 일은 긴급 처치였다.

"잠시만 기다려 줘, 나가서 교원을 불러올게."

"가지 마!"

그때 처음으로 로드의 목소리를 뚜렷하게 들었다.

"…그치만 아프잖아."

로드는 자신이 뱉은 말에 스스로 당황한 건지 그 이후의 대답은 망설이는 듯 보였다. 교원을 언급하면 로드가 반응한다. 그것도 부정적인 쪽으로 말이다. 어제 나와 로드를 데리러 온 교원 앞에서 보인 로드의 반응만 봐도 그랬다. 그들과 무슨 일이 있었던 건 이제 분명해졌다. 그렇다면 무슨 일이 있었는가. 부디 나와 같은 사고를 당한 것만 아니기를.

"…안 아파요."

그렇게 말하는 로드의 입가가 진동하듯 떨렸다. 그뿐이 아니었다. 극심한 추위를 느끼는 사람처럼, 그보다 더한 정도로 떨고 있었다. 하지만 이대로 치료하지 않으면 로드의 손에 흉이 남을 것이다. 물에도 쉽게 씻기지 않는 것을 보니, 아마 오랫동안 내버려두면 회복도 더디게 될 것인데.

그런 당연한 생각들을 가지고 있었다. 그러나 입 밖으로 꺼내진 않았다. 그저, 로드의 말을 들어주고 그와 함께 있어 주는 것이 최선일 것이라 판단했기 때문일까, 아니면 로드의 눈 속에서 보다 강렬한 간절함을 읽었기 때문일까.

"알겠어, 안 갈게. 대신 이렇게 두르고 있어."

나는 주변에 널린 휴지를 길게 끊어내 로드의 화상 입은 손에 감아주었다. 여전히 그는 따가움조차 느끼지 않는 듯 눈 하나 깜빡이지 않았다. 휴지를 감은 뒤 약간의 수돗물을 묻혀 휴지를 적셔 손의 온도를 낮추고, 동시에 쉽게 떨어지지 않게 일시 고정해 두었다. 로드는 내가 하는 행동을 몇 번 보더니 이내 똑같이 내 손에 휴지를 감아주었다. 그건, 오히려 내가 한 대처보다도 깔끔하고 완벽해 보였다.

"…잘하네."

"…."

로드가 알 수 없는 표정을 지었다. 분위기를 환기시켜야 한다는 생각에, 나는 먼저 화상 입은 나의 오른손과 로드의 왼손을 맞대어 잡고 소파에 앉았다.

"아, 그나저나 반말해도 돼."

"…."

"하하. 어려우면 시간이 좀 걸릴 수도 있는 거지, 그치?"

아무래도 내가 나이가 한 살 많다는 점에 꽤나 충격을 받은 모양이었다.

"내가 누나인 건 몰랐던 거지? 아, 혹시 얼굴이 어려 보인다는 건가?"

"…."

그래. 이 상황에 농담은 좀 아니었지?

"조금요."

내가 지금 어떤 표정을 짓고 있지? 마치 그토록 아껴주었던 어린 아기의 첫걸음마를 본 것 같은 표정이라도 짓고 있을까? 하지만 점점 대화할수록 내게 마음을 열어주는 것 같은 로드의 반응들이 나를 자꾸 미소 짓게 만들었다. 아침까지만 해도 로드와 가까워지는 일은 어려울 것이라 생각했는데. 거 봐, 너는 역시.

"정말? 와아. 아니, 그래봤자 한 살 차이잖아? 좋아하기도 그렇네."

"열여섯…정도 되어 보여요…."

"그렇게 되면 너에겐 동생이 되는 거네? 우와아, 확실히 어리게 봐줬구나!"

로드의 목소리는 어떤지, 기억에 남을 때쯤 깨달았다.

아, 내가 지나친 가정을 했던 것이었구나. 로드는 극복에 최적화된 아이야. 역경을 밟고 올라선다는 건 쉬운 일이 아니야. 그런데도 그렇게 힘을 내고 있다니, 내가 정말 로드보다 어린아이라도 된 것 같았다. 나는 그러지 못했거든.

어떻게 하면 자신이 나아질 수 있는지 알고 있다. 용기를 내는 방법도. 설령 그 방법이 단순 타인과 대화하는 것이래도. 그게 얼마나 대단한 일인지, 아마 천군과 다투는 일에 버금가는 일이지 않을까 싶다.

"…그…."

"응, 말해줘."

"고마웠, 고마웠어요…."

그래. 내가 너만큼은 꼭 지켜줄게. 어떤 상황이 와도. 그 사랑스럽고 훌륭한 용기로, 앞으로도 힘내어 네가 지닌 역경의 무게를 떨쳐낼 수 있게 해줄게. 물론 너라면 알아서 잘하겠지만.

그런 생각을 했다.

이후에도 로드와는 꽤나 많은 이야기를 나누었다. 남들이 보기에 의미 없는 대화라 할지라도, 나에겐 의미가 충분한 대화들이었다. 그저 로드에게 머리 색이 예쁘다고, 눈 색도 예쁘다고. 그리고 열일곱치곤 키가 크다고. 그런 말을 하면 로드는 그저 고맙다는 대답을 할 뿐이었다.

"특히 손이 아주 예뻐. 가느다랗고. 이런 걸 곱다고 하는 것 같네."

아차 싶었다. 다시 생각해 보니, 그 말은 멍으로 물든 그 애의 특별한 손에다 대고 아무것도 모르는 사람이 기만하는 것처럼 들릴 수도 있을 것 같았다. 하지만 로드가 지금껏 칭찬을 들은 것 중 가장 기뻐 보이는 얼굴을 하고 있었기에 그런 생각은 곧 사라졌다.

"제인은…,"

"제인! 드디어 찾았구나. 어서 나와야지, 너를 찾고 있었거든."

로드의 새어 나오는 목소리를 막고, 어제 로드의 본능을 일으킨 목소리가 들려왔다. 알아챌 새도 없이 그 사람은 문을 열고 이미 우리를 바라보고 있었다. 어제 그 사람, L이었다.

"제인, 어서 나와야지?"

"…."

로드의 반응으로 그 사람이 좋은 사람은 아니라는 것쯤은 알고 있었다. 아마 로드가 트라우마로 괴로워하는 것도, 그 사람의 행보였을지도 모르는 일이었다. 그러나 그건 오히려 기회였다. 로드의 천적일지도 모르는 사람과 가까워지는 일, 그 사람이 어떤 사람인지 알아보는 일. 그것만으로 나는 로드를 지키는 데에 한 발짝 가까워질 수 있는 것 아닐까.

"네, 알겠습니다."

로드는 그때도 나와 맞잡은 손을 떨었다. 손뿐이 아니었지만 말이다. 로드의 표정까지도 생생하다. 그러나 이번엔 물러설 수 없었다. 내가 자꾸만 물러서면, 그 사람들이 어떤 짓을 할지 모르는 일이었기 때문이었다. 나는 떨리는 로드의 손을 한번 힘주어 잡아주고, 휴식실을 그 사람과 걸어 나왔다. 이내 안에서 로드의 목소리가 잇따라 들렸다. 중간중간 숨소리가 없는 것을 보아 중얼거림일 것이라 예상했다.

"따라오면 돼."

나는 로드의 중얼거림을 뒤로하고 그 사람을 따라갔다. 그 사람은 A 구역만 관할하는 듯 보였다. 만난 지 2주 정도밖에 되지 않았지만, 그 사람은 척 보기에도 다른 교원들과 차이가 많았다.

딱딱하고 절제된 걸음걸이라든지, 우리의 대답 하나하나를 미리 예측했다는 듯 말을 절지 않고 계산적으로 행동한다든지. 그런 점에서 왠지 L은 사람이라기보단 그 외의 존재에 가깝다 생각했었다. 이를 테면 명령어로 움직이는 기계 같은 것 말이다.

교원 L, 그 사람이 궁금해졌다.

"제인. 네가 이제 이곳에 오게 된 지도 열여드레가 흘렀구나."

"네, 맞아요."

"생활은 좀 어떠니?"

"좋아요. 아이들과도 금방 친해질…!"

L의 팔꿈치가 복부를 강하게 쳤다. 나는 그 힘에 반격할 새도 없이, 한순간에 뒤로 넘어져 버렸다. 멀쩡하게 나를 내려다보는 그 사람은 뒤에 눈이라도 달린 듯 뒷짐을 진 채로 방의 문을 굳게 닫았다.

주변을 둘러보니 이미 사람이 없었다. 도움을 청할 수도 없었고, 도망칠 수도 없었다. 대화를 하는 척 정신을 팔리게 해두고 일부러 인적이 드문 곳으로 유도했다는 사실을 너무 뒤늦게 알아버렸다. 그래도 뒤늦게나마 주변을 둘러보니, 이곳은 마치 밀실을 넘어 독방처럼 보였다. 아무리 둘러보아도 빛 한줄기 비치지 않는 곳이었다.

"정말 그러니?"

"…네."

"너는 네 나이답지 않게 성숙해. 알고 있니?"

"…."

도무지 그 사람 말의 의미를 해석할 수 없었다. 대답하지 못하고 무기력하게 올려다볼 뿐이었다. 그곳에선 무슨 일이 벌어져도 아무도 알 수 없는 구조였다. 그런 장소에 있다는 것이, 마치 C 구역에서 겪었던 일과 유사해, 나도 모르게 등줄기에 소름이 돋았다.

"그런데 아이는 아이답게 자라야지. 안 그러니?"

나도 모르게 이미 겁을 먹고 있었다. 점점 더 가까워져 가는 L과의 거리에 나는 뒤로 손을 뻗으며 물러날 수밖에 없었다. 그리고 마침내 알게 되었다. L은 빈손이 아니었다. 그건 단순한 눈속임이었다. 그래도 빈손이라 다행이라고, 상황에 안도감을 느꼈던 스스로가 어리석어지는 순간이었다.

그가 점점 내게 다가와 움직일 때마다 그의 재킷 속에서 여러 쇠붙이들이 서로 부딪히는 소리가 들렸다. 그 소리는 아주 미세했기 때문에 그와 걸을 때조차 알아채지 못했던 것이다.

"그 애는 이미 아이처럼 자라고 있어."

"무슨 말인지 모르겠-"

"그러니 내버려둬. 그 애를 생각해서 하는 말이란다."

"…."

"너무 어린 나이에 모든 걸 알게 될 필요는 없지. 제인, 가끔 너무 많은 걸 알게 되면 그만큼의 고통이 따르기 마련이야."

L은 그렇게 말하며 재킷 주머니에 손을 비집어 넣었다. 쇠붙이들이 부딪히는 소리가 점점 크게 들리는 것만 같았다. 더군다나 그 소리들은, 그들이 내게 실험이라며 강행했던 짓거리를 자꾸만 떠오르게 했다. 심장 소리가 변칙적으로 빨라지고 있었다.

"나는 너와 친하게 지내고 싶은데 말이다, 제인."

문득 나는 그가 악마 같은 목소리를 가졌다고 생각했다. 그렇게 말하며 주머니에서 꺼낸 것은, 내가 구역을 옮기기 전 지낸 그곳에서 가장 두려워했던 물건이었다. 반짝거리는 은색이 감긴 눈부신 도구, 나이프였다. 개중에서는 수많은 실험 도구들이 존재했지만, 나는 그중에서도 나이프가 가장 두려웠다. 휘두르는 손짓 한 번으로 사람의 신체를 파고들 수 있는 도구라니. 잔인하기 짝이 없는 도구라고 줄곧 생각해 왔다.

"제인, 너는 너보다 어린 그 애를 지켜줄 거지?"

조금이라도 반항적인 태도를 보이면 당장 나이프를 내 목에 들이밀 것 같은 분위기였다. 말 그대로 목숨을 휘두르는 사람이었다. 나는 눈앞에 놓인 위기를 느꼈다. 그리고 곧, 바보 같은 생각이지만, 마치 이 사람이 자비를 베풀고 있다는 생각이 들었다. 하지만 아마 당신들도 이 사람의 눈을 보면 나와 같은 생각을 할 수 있게 되지 않을까.

"대답이 없구나."

"네."

아이처럼 자라고 있다는, 나보다 어린아이. 그런 아이는 이곳에 한 명뿐이 아니었지만 직감적으로 알 수 있었다. 24일로부터 나를 적대시하며, 어쩌면 동시에 악의를 눈치채 주길 기다리고 있을지도 모르는 교원들의 태도로 말이다.

그 사람은 처음부터 끝까지 로드에 대해 말하고 있었다. 표면적으론 모두 로드를 위한 말인데, 왜인지 이질감이 들었다. 로드의 존재를 어떤 방식으로든 특별하게 여기고 있는 것쯤은 알겠다. 그런데 타인의 목숨까지 을러댈 정도라면, 로드에게 무슨 일이 생긴 것은 아닐까. 어쩌면 이 또한 직감적으로 이미 알고 있었는지도 모른다.

로드는 이 사람들에게 귀한 존재가 아니다.

그렇다고 이 사람들에게 평범한 존재도 아니다.

그럼….

"그 애는 이곳에서 가장 탁월한 아이지."

내 마음을 읽은 것처럼, 그 사람은 곧장 대답했다.

그렇다면 당신만 보면 요동치는 그 애의 심장 소리를 들어본 적 있나요? 왜 당신은 괴로워하는 그 애를 보며 아무런 말도 해주지 않았죠? 아니, 그전에 그 애가 왜 그런 아픔을 겪게 되도록 둔 건가요?

…같은, 울컥한 마음이 섞인 문장들이 가슴 속을 헤집었다. 그러나 그뿐이었다. 가슴에 굳게 박힌 채 입 밖으로 나가지 못했다. 이유가 무엇이었을까. 내가 여전히 나이프 따위를 두려워해 몸이 경직되는 바보라 그랬던 걸까? 아니면, 이미 나이프가 화상 자국이 물든 손등을 관통한 것에 대한 고통 때문일까.

"아, 으으윽!"

"너는 회복이 빠르니 너무 걱정 말렴."

그렇게 말하며, 쓰러진 나를 받아 들고 독방에 가까운 밀실을 나가던 것까지 기억에 남는다.

08

제인

눈을 떠보니 침실이었다. 오늘 아침을 포함해 매일 눈을 떴던 장소와 같은 곳. 창밖을 보니 해가 슬슬 저물어 가는 듯 보였고, 틈 사이로 아이들이 공원에서 뛰어노는 소리가 들렸다. 주변에는 아무도 없었다.

몸을 간신히 일으켜 오른손을 보았다. 날카로운 흉기가 관통한 흔적을 가리려고 애쓴 흔적이 보였다. 붕대를 칭칭 감은 그 손 위로 걸쭉한 피가 새어 나왔다. 손바닥이 찢어질 듯이 아팠고, 손을 조금씩 움직일 때마다 철사 같은 것이 느껴졌다. 그 짧은 새에 수술을 한 건지, 가볍게 꿰맨 건지 모르겠지만 움직이지 못하도록 처치해 놓은 건 확실했다.

그때, 뒤에서 앳되지만 잘 자란 아이의 목소리가 들렸다.

"제, 제인."

"로드!"

그러고 보니 침실의 문이 열려 있었다. 다시 주변을 둘러보니, 조그마한 탁상 위에 온수와 수건 두어 장이 보였다. 로드는 잠시 망설이는 듯 보이다가, 침대 옆 의자에 앉아 내 손을 보았다.

"아, 이건 화상 상처를 치료해 주셨어."

"…피가,"

"응, 내가 조금 움직였더니 긁혔나 봐."

로드는 그 이상 말하지 않고 탁상 위 놓인 수건 한 장을 들어 손목 아래로 흘러나오는 피를 닦아주었다. 지혈을 해야 하는 건지, 하면 안 되는 건지, 어떡해야 할지 모르는 얼굴로 그저 흘러나온 피를 계속해서 닦아줄 뿐이었다. 그 모습을 보며 다시 생각해 보니 로드는 그런 의미의 얼굴만 하고 있던 게 아니었던 것 같다. 입술을 꾹 닫은 그 모양새, 아무래도 거짓말인 걸 눈치챘구나.

"미안해요."

"로드가 왜? 네 잘못이 아닌 것엔 사과하지 않아도 돼."

"…."

"나는 지금 널 원망하지도, 미워하지도 않아. 그러니 내게 사과할 이유는 없지!"

그 이후 로드는 안정을 취해야 한다며 침대에 누워 쉬라고 했고, 로드는 옆에서 수건을 온수에 적셔 내 이마 위에 올려주었다. 해가 완전히 지고, 달이 떠오를 때까지 로드는 내 옆에 있기를 그만두지 않았다.

어느덧 저녁 식사 시간이 지나고 아이들이 하나둘씩 마지막 수업을 마치고 올 때, 로드가 시계를 한번 보곤 체온기를 꺼내 내 체온을 재주었다. 그러곤 꽤나 안심하는 표정을 지었다.

"어때? 열이 내렸어?"

"…네."

"아하. 그러려고 수건 올려준 거야?"

"네."

"그런데 말야, 열을 내리려면 온수가 아니라 냉수여야 해."

"…네? 그걸 왜 지금…."

사실 처음부터 열 같은 건 없었거든. 나는 원래 체온이 남들보다 높은 상태로 지내. 그렇게 지낸 지 꽤 되어서 무감각에 가까워, 멀쩡해졌다는 거지. 또 열을 내리려면 냉수를 써야 한다는 걸 모르는 널 보고도 말하지 않았던 건, 날 돌봐주려는 그 마음이 사랑스러워서 그랬어.

"…미…,"

"아아! 미안해하지 마. 일부러 그랬어. 재밌어서."

다시 사과하려는 로드의 말을 가로채고 농담하듯 말했다.

"사과는 아무 때나 하는 게 아니야. 정말 잘못했을 때, 또는 상대가 불쾌해할 때. 그럴 때만 사과하는 거야! 그러니까, 앞으로 나한테 미안하다고 말할 때마다…. 아, 놀려줄 거야. 간지럼이라도 태우면서."

"아, 네…."

"로드, 간지럼 타지?"
"아니요."
"뭐어?"

"뭐야, 놀리는 거야?"
 그때 처음으로 로드의 입가에 희미한 미소를 보았다. 아마도 그날이 우리가 처음으로 마주 보고 웃은 날이지 않을까 싶다. 여전히 손바닥은 따가웠고, 침실에는 우리밖에 없었지만. 우리는 상처 입은 손을 서로 마주 잡고 서로밖에 없는 그 적막함과 고요를 즐겼던 것 같다.

09

로드

 그 애가, 그러니까, 제인이 다쳤다. 피가 멈추지 않았던 걸 보아서 아무래도 흉기에 찔리거나 긁힌 상처 같았다. 뻔하지, L의 소행이라고 생각했다. 처음에는 화가 치밀어 올랐다. 어젯밤과 같은 분노가, 서서히 차올랐다. 제인은 아무것도 하지 않았는데, 왜 그들은 악독하게 구는 걸까, 의문도 생겼다.
 그러나 제인은 감추고 싶어 했다. 피가 멈추지 않고 흉터가 아물지도 않을 것 같은 그 상처를 가리고 싶어 했다. 움직이다 긁힌 상처라니, 척 보기에도 거짓말이었지만 나는 입을 꾹 다물었다. 이 이상 말하면 제인의 상처가 아무는 것이 더 더뎌질 것만 같았기 때문이었다.
 이제 제인과는 기껏해야 열 마디 정도 나누었을까. 처음에는 말하고 싶어도 쉽게 열리지 않던 입이, 자꾸만 제인의 미소와 웃음 같은 것을 마주하다 보니 그 따뜻함에 풀어지기라도 한 듯이 점점 말수를 늘려나갈 수 있게 되었다.

 한동안 또래의 아이들과 대화를 나누지 않았더니 말을 꺼내는 것조차 힘들고 어색했지만 이것도 제인, 그 사람과 함께라면 앞으로 더 나아질 수 있지 않을까. 제인이라면 내가 희망을 품어보아도 되지 않을까. 지금 이 순간까지도 나는 이미 그녀에게 마음을 주고 있지만. 나는 돌이킬 수 없을 만큼 많이 다쳤지만, 또 덧날 수 있다는 현실을 자각하고 있지만, 쉽게 그르치지 못한다. 그날 이후로 나는 신 같은 건 믿지 않지만, 매일 기도했다. 어쩌면 신이 아닌 제인을 향한 말일지도 모르는 기도를.

 내 생의 마지막 희망이 되어주었음 해요. 나와 나의 생을 걸고, 이렇게 기도할게요.

────── 날이 갈수록 내가 제인 덕분에 나아지고 있는 것은 확실해졌다.

먼저, 하루 동안 할 수 있는 일이 차츰 늘어나고 있다. 밥을 먹고, 수업을 듣고, 잠을 자는 것 외에 기력을 내어 할 수 있는 일이 늘어났다. 예를 들자면 정원을 산책하거나 제인과 함께 차를 마시거나, 또는 도서관에 가보는 등. 나는 어느새 지금껏 하지 못했던, 할 수 없었던 일들을 제인과 하고 있었다. 그야말로 특별한 경험이 아닐 수 없었다.

물론 처음엔 힘들어했었다. 아이들이 조금이라도 몰려 있는 곳은 발을 쉬이 딛지도 못하고, 제인이 아닌 사람과는 대화조차 불가능했다. 식사 시간에 숟가락 하나 들지 못하거나, 겨우 밥을 모두 먹었다면 직후에 소화하지 못하고 모조리 토해내거나. 호숫가에 다시 발을 들이는 일도 빈번히 일어나곤 했다. 그래서 처음에는 3일 연속으로 날밤을 새우는 일도 많았다. 그렇게 하지 않으면 잠에 들어 나의 환상을 보게 될 테니까 말이다.

그렇게나 불안정한 나를, 빛을 보지 못하는 나를, 영원히 그곳에 갇혀 살 것만 같았던 나를 꺼내준 것은 제인, 그 사람뿐이었다. 힘들어하는 장소에 두 손 꼭 잡고 함께 가주거나 식사 시간에 항상 곁을 지켜주거나. 또는 환각을 극복시키기 위해 잠든 이후 이상 증세를 보이면 옆에서 즉시 나를 깨워주는 등, 제인이 나보다 더 힘을 내주었고, 그랬기에 점차 나아질 수 있었다. 그렇게 슬슬 환각이 사라져 갈 때, 그제야 알게 된 사실이지만 그때 그녀는 밤을 새웠단다.

날이 갈수록 제인에게 고마운 일들과 함께 미안한 일들도 늘어났다. 뭔가 빚을 지는 기분이라, 나중에 어떤 방식으로 갚아야 할지 모르겠다며 미안하다 하는 나를 보고 제인은, 이렇게 말했다.

"그럼, 내가 바라는 것 하나만 들어줘."

"뭔데요?"

"환영 속 네가 되기로 해."

"그게 정말…, 원하는 거예요?"

"응. 그거 아니면 갚을 방법 없어."

이렇게. 이렇게 말하며 내가 좋아하는 그 미소를 지었다.

가끔은 매일 하는 기도가 통했나 싶을 만큼 비현실적인 날들을 보내기도 했다. 다른 아이들조차 느끼고 있을 만큼 내가 변하고 있었다.

"로드! 책 읽어줘, 오늘도."

나보다 훨씬 어린아이들이 내게 말을 걸어왔다. 어떤 아이는 책을 읽어달라고 하고, 또 어떤 아이는 모르는 문제를 가르쳐 달라고 한다.

그렇게 차츰 아이들과의 대화 수도 늘려가며 꽤나 살아간다는 것을 느끼고 있을 때. 그때 평화에 금을 가게 한 생각이 하나 들었다.

　혹시, 이건 나아지고 있는 게 아니라 또 다른 깊은 못에 발을 담그고 있는 게 아닐까? 그게 아니라면, 이 뒤틀린 감정의 근원, 그리고 내가 지금 제인에게 분노를 느끼고 있는 이유를 어떻게 설명할 수 있지?

　"그 남자애는 누구예요?"

10

세인

　확연히 나아진 로드를 보고, 자연스레 기운을 얻은 나도 차츰 상태가 호전되기 시작했다. L이 했던 회복이 빠르다는 말은, 이런 의미였나 싶을 정도로 손의 상처가 빠르게 회복되었다. 함께 상처를 입은 로드보다도 일찍이 화상 흉터가 사라졌다. 핵심적으로 과거의 기억이 흐려져 갔다. 트라우마를 이겨내는 로드를 보고 그에 기력을 얻은 것인지, 더 이상 같은 날을 보내지 않아도 된다는 사실이 이유가 된 것일지 몰라도 말이다. 물론 어느 정도의 고통은 여전히 존재했다. 그러나 나는, 지금, 매일 밤 같은 악몽을 꾸지 않는 것만으로도 족하다.
　그날 이후 로드와 본격적으로 가까워지며 로드에 대해 많은 것을 알게 되었다. 좋아하는 것과 싫어하는 것, 어떤 수업을 즐겨듣는지, 어떤 계절을 좋아하는지, 취미와 독서 취향 등 다양한 사실을 알 수 있었지만 딱 한 가지, 로드의 트라우마에 대한 것은 알 수 없었다. 물론 로드가 이야기를 꺼내지 전까지 먼저 언급할 생각은 추호도 없다. 그러나, 또다시 그에게 아픔이 찾아올 때를 대비하기 위해서라도 나는 여전히 기다리고 있다.

그러던 어느 날에, 이곳에 적응해 나가다 나와 동갑인 아이가 하나 있다는 사실을 알게 되었다. A 구역의 아이들이 총 22명인 것은 알고 있었지만, 아이들의 나이까지는 세세하게 알지 못했던지라 사실에 반가워했다. 그런데 의문이라면, 이곳에 온 지 5주로, 한 달이 조금 넘어가는 동안 어째서 몰랐는지, 그 정도였다.
처음 알게 된 계기는 아홉 살 진이라는 이름의 아이와의 대화였다.
"그런데, 언니는 왜 그 오빠랑은 안 놀아?"
"응, 누구?"
"레오 오빠! 언니랑 동갑이잖아. 혹시 예전에 싸웠어?"
"그런 건 아니야. 나, 사실 여기 아이들 전부와 대화해 본 건 아니거든."
"진짜? 완전 의외다. 다 친한 줄 알았어! 그럼, 혹시 친해질 생각 있어? 나도 사실 그 오빠랑 친해지고 싶은데 다가가기 어려워서. 좀… 무섭다고 해야 하나."

"응. 당연하지. 누군데?"
진의 침대에 나란히 앉아 침실에 있는 아이들을 한 번씩 바라보았다. 도무지 감이 잡히지 않자 작은 목소리로 진의 귓가에 속닥대며 말했다. 혹여나 진이 큰 소리로 지목할 때 그 아이가 불쾌해할 것을 걱정했기 때문이었다. 그러나 진은 대답하기보다 입바람에 간지럽다며 몸을 웅크리며 웃었고, 대답을 기다리던 나도 그 모습이 귀여워 웃음이 먼저 나와버렸다. 결국 귀여움을 이기지 못하고 한참을 장난치다가 진에게 다시 물었다.

"그래서, 누구야?"

이곳의 아이들은 전부 나보다 한두 살 적거나 많은 줄로만 알고 있었다. 동갑이 있는 줄은 몰랐기에, 이후 진이 할 말에 귀를 기울였다.

"지금 여긴 없어. 그 오빠는 맨날 도서관에만 있거든."

"도서관? 책을 좋아하는 거야?"

"응, 그런가 봐."

그러고 보니 로드, 그리고 나의 적응을 위해 전에 딱 한 번 도서관에 갔을 때를 제외하곤 도서관에 가본 적이 없었다. 더군다나 도서관은 침실과 교육실이 있는 건물과는 조금 떨어진 건물에 있었기에, 더욱 그 아이를 보지 못했나 싶었다. 그렇지만, 잠은 이곳에서 잘 텐데?

"그렇구나. 좀 이따 침실에 오면 알려줄래?"

"그 오빠는 여기서 안 자."

"응?"

"그 오빠는 B 구역이랑 A 구역을 동시에 써."

순간 이해하지 못했기에 되물었다.

"그게 무슨 말이야?"

"동점이래. 구역을 나누는 시험에서 둘 다 고점을 받았었대. 듣기론 피아노를 잘 친대. 그래서 아마 B 구역에서 주로 지낼 거야. 이곳엔 잘 안 와. 기껏해야 한 달에 두 번 정도? 교원님들이랑 상담할 때 온대. 그래서 언니가 못 본 거지!"

진은 설명을 마치고 추리를 끝낸 탐정 같은 말투로 명쾌하게 웃었다. 나는 그런 진의 머리를 쓰다듬어 주며, 잠시 생각했다. B 구역은 예체능에 특출난 아이들을 모아둔 곳이다. 반면 A 구역은 두뇌가 뛰어난 아이들을 모아둔 곳이다. 진의 말대로 시험에서 동점, 그것도 고점을 받았다면 그 아이는 얼마나 똑똑한 건지. 사실 가늠도 안 됐다. 그래서, 더욱이 그 아이가 궁금해졌다.

"언니. 언니는 커서 뭐 되고 싶어?"

그 아이에 대해 잠시 생각하고 있을 때 진이 물었다. 그러고 보니 교육원의 진실을 모르는 아이와 미래에 대한 대화를 해본 적이 없었다. 가끔 로드와 앞으로 있을 시험에 대해 얘기를 나누곤 한 게 전부였다. 하지만 로드는 진실을 아는 아이였다. 처음부터 짐작은 해왔지만 얼마 전에 로드가 직접 '처분'을 언급하며 확실해졌다. 그러나 어디서부터 어디까지 아는지는 모른다. 로드는 교원들과 관련된 일, 즉 트라우마에 대한 이야기가 조금이라도 시작될 기미가 보이자 단칼에 대화를 자르곤 했으니 말이다.

"음, 그러게. 그러고 보니 생각해 본 적이 없어. 진은?"

"나는 탐정이 될 거야! 세상에 모든 범인을 내가 다 잡을 거야.

어때, 멋지지?"

"응, 멋있다."

마음속 어딘가 응어리가 진 기분이었다. 조금, 울컥했다.

"나는 마지막까지 시험을 통과해서 꼭 졸업장 받아낼 거야!"

이곳은 알려진 바로는, 100명 중 오직 상위의 소수만이 졸업장을 받아낼 수 있다고 했다. 졸업의 여부를 가리는 마지막 시험이 언제 치러지는지도 알려진 바가 없지만 이미 아이들은 각자 꿈이 있었다. 다들 자신이 최후의 졸업생이 될 거라며 가끔 장난스러운 말다툼을 벌이기도 했다. 그 모습을 볼 때면, 왠지 진실을 알면서도 말하지 않는 내가 방관자가 되는 기분이라 마음이 불편해지곤 했다.

"흥, 왜. 안 믿겨?"

내가 잠깐 다른 생각에 빠지자 진이 나를 바라보며 대답을 재촉했다. 나의 표정만으로 내가 어떤 생각을 하는지 아는 아이라니. 진은 정말 탐정이 된다면 그 일에 제격일 것이라는 생각이 들었다. 하지만, 과연 그런 날이 올 수 있을까.

"아니, 믿지! 우리 같이 졸업해야지. 그치?"

세상에 이보다도 잔인한 말이 없을 것이다. 그런 말을 하며 웃는 내 자신에게 회의감이 들었다. 언젠가 진이 진실을 알게 되었을 때, 그때가 되면 나를 원망할지도 모르겠지. 마음 같아서는 이곳의 모든 아이들에게 진실을 말해주고 싶지만 그럴 수 없다. 이곳은 문장 하나나 손짓, 눈짓처럼 단순한 것들로 사람의 생사를 결정짓는 악독한 곳이니까. 진실을 말했다간, 자칫 이곳의 아이들을 잃어버리는 가장 빠른 길이 되어버릴지도 모르니까.
"응!"

그리고 다음 날. 나는 날이 밝자마자 어제 진이 해준 말이 떠올랐다. 따라서 오늘, 다짐한 대로 진이 일러준 그 아이를 한번 만나보고자 다시 한번 마음먹었다.

아침 식사가 끝나고 첫 수업이 시작되었다. 첫 수업은 심리학 수업이었다. 말만 심리학이지, 사실 추리를 하는 등 머리를 쓰는 수업이 대부분이었다. 난 심리학 수업을 좋아하는 편이 아니었지만, 같은 수업을 듣는 진은 수업이 아주 마음에 드는 모양이었다. 그리고 로드도. 로드는 생각보다 가리는 수업이 없었다. 원래부터 그랬던 건진 모르겠지만, 수업이 꽤나 재밌는 모양이었다. 과연 이곳의 최고점자다운 면모였다.

심리학 수업이 끝나고는 휴식 시간 없이 곧바로 경제학 수업이 시작되었다. 경제학 수업 또한 내 취향이 아니었지만, 로드는 이번에도 꽤나 집중하는 태도를 보였다. 나는 이따금씩 수업을 듣기보다 로드나 다른 아이들이 수업하는 모습을 바라보는 일을 더 좋아한다. 그러고 있으면 마치 정말 평화로운 어느 곳에 있는 기분이 들기도 했다. 전에 어느 책에서 본 내용인데, 대부분의 어린아이들은 학교라는 곳을 다닌다고 했다. 이곳, 교육원과 별다를 게 없는 곳이지만 그곳에는 절대적인 자유를 보장해 준다고 했다. 그리고 사람들은 각자 자신의 집이 있다고도 본 적 있다. 그곳에서 매일 밥을 먹고 잠을 자고 생활을 한다고 했다. 우리는 교육원이 집이자 학교이자, 인생이지만 말이다. 아. 결정적으로, 그곳은 시험에 탈락한다고 하여도 사람을 죽이지 않는단다.

아마 나는, 우리들은, 평생 그런 삶을 살 수 없을 것이다. 나는 가끔 그런 책 속 이야기를 보며 그런 삶을 사는 사람들을 무척 부러워하곤 했다. 자유를 보장하고, 생명을 존중해 주는 곳이라니. 어쩌면 책 속 이야기가 사실이 아닐 수도 있는 일이었지만, 그럼에도 나는 그 환상적인 이야기를 한때 꿈꾼 적 있다.

꿈꿔봐도 달라지는 것은 없겠지만.

꿈을 자각했으니, 이제 다시 현실로 돌아가 보자. 경제학 수업이 끝난 뒤에는 잠깐 휴식 시간이 주어졌다. 한 수업당 1시간 내외로 소요되기 때문에, 두 번째 수업까지 마치게 되면 대략 10시가 조금 넘은 시간이 된다. 휴식 시간은 운이 좋으면 5분, 평균적으로는 3분만 주어진다. 오늘은 운이 좋게도 5분이었고, 늘 그랬듯 그 휴식 시간을 아이들은 꽤나 잘 활용했다. 교육실을 미리미리 옮겨두는 아이들도 있는가 하면, 머리를 식히기 위해 잠깐이라도 바람을 쐬는 아이들도 있었다. 서로 수다를 떨거나 혹은 아무것도 하지 않는 아이들도 있었다. 그중에서 나는 아무것도 하지 않는 아이에 속했다. 이유는 딱히 없었다. 구태여 둘러대 보자면 교육실에 딱 한 군데 창문이 있는데, 그 창문 너머로 보이는 녹빛 여름을 감상하는 일이 나쁘지 않았기 때문이라고 할까. 꽉 막힌 공간에 있다가 탁 트인 곳을 보니 마음이 편해졌기 때문이라고 할까. 아, 그렇지만 밖으로 직접 나가는 일은 사양이다. 숨을 돌리는 것은 딱 거기까지, 닿을 수 없는 창밖 풍경을 바라보는 것까지만 하기로 오래전부터 스스로를 절제시켜 왔다. 이것에 대한 이유는 간단했다. 밖으로 나가면 자꾸만 자유를 원하고 싶어지게 되니까 말이다.

창밖을 보며 잠시 생각에 빠져 있거나, 또는 그저 감상하기만 하다 보면 휴식 시간이 훌쩍 지나가곤 했다. 이윽고 다음 수업을 알리는 안내방송이 흐를 때, 나는 그제서야 몸을 움직였다.

다음 수업은 기술학 수업이었고, 내가 가장 어려워하는 수업이자 싫어하는 수업이다. 어려워하는 수업은 이것 말고도 조금씩 존재했지만 싫어하는 수업은 이 수업이 유일할 것이다. 왜냐, 이 수업의 담당 교원이 L, 그 사람이기 때문이다. 나는 그 사람의 얼굴을 보는 일만으로도 내키지 않는데 하물며 수업이라니. 고로 나는 그 시간에 다른 아이들이 집중하는 모습을 보거나 수업에 집중하는 체하며 시간을 보내곤 했다.

그렇게만 하다 보면 고역이던 그 수업도 어느샌가 끝이 나 있었다. 끝을 알리는 안내방송에 내심 좋아하고 있을 때면 L, 그 교원은 교육실을 나서며 항상 나에게 눈을 맞추곤 날카로운 표정을 짓곤 했다. 처음엔 그 눈빛에 겁을 먹기도 했지만, 몇 번 겪다 보니 슬슬 두려움보단 증오심이 더 큰 비중을 차지하게 되었다.

그런 증오심을 느끼고 있을 때, 로드가 내 자리에 다가와 손을 내밀었다. 세 번째 수업이 끝나면 점심 식사 시간이었기에 항상 로드와 함께 식당으로 향하곤 했다. 난 이제 먼저 내밀어 주는 그 손을 반가운 얼굴로 맞잡으며 함께 식당으로 이동했다.

"오늘 중간 휴식에는 뭐 할 거예요?"
"아, 나 도서관에 가보기로 했어. 함께 갈래?"
"네, 좋아요…."
중간 휴식, 점심 식사 시간 이후 30분간 주어지는 휴식 시간이다. 그 시간이 하루 중 존재하는 휴식 시간 중, 저녁 식사 후 휴식 시간을 제외하면 가장 긴 시간이었다. 그랬기에 아침에 다짐한 대로, 그 아이를 만나보기 위해선 중간 휴식 시간을 이용하는 수밖에 없었다.
그 아이가 오늘도 도서관에 와야 할 텐데.
그런 생각을 하며 로드와 점심 식사를 시작했다.

"도서관, 지금 갈 거예요?"
식사 시간이 끝나고 함께 식당을 나서며 로드가 물었다. 내가 고개를 끄덕이려고 하는 찰나에, 누군가 뒤에서 로드를 확 끌어당겼다. 순간 로드는 힘없이 내 시야 밖으로 물러났다.
"로드! 우리랑 산책하자!"
순간 그 사람일까 봐 머릿속이 핑 돌았지만, 다행히도 케빈이었다. 케빈이 장난스러운 마음으로 있는 힘껏 로드의 옷자락을 잡아당겼던 것이었다. 케빈은 열 살이라는 나이의 어린아이로, 항상 안이라는 여자아이나 노아라는 남자아이와 함께 어울리는 아이였다.
"항상 제인이랑만 놀아. 우리랑도 놀자!"
옷자락을 쥔 케빈의 손 위로 노아가 거들 듯 자신의 손도 포개었다.
"안이, 여름햇살이 식물에 대해 설명해 준대."

"바보야. 여름해살이가 아니라 여러해살이라고!"

"그게 그거지. 뭐가 달라?"

그렇게 언성을 높이는 노아의 얼굴은 부끄러운 듯 붉어져 있었다. 안이 계속해서 노아의 실수에 대해 언급하자, 노아는 터져버릴 것 같은 얼굴로 황급하게 고개를 돌렸다. 고개는 나를 향해 솟아있었고, 곧 그 작은 입술을 움직였다.

"제인. 오늘 하루만 로드를 넘겨줘!"

마치 협박하는 해적 같은 말투로 노아가 말했다.

"하하!"

나는 노아의 말에 웃음을 터트렸고, 노아는 뭐가 웃기냐며 이미 붉어진 얼굴에 한층 더 색을 더하며 말했다. 나는 대답하기보다 먼저 로드의 표정을 보았다. 혹시나 아이들을 부담스러워하고 있지는 않을까, 갑작스러운 상황에 당황해서 속을 울렁거려 하진 않을까. 그러나 걱정과 달리 로드는 미소 짓고 있었다. 그 미소를 보자마자 생각했다. 아무래도 내가 빠져줘야겠다고.

"로드, 그럼 이 아이들을 놀아주고 있을래?"

로드는 잠시 고민하다가 입을 열었다. 여전히 그의 입가는 곡선을 그리고 있었다.

"그럼, 도서관은 혼자 가는 거예요?"

"응, 걱정하지 마."

"…네. 다녀올게요."

처음이었다. 로드와 내가 휴식 시간에 떨어져 있어 본 것은. 나는 내심 속으로 근심했지만 뒤돌아서도 여전히 수다스러운 아이들에 둘러싸여 어쩔 줄 몰라 하는 로드를 보니, 근심스러운 표정 앞에 웃음이 앞섰다. 이렇게, 잘 적응해 가는구나 싶었다.

로드가 아이들과 함께 시야에서 완전히 사라진 뒤에야 나는 도서관으로 걸음을 옮겼다. 도서관에 가는 길은 생각보다 멀었다. 그 땐 로드와 함께라 짧게 느껴졌던 것일까? 나는 먼저 A 건물을 나서고, 한참 풀숲을 걸어야 했다. 그 풀숲은 아까 교육실 창밖에서 바라봤던 풍경과 같은 모습이었다. 전에 로드와 걸을 때도 이 풍경을 봤던가. 이질감이 들었지만 발은 계속 앞으로 움직였다. 나도 모르게 그 풍경을 보지 않으려고 고개를 숙이고 걸었다.

이제 슬슬 근접했겠지, 하는 생각에 고개를 드니 커다란 건물 하나가 눈에 들어왔다. 녹이 하나도 슬지 않아 깔끔한 건물. 전에도 든 의문이지만 추측하건대 아마 관리를 잘했거나 재건한 지 얼마 되지 않았거나 둘 중 하나일 것이다. 그렇게 생각하며 직사각형의 정결한 건물로 들어갔다. 도서관에 오는 데 10분가량 소요되었다. 이제 남은 시간이라곤 20분 이내다. 그 시간 내에 그 아이를 찾을 수 있을까?

도서관은 전에 봤던 것처럼 여전히 깔끔했다. 학문별로 책을 나눠 책장에 정리하는 사서직 교원들과 익숙한 얼굴의 A와 C 구역 아이들, 그리고 처음 보는 얼굴의 B 구역 아이들도 있었다. 생각보다 사람이 많았기에 그 아이를 찾는 건 꽤 어려울지도 모른다는 생각을 했다. 그래도 나는 1층부터 3층까지 차례차례 살펴가며 진이 일러준 그 아이의 생김새를 찾아다녔다.

"밤하늘 색의 머리와 책에서 본 밤바다 색의 눈동자"라고 했다.

빛이 비추는 바다는 푸른색이니까, 밤바다라면 아마 더 짙고 어두운 푸른색이겠거니 하며 비슷한 외형을 찾아다녔다. 그러나 아무리 찾아보아도 1층과 2층에는 없었다. 마지막 3층, 계단을 오를 때까지만 해도 오늘은 날이 아니라는 생각을 했었다. 왜냐하면 3층은 문학보다는 기술학적인 내용을 다루는 책들을 정리해 둔 곳인지라, 아이들이 잘 걸음 하지 않는 곳이었다. 그러나 그렇다고 그 아이도 그럴 것이라는 건, 확실히 나의 편견이었다. 3층의 가장 테두리에 홀로 앉아 책을 읽는 아이, 나는 보자마자 알아챌 수 있었다. 저 아이가 레오구나.

진의 묘사대로 그 아이의 머리카락은 정말 밤하늘 색을 닮았다. 푸른빛인지, 자줏빛인지 모를 오묘한 색이었다.

"레오?"

그렇다면 밤바다는 어떤 색일까.

반신반의한 내 부름에 다행히도, 그는 대답하듯 고개를 들어 나를 봐주었다.

처음 보자마자 그런 생각을 했던 것 같다. 정말 세상의 모든 밤을 한데 모아 섞은 색이 아이를 이루고 있는 것 같다고. 신비로울 정도로 오묘한 그 눈동자가 한순간 나를 매료시키듯 빠져들게 했다.

"누구세요?"

"아. 레오, 맞아요?"

"맞는데요. 누구십니까?"

레오는 그렇게 말하며 자리에서 일어나 나를 보았다. 그런 그를 보는데, 어째서인지 체형이 L과 닮아 있다고 순간 생각이 스쳤다. 마른 몸에 큰 키를 갖고 있어서 그런 걸까? 나도 모르게 오싹한 그 실루엣을 떠올리고 있었다.

"…아, 나는 제인이야. A 구역에서 지내고, 너랑 동갑이야."

"그렇구나. 나는 왜 찾았어?"

"별일은 아니고 가까워지고 싶어서 찾아왔어."

"왜?"

그 대답을 듣자마자 나는 조금 당황했다. 그리고 그 사실을 감추지도 못했다. 친해지고 싶은 것에 이유가 있을까? 설령 있다고 해도 보통 이유를 물어보던가. 특히나 대답 앞에 기묘하게 채워진 잠깐의 공백이 조금 마음에 걸렸다. 나는 잠시 고민하다가 말했다.

"그런 건 딱히 없어. 사실 동갑인 친구가 없거든. 외로워서 말야."

"정말?"

아까부터 묘하게 나를 불신하는 표정과 말투. 계속해서 반문하며 확신을 가지려 하는 태도가, 왠지 내가 마음에 들지 않는다고 암시적으로 이야기하는 건 아닐까 싶을 정도였다.

"그래. 고마워."

…기우였나.

"그런데 나는 어떻게 알았어?"

"진이라고, 알아? 그 애가 알려줬어. 열여덟이 한 명 더 있다고."

"미안. 모르겠네."

…이건 진에게 얘기해주면 안 되겠다. 오늘 한마디 나눠보러 간다고 말해줬을 때 자기 얘기도 해달라며 엄청나게 기대하던데. 왠

지 민망해지겠네.

"내가 마지막으로 A에 간지 벌써 3개월이 넘어서 말야. 그쪽엔 아는 사람도 별로 없기도 하고."

내가 잠시 침묵하자 그가 부연 설명을 덧붙였다.

"하긴, 그럴 만하지. B에서도 엄청 바쁠 텐데."

점점 대화가 이루어지고 있다고 생각했을 때. 도서관 천장에 위치한 작은 구멍으로부터 안내방송이 흘러나왔다. 내용은 중간 휴식의 끝을 알리는 내용이었다. 5분 이내로 교육실로 이동해 달라는 말도 덧붙였다.

"아, 대화 얼마 못 했는데. 내일 다시 와도 돼?"

"지금 A로 가는 거지?"

"응."

"나도 A로 가야 해. 같이 가면서 좀 얘기해 볼까?"

아, 그러고 보니 진에게 레오는 아주아주 드물게 A 구역에 수업을 들으러 온다고 했던 것도 같다. 그런데 그 횟수가 너무 적어서 두 달에 한 번 모습을 볼 수 있을까 말까 한 정도라고.

그날이 오늘이라니. 운이 좋네!

"응, 좋지!"

도서관을 나서니 해가 나와 레오를 직선으로 비추고 있었다. 강한 햇빛에 눈을 찡그리며 고개를 돌렸다. 그런데, 고개를 돌린 곳에 레오가 있었고, 레오는 그 강한 햇빛을 육안으로 마주하면서도 아무런 기색 하나 없었다.

"…날씨 좋지?"

"응. 그러네."

알 수 없는 아이다. 기분 탓인지, 아까부터 자꾸 레오의 눈이 보이지 않는다. 그 애가 지금 어떤 눈빛을 하고 있는지 알 길이 없었다. 차라리 말투나 행동에서라도 알아차릴 수 있었으면 나을 텐데. 레오는 감정을 드러내는 걸 별로 좋아하지 않는 걸까.

아니, 그렇다기보단 무언가 사연이라도 있는 사람처럼 과묵한 분위기에 가까웠다.

"A에는 수업을 들으러 가는 거야? 어떤 거?"

"응. 기술학 수업이야."

"기술학? 그거 오전에 끝났는데."

"넌 L 수업 듣나 보네. 난 다른 사람 거 들어."

처음 알았다. 수업 하나에도 교원이 여럿 존재한다는 사실. 그렇다면 지금이라도 다른 교원의 수업으로 옮길 수 없을까? 로드도 그렇고, 나도 기술학 수업이 있는 날은 영 기운이 쉽게 나지 않는데.

"L은 어떻게 수업해?"

"난 사실 기술학 안 좋아해서. 하하, 부끄럽네."

그 사람이 수업을 어떻게 하느냐고? 물론 잘 알지. 이론은 이론대로 오차 없이 가르치고 이론을 이용한 활용법들도 완벽한 교육서처럼 가르친다. L은 사람이라기보다 기계에 가까운 자다. 그렇지만 이렇게 말하다 보면 왠지 L에 대한 감정이 적나라하게 하나하나 실릴 것만 같아서, 레오에겐 오늘이 첫 만남이지만 거짓말을 할 수밖에 없었다.

"그럴 수 있지."

"아, B에서 지내는 건 어때? 예체능이라고 하던데, 멋있네."

"너희랑 다를 것 없어."

"그럼 넌, 전공하는 분야가 있어?"

"피아노."

우리의 대화는 별다를 것 없었다. 간단하게 서로의 취미나 관심 분야에 대해 가볍게 물으며 친분을 다지는 게 전부였다. 레오가 아직은 나를 어색해하는 건지, 아니면 내 추측대로 나를 꺼리는 건진 모르겠지만 자꾸 레오와 이야기를 나눌 때면 생각이 이래저래 많아진다. 자꾸만 대화의 의미를 해석하게 된다. 사람을 계산적으로 대하는 건 내게 금물인 일이었지만, 무언가 그러지 않으면 레오와 가까워지긴 어려울 것 같은 분위기였다.

"아. 그래, 레오는 A 구역에 친한 아이가 있어?"

"응. 몇 년 된 아이가 하나 있어."

"정말? 이름 알려줄래?"

"리지."

리지? 처음 듣는 이름이다. 아니, 조금 익숙한 이름 같기도.

확실한 건 내가 최근에 그 이름을 들은 적도, 불러본 적도 없다. 아. 혹시 레오처럼 A 구역과 다른 구역을 번갈아 사용하는 아이는 아닐까? 그렇다면 내가 기억이 서지 않는 것도 이해가 간다. A에 오게 된 지는 얼마 되지 않았으니 그동안 다른 곳에서 지내고 있었을지도 모르지.

"그렇구나!"

그때. 그렇게 해맑은 얼굴로 맞장구쳐선 안 됐다.

아니, 애초에 도서관에 레오를 만나러 가면 안 되는 거였나?

A 건물에 들어오자마자 로드를 마주쳤다. 당연히 처음 보는 얼굴에 당황할 것이라는 것까진 예상하고 있었지만, 어째서, 어째서 로드는 내가 지금껏 한 번도 보지 못한 경멸의 표정을 짓고 있는 걸까.

11

로드

 아이들은 가볍게 날 정원으로 데리고 가서 산책했다. 그리고 정말 안이라는 이름의 여자아이가 식물학에 대한 지식을 자랑했고, 뒤이어 노아라는 남자아이가 자신이 좋아하는 분야에 대해 소개했다. 그러다 중간중간 아이들의 말다툼이 오갈 때마다, 그 애들은 내게 심판하는 역할을 해달라며 애교스럽고 장난스럽게 말하곤 했다. 그 모습에 웃음이 나기도 했다. 그런 활기찬 아이들과 함께 시간을 보내니 나도 따라서 기력을 얻는 기분이었다. 여전히 제인이 아닌 아이들과 대화를 수월하게 이어나가는 건 쉽지 않았지만, 그래도 나는 한 발짝 나아진 것만 같았다.
 앞으로 다가올 일은 추호도 모른 채.
 정확히 25분이 지나고 끝을 알리는 안내방송이 울렸을 때, 나는 아이들과 각자 인사를 나누고 흩어졌다. 그러곤 당연하게 제인을 기다리기 위해 건물 입구에 서 있었다. 그런데 바로 올 줄 알았던 생각과 달리 제인은 5분이 조금 더 흐른 뒤에야 모습을 드러냈다. 제인은 평소처럼 나를 향해 그 온기 가득한 미소를 지어주었지만, 나는 제인을 보고 웃을 수 없었다. 어떻게 그럴 수 있지? 내가 제인을 보고도 웃지 못한다니, 그런 건 있을 수 없는 일이고, 상상조차 해본 적 없다. 그런데 왜 나는 그리 간단한 미소조차 짓지 못하는가. 입꼬리를 올리는 게 뭐 그리 어려운 일이라고, 이렇게 딱딱한 표정을 짓고 제인의 앞에 서 있는 거지?

제인의 웃음이 나를 향한 게 아니라 그런가. 아닌데, 분명 고개는 나를 향하고 있었고 시선도 정확히 나와 마주쳤는데. 그런데 왜 옆에, 저, 처음 보는 남자아이와 더 밝고 화사한 웃음을 지으며 대화하고 있는 거지? 아니, 애초에 내가 그런 것 가지고 이렇게 기분이 나빴던 적이 있던가? 제인은 원래 잘 웃는 사람이다. 이곳의 다른 아이들과 웃으며 대화하는 걸 본 적 없는 것도 아니고. 근데… 근데…. 왜.

그래서.

제인의 옆에 처음 보는 저 남자아이는 누구지?

"그 남자애는 누구예요?"

아, 나도 모르게. 제인을 보자마자 잘 다녀왔느냐고 인사를 먼저 했어야 하는 건데. 그런데 말이다. 이상하게 이 생소한 감정에 대해 아무렇지 않은 체하는 일은, 두려움과 공포감, 그런 것들을 느낄 때 표정에 드러내지 않는 일보다 더 어려운 일이다. 표정이, 언동이, 도저히 제어가 되지 않는다.

"아, 레오라는 친구야. 나랑 동갑이고, B 구역에서 지내고 있어."

그래?

이미 떠올렸듯 제인이 다른 아이들과 대화하는 것쯤은 많이 봐왔다. 이것도 그런 류의 일부겠지. 그런데. 아무리 그런 생각을 해봐도 이 역겨운 감정은 사라지지 않는다. 제인을 보고도 웃지 못하는 내가 바보 같아 싫다. 자신의 감정에 대한 근원도 모르는 내가, 너무 멍청하게 느껴진다. 특히나 다른 사람도 아니고 제인인데.

그녀가 네게 얼마나 특별한지 알고 있잖아.

"로드. 안색이 안 좋아. 무슨 일 있었어?"

"아니에요. 먼저 들어가 있을게요."

"로-."

"저 애 이름이 로드야?"

내 이름을 부르려는 제인의 말을 가로채고 그 목소리가 들려왔다. 한 번이라도 더 그 목소리와 제인의 목소리가 어우러지는 소리를 들으면 이번엔 정말 속이라도 뒤틀릴 것 같아 재빨리 그들로부터 멀어졌다.

그 뒤의 수업은 하나도 집중이 되지 않았다. 그 사람은 제인과 어떤 대화를 나눈 걸까. 혹시 제인이 그 사람을 앞으로도 계속 찾아가진 않을까. 아니, 그 전에 내 행동을 보고 제인이 내게 실망했으면 어쩌지. 아무리 생각해도 너무 바보 같았다. 그렇게나 어리숙한 꼴이 더 없었다. 이유 모를 감정에 휘둘려 제인까지 외면해 버리다니.

수업이 모두 끝나고 오늘 밤에 제인을 보게 되면 사과해야지. 그게 먼저다. 그 사람에 대해 묻고 따지고 싶은 마음이 굴뚝같았지만. 제인이 사과라는 건 "정말 잘못했다는 생각이 들 때, 또는 상대가 불쾌해 보일 때 하는 것"이라고 했으니 감정보다 더 깊은 진심을 전해, 제인의 미움을 사는 일을 피해야 한다. 이제 더 이상 감정적으로 행동하지 말아야지, 하고 다짐한 건 한참 옛날이면서 또 같은 다짐을 할 순 없는 노릇인 것 같기도 하지만.

마침내 수업이 끝나고 각자 휴식 시간을 가지는 시간이 다시 다가왔다. 나는 제인을 마주치면 할 말들을 미리 머릿속에 정리해 놓고, 그녀를 보기 위해 걸음을 옮겼다. 하지만 할 말들을 정리한 것들보단, 가면 제인이 있겠지, 제인은 어떤 표정을 지을까. 내게 실망했으면 어쩌지? 하는, 그런 불안을 전제로 한 생각이 가득했다.

또 그런 생각이 아니라도 남은 수업 시간을 보내며 참 많은 생각을 했던 것 같다. 상황을 곱씹어 볼수록 내가 너무 어렸던 것 같,

인간의 이성이란 건 이토록 연약한 것이다.
"레오, 진정해. 레오!"
건물 입구에 다다르자마자 미리 정리해 두었던 머릿속 생각들이 한데 날아가 버렸다. 이유는 모르지만, 사연도 모르지만. 제인이

필사적으로 품에 안은 그 사람, 레오라는 이름의 그 사람의 모습을 보니 아까와 같은 그 어리석은 감정이 다시 피어올랐다. 아니, 피어오른다는 표현은 너무 부드러울까?

12

레오

 어느 날 나를 찾아온 여자가 있었다. 이름은 제인으로, 정말, 예쁜 눈을 하고 있었다. 채도 높은 빨강, 의심할 거리 없이 완전한 빨간빛을 가지고 있었다.
 …음, 그리고…. 별거 없었다. …아직까지 떠오르는 특징이라곤 그것뿐이라. 아, 한 가지 더 꼽자면 빛 하나 없이 새까만 긴 머리 정도라 할 수 있겠다. 가끔 뒤에서 그 긴 머리카락을 볼 때면 서늘해지곤 했어서 말이다.
 뭐, 그래서. 여하튼 그런 여자가 나를 찾아와 친해지고 싶다며 말을 걸었다. 이런 적이 처음은 아니라 당황하진 않았다. 부담스럽지도 않았지만, 뭔가 쉽사리 대답을 하기 어려웠다. 말로 설명할 수 없는 그런 분위기가 흐르고 있었다. 그 분위기는 어색함도 아니고 이질감도 아니었다. 아, 아무래도, 출처는 모르지만 어느 오랜 향수로부터 흘러나오는 형용 불가한 느낌이라고 해둘 수 있겠다. 제인은 못 느낀 모양이지만.

사실 처음 제인의 말을 들었을 땐 그 무조건적으로 친절한 태도도 오래가지 못할 것이라 느꼈다. 편견이었지만, 지금까지 다들 그랬으니 말이다. 딱히 내가 사람들을 적대시하고 다닌 것은 아니었다. 그저 환경이 그렇게 만들었다. 나의 인간관계를 건강하지 못하게 말이다. 그런데 우습게도, 그 이유가 내 육체가 건강하지 못해서란다.

나는 예체능계 B에 속해 있지만, 사실 예술에만 특출난 것이지 신체를 쓰는 데에서는 영 젬병이 따로 없다. 선천적인 이유였다. 어려서부터 투병 사례가 빈번했기 때문이었다. 이상한 음식을 먹은 것도 아니고, 무리해서 무언갈 한 것도 아닌데 내 몸은 알아서 잘 최악의 경로를 찾아갔다.

어떤 병세를 앓았는지 하나하나 꼽자면 얘기가 좀 길어진다. 듣는 이들이 좋아할 리도 없고. 그러니 내 구슬픈 사연을 대충이라도 이해해 주길 바란다. 그렇게 양해를 구하며 아픈 이야기는 넘어가겠다.

제인과는 처음 만난 것치고 꽤 대화를 했다. 말했듯 난 인간관계에 그리 기대를 거는 편이 아니라, 제인과의 대화 중에서 9할은 제인이 먼저 말을 건 것이었다. 얼마나 더 대화를 나눌 수 있을까 싶을 때쯤 귀소를 알리는 방송이 울렸다. 별다른 생각 없이 도서관을 나서려는데, 문득 A 구역에 대한 생각이 스쳤다.

난 A 구역에 거의 유일무이하다시피 아끼는 아이가 하나 있다. 오랜만에, 보러 갈까, 싶었던 것이다.

생각이 들기 무섭게 이미 발걸음은 A를 향하고 있었다.

건물에 다다르니 오랜만에 보는 그 외관이 여전했다. 깔끔하고, 정갈하고. 꽤 오래전에 지어진 건물치곤 누구의 관할인지 몰라도, 참 관리를 열심히 하는 듯싶다.

그때 건물 앞에서 남자아이 하나가 눈에 들어왔다. 거리감이 꽤 존재했는데도 그 애는 나를 노려보고 있는 것 같았다. 그리고 이내 제인과 하는 대화를 들었다.

듣자마자 알 수 있었다.

그 남자애의 불쾌함이 역력한 표정이 마치 말이라도 하는 것 같았다.

나를 질투하는구나.

그 남자아이가 무슨 생각을 하는진 몰라도 나는 사랑싸움에는 낄 생각이 없다. 그렇게 말해주고 싶었지만 남자아이는 생각보다 더 큰 충격을 받은 듯한 얼굴로 인사를 나눠보기도 전에 자리를 떠났다. 아, 괜히 마음에 거슬리게. 이럴 줄 알았으면 제인의 옆에서 재미없는 표정이라도 짐짓 지어줄 걸 그랬나?

"…그래서, 이제 수업 들으러 가는 거야?"

"그래야지. 아, 이번 수업이 끝나면 휴식 시간이 있지?"

"응. 그럴 거야."

"그럼 잠깐 나 좀 도와줄래? 리지가 어디 있는지 좀 알려줬으면

해."

"응? …그래, 어렵지 않지! 여기서 다시 만나자."

"고마워."

생각보다 고민을 꽤 하는 듯한 얼굴이었다. 이유가 뭘까. 아까 그 남자아이가 이유일까?

나름 흥미로운 추측을 하며 교육실을 찾아가고 있을 때.

아, 흥미로운 그 감정을 어지럽히는 사람이 나타났다.

"레오 아니니?"

L이었다. 나의, 그리고 우리들의 영원한 숙적.

그를 마주칠 것까진 염두에 두고 있었지만 그렇다고 정말 마주칠 줄이야. 아니, 이걸 마주친다고 할 수 있나? 대놓고 내 다음 수업의 교육실 앞에서 대기 타고 있던 주제에, 우연인 체하기는.

L과는 아주 오래전부터 알고 지낸 사이였다. 내가 이곳의 이면을 알게 되었을 때쯤이었을까. 아, 먼저 이곳은 단순 교육원이 아니다. 저들 딴에는 신을 배양하는 곳이 될 것이다. 시험을 보고 그 기준에 따라 저들끼리 적격자를 분류하고, 시험에 탈락한 사람은 가차 없이 죽이는, 그야말로 미친 곳이 따로 없다. 사실을 알게 되었다기보단 눈치를 챈 것에 가까워서, 알아채는 과정에 대해선 따로 해줄 이야기가 없다.

그리고 나는 이곳을 탈출할 계획이다.

그 계획은 오래전부터 준비해 왔다. 시작은 리지의 다짐과 제안을 기점으로 한다. 그와 관련해서, 내가 A 구역이 아니라 B 구역에서 지내기로 한 건, 전공의 이유도 있지만 A 구역에 이 사람이 있기 때문이다. L, 이 사람이 말이다.

L은 생각보다 더 치밀한 사람이다. 상대의 눈빛, 손짓, 그런 것 하나하나로도 상대가 어떤 생각을 하고 있는지, 자신에 대해 어떻게 느끼고 있는지 알아챌 수 있는 사람이다. 그런 사람과 함께 지내며 탈출에 대한 계획을 짜라니, 불가능에 가깝지 않은가? 그러나 그 불가능에 가까운 일을, 리지는 묵묵히 해내고 있었다. 대단하지 않은가? 내 동생.

오랜 시간 동안 나는 리지와 함께 탈출을 궁리해 왔다. 언젠가 리지와 둘이 지내게 될 꿈의 집을 스케치북에 따라 그리며, 우리의 미래를 꿈꾸며 말이다.

그리고 그런 꿈을 꾼 지도 이제 벌써 5년이 다 되어간다. 물론 5년이라는 긴 시간은, 어느 하루 날을 잡아 이미 탈출할 수도 있는 긴 시간이었지만, 이곳의 보안과 방침이 보통이 아니라 조금이라도 불완전한 계획으로 얕잡아봤다간 내 목숨이 날아가게 되는 참사가 발생할 수도 있었다. 그래도 그렇게 긴 시간을 무의미하게 보낸 것이 아니라 다행이다. 병세가 심해져 병실에 하루 종일 누워 있어야 하는 안타까운 사연이 있는 날을 제외하곤 매일같이 도서관을 오가며 필요한 정보와 지식을 습득하는 데에 매진했기 때문이다.

그래서, 긴 시간 끝에 나는 드디어 탈출 날짜를 잡을 수 있게 되었다.

예상 탈출일은 오늘, 7월 19일로부터 196일 뒤. 1월 31일에 이곳을 빠져나간다. 탈출 계획은 말로만 풀어놓으면 간단하다. 먼저 동쪽으로 전력을 다해 뛴다. 그러나 그곳에는 높은 울타리가 하나 있을 것이다. 그저 그렇게 생긴 울타리라고 만만하게 보면 안 되는 이유는, 언제든 그 울타리에 전기를 통하게 해둘 수 있다는 점이다. 아니지, 혹시 모른다. 그곳에 사람의 신체가 닿으면 자동으로 전기가 통할지도. 그렇다면 그 혹시를 위해 하나의 대책을 세워 대비하고, 다른 방향으로 달려야 한다. 그 다른 방향은 이제 중앙 구역. 중앙 구역에 도착한 뒤 가장 먼저 할 일은 교장실에 몰래 가까워지는 것이다.

그렇다면 중앙 구역 교장실에 가까워진 뒤에는 어떻게 할까? 우선 교장실은 A 구역과도 근접하여 A 구역으로 몰래 다가가 근접해야 한다. 그러다 교원들을 만나면 어떡하느냐고? 안타깝게도 이 일에 대해서는 대처가 명확하지 않을 것이다. 내가 할 수 있는 일이라곤 경비가 강화되어 무장한 그들을 상대로 칼을 조금 휘둘러보거나 전력을 써서 도망치는 것 정도. 그리하여 이때를 대비해 나는 하나의 함정을 파놓을 예정이다. 그리고 마지막, 중앙 구역에 다다랐을 때 리지와 접선하여 함께 이곳을 나가는 것이다.

그런 방법으로 나는 정확히 196일 뒤 중간 휴식 시간에 이곳을 빠져나갈 계획이다. 여기까지가 탈출 계획이다. 어떤가? 이 모든 계획의 뿌리가 바로 리지다. 나는 수정하는 일만 조금 도왔기에, 이 계획은 리지 홀로 완성해 낸 것이라고 할 수 있겠다. 무려 13세 무렵의 나이에. 정말, 대견하지 않은가?

탈출 계획을 보다 완벽하게 마무리 짓기 위해서는 이 사람을 먼저 피해야 하는 게 일이었다. L, 이 사람을 말이다. 계획 실행 도중에도 이 사람을 마주치면 그보다 끔찍한 사태가 없을 만큼 이 사람은 위험한 사람이다.

"레오, 잘 지냈니?"

"네. 그럼요."

"여전하구나."

아무것도 모르는, 이곳의 다른 아이들과 다를 것 없는, 그런 아이 같은 미소를 지었다. L은 안부 인사에서 그치지 않고 나와 더 많은 이야기를 나눌 예정인지, 내 어깨에 꽤나 다정하게 손을 올린 채 날 바라보았다.

"기술학 수업을 들으러 왔니? 오랜만에 리지도 볼 겸 말이구나."

리지. 리지의 이름이 당신 입에서 나오다니, 조금 그렇네!

L이 그 애가 내게 소중한 사람이란 것을 알아챈 이상, 반드시 리지를 지켜야 한다. 내 동생.

"네. 맞아요. 리지를 못 본 지 꽤 되어서요."

"그렇구나. 그럼, 꼭 볼 수 있길 바라."

L은 그렇게 말하며 나를 지나쳐갔다. 꼭 볼 수 있기를 바란다고? 그 말에서 뭔가 알 수 없는 기분을 느꼈다. 이질감에 가까운 기분을 말이다. 그러나 원래에도 그리 명확한 말만 하는 사람은 아니었기에 그저 그러려니 하며 교육실로 들어갔다. 마지막으로 본 지 두어 달쯤 지났는데, 리지는 얼마나 컸을지 상상하며.

기술학 수업은 생각보다 짧게 느껴졌다. 이미 책에서 터득한 내용이 전반적이라 그렇게 느꼈던 것도 같고. 기술학 수업을 굳이 굳이 듣는 이유는 탈출 시 필요로 하는 정보를 알기 위해서였는데, 수업을 듣는 것보다 혼자서 책을 보며 공부하는 게 더 도움이 된다는 걸 좀 뒤늦게 알아버렸다. 재수 없게 들릴진 몰라도 이제 수업이 조금 지루해지던 찰나다.

결국 지루함을 다른 생각으로 무마할 수밖에 없었다.

그리고 마침내, 수업을 마치는 방송이 울렸다.

이제 리지를 보러 가야지.

"제인, 먼저 와 있었구나."

"응. 끝났어?"

제인과 수업이 끝난 뒤 만나기로 한 건물 입구로 내려갔다. 제인은 이미 도착해 있었다. 그런데 제인의 표정이 마치 무엇을 숨기고 있는 사람 같았다. 그녀의 말투는 아까 나를 대하던 것과 같이 밝았지만, 표정은 어딘가 미세하게 달랐다.

나는 딱히 신경 쓰지 않았다.

"리지가 어디 있는지 알려줄래?"

그러나 또 같은 표정. 아까보다 조금 더 노골적으로 무언가를 드러내는 표정이다.

아니나 다를까 제인도 대답에 공백을 조금 두는 듯 보였다. 아무래도 무슨 일이 있었던 모양인데.

"나, 사실 리지가 누구인지 모르겠어."

아, 그런 거였구나.

그럴 만도 하다. 리지는 원래 아이들과 잘 어울리는 편이 아니었다. 그런 걸 싫어하진 않았지만 부끄러움을 많이 타고 낯을 많이 가리는 아이였기에, 고작 A에 온 지 한 달도 되지 않은 제인이 리지를 모르는 것쯤이야 그럴 수 있지.

"그래? 그럼 다른 사람한테 물어보자."

"응. 어! 노아, 마침 지나가네. 노아!"

제인은 주변을 둘러보다가 리지보다는 조금 어려 보이는 남자아이의 이름을 불러세웠다. 노아라는 이름의 그 남자아이는 제인을 무시하는 건지, 누나라는 호칭을 아직 깨닫지 못한 건진 몰라도, 누나, 같은 명칭이 아닌 제인의 이름 그대로를 부르며 다가왔다. 이후 그 애의 표정을 보니 후자인 듯싶었다.

"제인! 어, 이 사람은 누구야?"

"응. B 구역에서 지내는 레오라는 친구야. 너한텐 형이지."

"형…? …아하!"

역시 그 애는 누나나 형 같은 호칭을 제대로 이해하지 못한 듯 보였다.

"것보다 노아, 한 가지 물어봐도 될까?"

제인은 그렇게 말하며 노아라는 아이의 머리카락을 정리해 주었다. 그 모습을 보고 제인이 이곳에서 어떤 사람으로 비치는지 알 수 있었다. 모든 사람에게 친절한 사람, 군더더기 하나 없는 표정을 지으며 언제나 사람을 기분 좋게 만들어 주는 그런 사람 같았다. 리지도 웃을 땐 정말 예쁜데.

"응, 뭔데?"

"리지가 어디 있는지 알아?"
"리지? 아, 그 여자애!"
"응. 어디 있어?"

"그 여자애는 몇 달 전 시험에서 탈락했는데? 아, 모르는구나!"

─── 뭐?

"뭐라고? 탈락? 확실해?"

"어? 네, 확실해요. 그 빨간 눈 여자애 맞죠?"

…뭐, 내가 지금 무슨 소리를 들었지?

리지가 탈락했다고?

아니, 리지가 죽었다고?

…하하!

거짓말은!

"이런 장난 재미없는데."

"…네? 장난치는 거 아니에요. 진짠데."

죽었다고, 그래?

나는 그것도 모르고 지난 몇 달을 잘도 보냈구나. 그것도 가끔 웃으며 말이지. 리지가 죽은 줄도 모르고, 도서관을 열심히 오가며 계획을 다듬었단 말이지. 리지가 죽은 줄도 모르고 오늘 리지를 만나기를 기대했단 말이지?

아니, 아니지.

이 어린아이가 뭣도 모르고 장난치는 걸 수도 있잖아.

그렇다면 내 두 눈으로 직접 확인해 봐야지. 리지가 없다는 걸.

리지가 탈락했다는 걸. 리지가, 그 애가 죽었다는 걸!

"리지!"

"레오!"

"리지, 리지, 어디 있어? 리지!"

미친 듯이 건물을 뛰어다녔다. 허약한 몸으로 죽도록 뛰어다녔다.

그러나 그 어디에서도 리지가 보이지 않았다. 왜지? 리지, 그 애 성격에 밖을 돌아다닐 리 없잖아. 아니지, 내가 없는 동안 새로운 취미가 생겼을 수도 있겠구나!

그래. 밖을 찾아보면 되겠지!

"레오!"

그때 제인이 건물 밖으로 나가려는 나를 붙잡고 소리쳤다.

"레오, 정신 차려!"

제인의 말에 그제야 시야가 트였다. 안개 낀 듯 희미하던 눈앞이 조금 선명해졌다. 정신을 차린다는 말과 어울리게 그제야 나는 내 앞에 놓인 풍경을 볼 수 있었다. 제인이 잡아주지 않았더라면 나는 정말 돌아버린 사람처럼 5층 창문으로 뛰어내렸을 것이다.

"레오."

"허, 허억. 아….'

폐병 때문에 숨이 잘 쉬어지지 않았다. 아니지. 폐병이 원인이 아니라 지금 내 앞에 놓인 상황 때문일 것이다. 나는 여전히 믿을 수 없다. 이 모든 게 장난일 것이다. 어제 늦게 잠들었던 것 때문에, 지금 조금 긴 꿈을 꾸고 있었던 것이다. 그래, 그렇겠지. 그러지 않고서야 내가 그 미친 소리를 들었을 리 없지.

"…레오, 정신이 들어?"

"밖으로 나가봐야겠어."

내 손목을 세게 붙잡은 제인의 손을 뿌리친 채 다시 1층으로 뛰어 내려갔다.

그때, L이 보였다.

"오, 레오구나. 리지는 잘 만나고 왔니?"

"…리지는 어디 있어?"

L이 웃는다. 정확히 입꼬리를 유연하게 움직이며 웃는다. 참. 그 사람의 진심이 담긴 미소는 보기 어려운데. 지금은 그 어느 때보다 진심의 미소를 짓고 있구나. 찢어버리고 싶게!

"아, 그러고 보니 리지는 집으로 돌아간 지 오래구나. 이런, 잊어버렸네."

눈앞이 다시 흐려진다. 감정이 머릿속에서 소리친다. 비명을 지른다. 당장 이곳에서 꺼내달라고! 오랫동안 이곳에서 느끼는 감정적인 마음은 숨기고 살았다. 그 모든 것은 나를 위한 짓이기도 하지만, 그전에 리지를 위한 것이었다. 따뜻한 곳에서 즐기는 핫초코를 좋아하는 리지를 위해, 부끄러움을 많이 타지만 실은 좋아하는 사람들과 함께 놀이하는 것을 즐기는 리지를 위해. 리지가 좋아하는 모든 것을 진정한 곳에서 느낄 수 있게 해주기 위해. 지옥 같은 이곳이 아니라, 모든 사람이 마음 놓고 지낼 수 있는 그런 곳에서 지낼 수 있게 해주기 위해.

다시 한번 비명을 지르며 감정이 안에서 꿈틀댄다. 이성은 이미 감정의 크기에 억눌린 지 꽤 되었다. 이제 감정이 그 철창을 깨고 나오기만 하면 된다. 그러기만 하면.

그렇게 되면, 내 지난 5년이, 리지를 위한, 우리를 위한 5년이 무의미해지지.

"리지는 웃으면서 문을 나섰어. 너무 걱정하지 않아도 돼."

하지만 이내 다시 깨달았다.

아, 그렇지.

나를 위하기 전에 리지를 위한 것이라 했다면,

그렇다면, 리지가 없는 지금, 나는 이제 더 이상 유의미한 것들을 찾을 이유가 없겠구나.

너무 늦게 깨달았을까? 아니, 이제라도 깨달아서 다행인 걸까?

"죽여버릴 거야…."

"응, 뭐라고, 레오?"

"당신, 언젠간 내가, 다, 모조리…. 하나도 남기지,"

"레오!"

"아아…. 그 모든 걸…. 다…! 리지에게 했던 것처럼,"

"레오…!"

"아하. 레오가 나쁜 꿈을 꾼 모양이구나."

"입 닥쳐…. 언젠간 내가 당신을 불구덩이에…."

"응, 네 꿈속에서 내가 악인이었나 보구나. 그럼, 나중에 다시 대화하자. 기분이 풀리면 이야기하렴. 제인은, 도움이 필요하면 이야기하고."

"…."

L이 간다. 꽤나 볼만한 모습으로 건물 바닥에 주저앉아 울부짖는 나를 뒤로하고. 그는 돌아서는 마지막까지 웃는 얼굴을 하고 있었다. 그렇게 웃으며 갔다. 걸어가는 그를 보니, 내가 느낀 감정보다 더한 비명을 그가 지를 때까지 멈추지 않고 저 위에 지워질 수 없는 흔적을 남기고 싶다는 생각이 들었다. 본능이 또 감정을 깨고 나와 행동할 것만 같았다. 이미 모두가 보는 곳에서 L을 보란 듯이 욕했다. 보란 듯이 내 감정을 보여주었고 보란 듯이 내 불안정함을 드러냈다. 이제 이곳 아이들은 나를 미친 사람으로 취급하겠지. 아이들뿐 아니라 이곳의 교원들도 내가 진실을 안다는 것을 알아버리겠지.

그렇게 되면 난 죽겠지.

진짜 내 속에 쌓인 비명도 못 지르고 죽어버리겠지.

…그렇게 되면 리지를 만날 수 있겠지.

순간 다행이라는 생각이 들었다. 숨은 여전히 잘 쉬어지지 않았고, 시간이 흐를수록 귓가에 이명이 들리고 환청이 들리고, 또 눈앞이 흐려지고 환각이 보인다. 그것들은 모두 리지의 목소리고, 리지의 웃는 얼굴이고. 또 가끔은 왜 나를 내버려뒀냐며 원망하는 모습이었고….

미안해, 리지. 너를 두고 가서.

미안해, 리지. 나는 너를 지켜주지 못해서….

그때 그렇게 혼자 리지를 보내선 안 됐다. 함께 B에서 지내자고 끝까지 부추겨야 했다. 교원들의 만류, 그리고 리지의 손사래에도 머뭇대지 말았어야 했다!

"아, 아아."

"…레오."

이후 리지에게 닿기 위해 광분하듯 한참을 고개를 들고 울부짖었다. 어느새 안내방송이 울려 내 주변에 몰렸던 아이들 모두 사라졌다. 그러나 내 등을 토닥이는 그 손에 대한 온기는 여전히 남아있었다. 제인, 그 애는 아직 가지도 않고 혼자 후회하고, 절망하고, 이내 모든 것을 잃어버리는 중인 나를 위로하고 있었다.

리지를 빼닮은 그 붉은 눈을 가진 제인을 보니 더욱 마음이 무너지는 기분이었다. 리지도 그런 눈을 가지고 있었는데. 채도 높은 빨강에 선명한 빛. 모든 메시지를 전하는 그런 눈을 가지고 있었는데. 그래서 제인을 보자마자 눈이 예쁘다고 생각했나 보다. 이렇게 보니 내 모든 시선의 기준은 리지였다. 인간은 어째서 소중한 것을 잃은 뒤에야 많은 것을 깨달을까.

───── 내가 얼마나 리지, 내 동생을 애정했는지 아마 당신들은 영원히 모를 것이다. 리지는 가끔 내가 앓아누워 하루 종일 밖을 나오지 못하는 날이면 B 구역으로 넘어와 내 곁을 지켜주기도 했다. 그러곤 자신의 어린 나이대에나 즐길 법한 책을 읽어주었다. 리지는 지루해하지 말라며 책을 읽어줬지만, 이미 내겐 리지가 있음으로써 전혀 지루하지 않았다. 나를 위해 매일 중간 휴식 시간마다 밖을 나가는 일을 별로 좋아하지 않는 리지가 나를 보러 온 것쯤은 작은 일에 속한다.

처음 이곳의 진실을 알았을 땐, 그냥 차라리 일찍 죽어버릴까 싶기도 했다. 이래도 죽고 저래도 죽는 인생이라면, 깨달았을 때 내 손으로 생을 마감하는 게 낫겠다 싶을 때가 있었다. 어리석은 소리 같겠지만 난 그때 자살을 결심했다. 사는 의미를 도무지 찾을 수 없었기 때문이었다. 이왕이면 사람 많은 A 구역에서, 남들 보란 듯이 죽고 싶었다. 나보다 더 어린아이들이 하루빨리 그 어림을 버렸으면 했고, 나보다 나이가 많은 사람들은 그만 현실을 자각하고 거짓된 행복을 좇지 않았으면 했다. 그야말로 이기적이고 어리며, 거짓된 이상을 좇고 있었다. 그러나 그치지 않았다. 아무 미련 없이 그동안 줄을 이어 묶어 만든 올가미에 목을 매달려 할 때였다. 리지가 나를 막았다. 그때 리지는 고작 열한 살이었다. 고작 열한 살 짜리한테 자살을 들킨다는 게 조금은 부끄러웠고, 이 아이가 트라우마를 갖게 될까 조금은 걱정되기도 했다. 그러나 리지는, 올가미를 꼭 붙잡은 나를 보며 "커다란 달을 쥐었네! 멋지다!"라며, 그렇게 웃으며 말했다. 어느 정도 기운이 남아 있었더라면 그런 귀여운 순수함 같은 것 정도는 받아줄 수 있었겠지만, 나는 그때 기운이라곤 줄을 이어 묶은 올가미를 쥘 기운밖에 남아 있지 않았다. 솔직히 말하자면 조금 귀찮아지는 것 같아 대답하는 일이 썩 내키지도 않았다. 그러나 리지는 여전히 순수한 얼굴을 하고 내게 다가와 내 옷자락을 쥐었다.

그러곤 이렇게 말했다.

"커다랗다. 멋져! 나도 오빠처럼 그렇게 커다란 달을 잡아보고 싶어."

"그런데 나는 아직 작아서 안 된단 말이야. 오빠가 도와줘!"

그때까지는 그저 순수한 어린아이의 끈질김이라 생각했다.

그러나.

"난 달에 닿아보는 게 소원이야. 별도 따보고 싶어! 그런 걸…. 오빠라면 이뤄줄 수 있을 것 같아."

알고 있었다. 리지는 분명 눈치채고 있었다. 내가 쥐고 있는 건 커다랗고 둥근 달이 아니라 스스로의 목을 맬 올가미라는 것을 알고 있었을 것이다. 리지는 나보다 두 살 어린 나이였지만, 나보다 훨씬 성숙한 아이였다. 그때 문득 스스로에 대한 회의감이 들었다. 지옥이라는 사실을 눈치채고 나서부터, 여기 사람들 모두가 둔한 바보 같게만 느껴졌었다. 다들 아무것도 모르면서 해맑게 웃기나 하고. 그렇게 생각했었는데, 아니었다. 가장 둔하고 바보 같았던 건 나였다. 그 누구도 아닌.

그날로부터 서서히 사는 의미를 찾아갔다. 나는 리지 덕에 내가 그렇게까지 죽음을 원한 것이 아니라는 사실을 깨달았다. 막연하게 죽고 싶었던 게 아닌, 인간으로서의 의미를 찾아가고 싶었던 것이었다.

그렇게 느낀 것들은 그렇게 대단한 것들은 아니었고, 사소한 것들이었지만, 스스로 세상의 이치를 터득했다 착각해 느꼈던 끝없는 허무함의 굴레로부터 빠져나갈 수 있었던 것만으로도 어느 정도 의미를 찾은 것이었다. 그 모든 건 그때 리지 덕분이었다. 리지가 어리다고 하여 현실을 모를 것이라는 건, 나의 편견이 확실했다. 오히려 리지가 어린아이의 용감함과 순수함을 타고났기에, 내가 삶의 의미를 찾을 수 있던 것이었고, 더 나아가 탈출에 대한 꿈도 꿀 수 있었던 것이다. 훗날에서야 알게 된 사실이지만 리지는 꽤나 오래전부터 내게 호감을 가지고 있었다 했다. 나를 볼 때면 항상 어른스럽게 느껴졌다고, 물론 나이가 많은 것도 이유겠지만 다른 사람에게서는 느낄 수 없는 멋스러움이 존재한다고 말해줬다. 그 말조차 내게 이유가, 의미가 되어주었다. 아마 그때부터 나는 그런 사람과 더 가까워지기 위해 노력했던 게 아니었을까?

리지는 말 그대로 구원이었다. 나보다 훨 어린 나이의 어린아이에게서 그런 구원을 느끼다니 터무니없이 어른스러움과는 거리가 멀었지만 왠지 리지가 그런 말을 해줌으로써, 나는 구원을 느낌으로써, 점점 더 삶의 추구하는 방향이나 목표가 뚜렷해지며 그런 것들에 가까워지는 기분이었다. 정말, 살고 싶어졌다. 필사적으로. 내가 올가미를 쥔 그날부터 나를 위해, 그리고 우리를 위해 해방을 궁리해 주기 시작한 리지가 여전히 내게 있어서, 나 또한 해방에 가까워지고 있었던 것이다.

지금에서야 말하는 거지만 사실 리지는 친동생이 아니다.

그러나 그날로부터 내게 가장 소중한 건 리지뿐이었기에, 그 어떤 혈연관계에서보다 애틋하고 값진 것이었기에 나는 암묵적으로 리지를 이미 가족이라 여기고 있었다. 그건 그 애도 마찬가지였기에 우리는 서로에게 소중한 사람으로서 행복하다 말할 수 있을 만큼의 날을 보내곤 했다.

한 가지 더 말하자면, 내 이름은 레오가 아니라 클레오다.

원래에도 클레오라는 이름이 썩 내키지 않았던 것도 사실이지만, 결정적으로 리지가 나를 자주 레오, 레오하며 불렀기 때문에 언제부턴가 나조차도 내 이름을 클레오보단 레오에 가깝게 인지하고 있었다.

하하.
그런 날은 다시 오지 않겠지만!
지금 눈앞에 놓인 현실을 받아들이는 게 지금 내게 가장 고역인 일이다. 지금 내 옆에 리지를 닮은 아이가 있다. 리지 한 사람에게서만 느껴야 하는 애틋함이 왜인지 제인에게 다가가고 있는 기분이었다. 스스로가 그런 기분을 느끼는 것이 몹쓸 짓이라 생각될 무렵.

"레오. 함께 돌아가자."

리지를 닮은 제인이 말했다.

"어디로."

"B로. 함께 가줄게."

그제야 조금 제인의 얼굴을 볼 수 있었다. 못지않게 난처해 보였다. 그리고 저 앞에서, 이 모든 꼴을 구경했을 제인을 좋아하는 그 남자아이의 모습도 볼 수 있었다. 무슨 표정을 짓고 있는진 보이지 않았지만.

"레오."

"난 이미 끝났어. 돌아가도 같은 끝을 보겠지."

"그게 무슨…."

"너도 알잖아, 이곳이 어떤 곳인지."

이미 눈치챘다. 제인, 이 여자애 또한 이곳이 어떤 곳인지 알고 있다. L을 마주하는 제인의 표정이 나와 닮아 있었다. 그리고 또, 나를 어떤 식으로든 이해한다는 표정으로 이리 내 곁에 있는 걸 보면 확실하지.

"넌 죽지 않을 거야."

"어떻게 확신해? 그냥 날 위로하려는 거라면,"

"아니야. 넌 절대 죽지 않을 거야. 확신해! 네 스스로가 죽고 싶지 않다고 생각하고 있지 않아? 그 강한 의지를 꺾을 사람은 아무도 없어."

"이곳은 그런 의지쯤 가뿐하게 꺾어버릴 수 있어. 이제 내게 이유가 없어. 더 이상 살아갈 이유도, 또 살아갈 이유를 얻을 이유도."

"그렇지만 살고 싶지 않아!?"

제인이 울분을 토하듯, 고함에 가까운 소리를 냈다.

"…."

대답할 수 없었다. 그래, 무척이나 살고 싶지. 살고 싶어서 지난 수년간 발버둥 쳤고, 또 매일 하루를 살기 위해 숨 쉬었지. 죽고 싶지 않아서 죽지 않을 방법을 연구했고, 죽음과 언제나 거리를 두며 살았지. 내 몸은 이미 몇 년 전 죽어야 했을 약하기 짝이 없는 몸이지만, 살고 싶어서 이 몸을 이끌어 한 가지 빛을 바라며 지냈지.

이건 리지도 마찬가지였겠지! 얼마나 살고 싶었을까. 마지막 순간에 나를 떠올리지 않았을까. 그렇다. 나는, 나를 살게 해준 사람이 없어진 지금, 난 그렇게까지 의욕이 솟구치지 않는다. 여전히 살고 싶지만, 그렇다고 죽지 않아야 할 이유가 없어진 것 같달까.

"같이 복수하자."

"어떻게? 난 곧 죽을 거라니까."

"아니야! 리지는 네가 살길 바랐을 거야. 마지막 순간까지, 너만큼은 꼭 살길 바랐을 거라고. 분명해."

"난 그 애를 지켜주겠다 약속했어. 자신을 지키지 못한 나를 떠올린다면, 분명 그 이유는 원망이겠지. 나만큼은 살길 바랐을 것이라고? 그건… 너무 이기적인 생각이야."

"난 너만큼 리지를 잘 알지 못해. 리지가 어떤 아이인지조차 몰라. 그래서 내 말이 단순하기 짝이 없는 위로로 들리겠지. 그렇지만 난 한가지는 알 수 있을 것 같아. 리지는 너를 살게끔 해준 아이였잖아, 맞지?"

"그래. 그랬었어…."

"그렇다면 리지는 그 순간부터 쭉 네가 살고 싶어 해줬음 하고 바랐을 거야. 단 한 순간도 너를 미워하거나 원망하지 않았을 거야. 내 손으로 살린 누군가에게 그런 감정을 품는다는 건, 있을 수 없는 일이야. 그러니까, 리지는 단 한 순간도 네가 이렇게 죽음과 가까워지길 바라지 않았을 거라고!"

우리는 말다툼에 가까운 말을 했을지도 모른다.

아무 말도 할 수 없었다. 그 어떤 표정도 지을 수 없었고, 그 어떤 생각도 머릿속에 들지 않았다. 그저 한 가지, 멈췄던 눈물을 다시 흘리는 일밖에 할 수 있는 것이 없었다.

"리지는 그 순간부터 쭉 너에게 저물지 않는 부탁을 하고 있는 거야. 네가 품은 그 어떤 의지와 목표보다도 더 뚜렷한, 그래서 영영 지지 않는 부탁을 하고 있는 거야! 네가 살아야 해. 그건 리지의 바람이 아니라, 한 가지 부탁이야. 그걸 들어줘…."

제인의 말을 듣자마자 있고 있었던 리지의 표정이 떠올랐다. 내게 처음 말을 걸어주었던 그날, 그때, 그곳에서의 표정이. 그때 리지는 어떤 표정을 짓고 있었지? 단순히 사람을 구하려는 표정이 아니었던 것 같기도. 어두워서 잘 보이지 않았는데, 아마 리지는….

지금의 제인 같은 표정을 짓고 있지 않았을까?

입가는 분명 웃음을 띠고 있는데 눈은 그렇지 않다. 그 어느 때보다 간절한 마음이 드러난다. 나보다 더 진한 눈물을 흘리면서 나더러 울지 말라고 한다. 나를 죽음으로부터 도피시키기 위한 그 구원의 미소, 구부러지는 입가의 떨리는 입꼬리. 리지도 이런 표정을 짓고 있지 않았을까?
"…내 말 이해했지, 레오."
"…그래."

그러고 나서 제인과 함께 B로 돌아갔다. 돌아가는 길 내내 우리는 말 한마디 하지 않았다. 제인은 내 몫까지 리지에 대한 깊은 애도심을 느끼는 것 같았고, 나는 결정타를 날렸던 제인의 말을 몇십 번이나 곱씹었다. 곱씹는 동안 리지의 얼굴이 수만 번 떠올랐다.
영원히 받아들일 수 없을 것 같지만, 그렇다고 외면하고 있지만은 않을 것은 같다. 어느덧 그 사실이 내 삶의 이유가 될 때까지, 많이 괴롭겠지만 그래도 내가 세상에서 가장 아끼는 그 애의 부탁인데 들어주지 않을 수 없지, 않을까?
좋아, 살아볼게.
당분간은 꿈에서 깼단 사실에 쉬이 일어날 수 없겠지만.

13

제인

레오의 삶의 갈림길에서 두 번째 이정표가 된 날. 그날로부터 꽤 나 많은 시간이 흘렀다. 처음 몇 주간 레오는 확실히 무언가를 잃어버린 사람처럼 멍했다. 도서관에도 가지 않았고, B 구역의 병실에서 한동안 지냈다. 나는 그간 설마 레오가 교원들에 의해 어떤 일을 당하지는 않을까 많이 걱정하고 불안해했다. 그런데 불안과 달리 어째서인지, 아무도 레오를 건드리지 않는 듯 보였다.

나는 시간이 날 때마다 레오가 지내는 곳으로 갔다. 레오의 병실에서 레오와 많은 이야기를 나누었다. 그가 리지를 어떻게 생각하는지에 대해 자세한 이야기를 들을 수 있었고, 그로써 리지라는 아이에 대해서도 알 수 있었다. 하지만 가장 결정적으로 지금 레오가 어떤 감정을 느끼는 건지 이해할 수 있었다.

레오는 3주가 지난 지금까지도 여전히 그 눈을 잃지 못한다. 초점이 제대로 잡혀 있지 않고 멍한 눈, 어딘가를 바라보지만 뻗지는 않고, 바라보는 것만으로 만족하는 그 눈을 말이다. 그럼에도 처음보다는 확실히 서서히 말수가 늘어가며, 나를 신뢰하지 않던 그의 언동에 약간의 믿음이 묻어나는 것으로, 레오는 그 늪에서 조금씩 빠져나오고 있다고 느꼈다. 내가 그에게 꽤나 도움이 되는 말을 한 걸까? 그렇다면 아주, 아주 다행이다.

그런 내게 레오는 이곳에 대해 이야기해 준 날도 있었다. 이곳은 내 생각보다도 더 정신이 나간 곳이었다.

이곳은 시험으로 탈락자와 합격자 정도를 가리는 것이 아니다. 이곳은 교육과 실험 정도를 목적으로 만들어진 곳이 아니라, 단 한 가지 목표를 추구하여 만들어진 곳이었다. 그건 바로, 신을 만드는 것이었다. 인간들의 손으로 직접, 모든 면에서 완벽한 면모를 보이는 그야말로 신을 만드는 일을 추구하고 있었던 것이었다. 그런 거라면 모든 게 이해가 갔다. 내가 C 구역에서 지냈을 때 끝없는 실험을 당한 것, 그건 모두 그 목표를 위해서였구나. 그리고 시험으로써 신에 대한 적격자와 그렇지 않은 사람을 가린다. 적격하다, 와 거리가 지나치게 먼 사람은 즉각적으로 처분하고, 조금이라도 가능성이 있어 보이는 자는 살려둔다. 예외적으로는 거리가 멀지만 쓸모 있어 보이는 아이들에겐 자신들에게 유익한 실험을 강행하기도 한다. 그리고, 아마 내가 그 실험을 당했던 것 같다.

또한 그런 사람들을 보통이라면 적격자의 반의어인 부적격자라고 이름을 붙이겠지만, 그렇지 않다고 한다. 보다 잔인하고 어쩌면 그들의 기준에서 완벽한 이름을 붙인다고 했다. 그건, 실격자였다.

이미 도덕과 법, 그런 부분에서 도태한 자들이 모여 만든 이상한 기준을 두고 인간을 멋대로 실격자라 칭하다니.

이곳의 피실험체들이 모두 미성년인 것들도 그제야 이해가 갔다. 성년이 지난 사람들은 모두 제 자아를 가지고 있으니, 자아가 완전히 확립되기 이전에 아이들을 실험하고 개조하여 신을 만들어야 했기 때문이었다.

정말, 끔찍하다는 평을 남길 수밖에.

그러고는 자신을 살려둔 이유도 아마 보통의 아이들이 갖지 않고 있는 특이한 병들을 가지고 있으니 그러는 것이라고, 레오는 말했다. 그 병을 연구하기 위해 살려두는 것. 그것뿐이라고. 실격당한 자신이 존재하는 이유, 적격자들을 위한 것이라고. 아마 그들에게 레오라는 사람은, 적격자를 위한 존재. 그 이상의 목숨의 필요성이 존재하지 않을 것이었다.

이런 끔찍한 곳에서 아무 죄 없는 어린아이들이 더 이상 실격자가 되는 것은 막아야 한다. 나와 레오는 서로 이야기를 나누며 그런 암묵적 다짐을 했다. 그리고 레오가 말했던 1월 31일. 나는 그의 탈출 계획을 다시금 실현시켜 주겠노라 생각했고, 레오 또한 내 생각을 아는 듯 보였다.

레오도 지쳤던 몸과 정신이, 서서히 회복을 찾아가는 듯싶었고, 나도 레오와 그날을 위한 준비를 천천히 해가고 있었다. 암흑 속에서 나름의 순조로움을 느끼는 순간이었다. 딱 하나, 로드와 나의 이유 모를 갈등을 제외하곤 말이다.

 어째서인지 로드가 내 눈을 잘 마주치지 못한다. 마주친다 해도 어느 정도의 목례뿐, 그 이상으로 대화할 의사가 없어 보인다. 그 이유를 나는, 요 며칠 레오를 위해 자주 시간을 내어 자리를 비웠던 점을 들어 생각했다. 그러나 그 이유만이 전부는 아니었던 것 같다. 이 문제로 이야기를 꺼냈을 때, 로드의 반응을 보아하니 말이다.

 "로드, 요즘 무슨 일 있어?"

 "아니요…. 아무 일도 없어요."

 "미안해. 요즘 레오와 이야기할 게 많아서. 자리를 너무 자주 비우지?"

 "아니에요."

 "혹시 무슨 일 있으면 이야기해 줘야 해 응?"

 "무슨 일 없어요. …그런데, 그 사람과는 무슨 관계인 거예요?"

 "레오? 친구지. 너도 레오와 친해지면 좋을 텐데."

 그 말을 하고는 조금 후회했다. 로드가 레오를 썩 내켜 하지 않는 것 같아 무심코 한 말이었는데, 레오와 친해지면 셋의 대화에서 이곳에 대한 이야기가 나올 것 같았고, 그렇게 되면 로드가 진실을 보다 정확히 알고 트라우마에 대한 자극을 받을 것 같았다. 나는 그렇게 혼자 먼 미래까지 상상하고 앞서 한 말에 대해 어느 정도 차이점이 있는 말을 덧붙였다.

 "아, 내키지 않으면,"

"아니에요. 제인의 말대로 친해져 볼게요."

이런. 순간 후회했다. 그러나 후회도 잠시, 곧 후회는 다른 예감에 따라붙었다. 왠지 로드가 말은 이렇게 해도, 진심으로 레오와 친해지고 싶어 하진 않을 것 같다는 생각. 이유는 모르지만 지금 로드는 레오를 반기지 않는다. 그런 로드가 레오와 대화를 나눈다고 해도…, 거리를 무던히 둘 것 같은 느낌.

"그럼, 내일 나와 함께 레오를 보러 갈래?"

"…네."

옆에서 지켜본다면 한층 더 확실하게 레오에게 느끼는 로드의 감정을 알 수 있겠지.

그리고 약속대로 다음 날, 예상과는 달리 로드가 먼저 내게 시간이 되었다고, 레오를 보러 가자며 말했다. 우리는 중간 휴식 시간을 틈타 도서관으로 함께 갔다. 몸이 어느 정도 나아진 레오는 다시 도서관을 오가며 새로운 목표에 대해 점검하곤 했었다.

"레오."

"왔구나. 그런데, 옆엔 로드?"

레오에게 전에 로드에 대해 이야기한 적 있다. 네가 과거 리지를 지키기 위한 날을 보냈던 것처럼, 네가 리지를 아끼는 것처럼 현재 로드가 내게 그런 존재라고 말이다. 그 외엔 달리 말을 꺼낸 적도 없었는데 레오는 로드를 보자마자 로드, 라고 인식한 듯 말했다.

"안녕하세요."

"오…."

"친해지면 좋을 것 같아서 말이야. 어때?"

"그래?"

레오는 보고 있던 책을 책자에 끼워 넣고 처음 나와 마주쳤던 그 자리, 담요를 깔아 만든 레오만의 그 자리에서 일어나 로드를 보고 인사했다. 확실히 그렇게 보니 로드가 레오보다 한 살 어린 부분이 티가 났다. 키도 키지만, 뭔가…. 태도나 분위기 쪽에서 레오가 로드보다, 그리고 또 다른 이의 시선에서 우리 셋을 본다면 나보다도 어른스러웠다.

"레오라고 해."

그건 이미 삶의 고초를 모두 겪은 사람에게서 보이는 목리 비슷한 것이었다.

"…네, 로드예요."

난 두 사람의 대화에 끼기보다는, 조금 멀찍이서 대화하는 모습을 지켜보기로 했다.

"나보다 한 살 어리다며."

"…네."

"잘 지내보자."

"책을 좋아하시나 봐요."

"좋아하지."

잘 지내보자는 말에 대답도 않고 질문이라니, 확실히 로드는 레오를 그닥 좋아하지 않는구나. 그런데 왜? 아, 혹시 그날 로드도 함께 건물 1층에 있었던가. 그렇다면 그때 그 모습을 보고, 혹시 자신의 트라우마를 겹쳐본 건 아닐까.

아하. 이거라면, 그렇다면 눈치채지 못하고 물어보기만 했던 내가 조금 로드에게 불편함을 줬을지도.

"넌 뭘 좋아하지?"

"…."

로드는 그 물음에 쉽게 대답하지 못했다. 혹시 로드가 이 상황에 부담이나, 어쨌거나 부정적인 감정이라도 느끼면 되려 독이기에, 나는 로드의 대답을 가로채 무마해 주려고 하려는 찰나.

"긴 머리를 가진 사람을 좋아해요."

"…푸흡. …아 미안. 너무 뜬금없어서."

로드의 말에 레오가 조소를 지었다.

로드는 내 생각보다 그렇게 여린 아이가 아니었다. 그러나 긴 머리를 좋아한다는 대답이라니, 혹시 레오의 질문이 이상형을 묻는 것처럼 들린 걸까? 그렇다고 할지언정 무얼 좋아하냐는 물음에 긴 머리, 그 대답은 조금 뜬금없네.

"그쪽은요?"

"나도."

…이게 무슨 대화지?

"그렇군요."

음, 그러니까. 무슨 대화를 하는지는 몰라도 그렇게 막 의미 있어 보이진 않네!

"…하하. 인사를 어느 정도 나눴으면 우리도 읽을 책 좀 찾아볼까?"

"네."

아직도 표정에 조소에 가까운 웃음을 숨기지 못하는 레오에게 로드와 도서관을 한번 둘러보겠다고 한 뒤 그로부터 멀어졌다. 로드와 도서관을 방문한 건 이제 두 번째다. 그러고 보니, 로드가 책을 읽는 모습을 본 적이 없다. 매번 어린아이들의 책을 읽어주는 모습은 봤어도, 본인의 책을 읽는 모습은 본 적이 없었다.
"로드는 독서 좋아해?"
"…네."
"그렇구나. 어디부터 둘러볼래? 1층은 동화, 2층은 문학, 3층은 그 외일 거야."
"2층부터 보고 싶어요."
"좋아."

로드와 어느 정도 도서관을 둘러보고 안내방송이 울리기 5분 전, 미리 레오에게 인사를 하고 먼저 도서관을 나섰다. 레오는 마지막까지 이유 모를 웃음으로 로드를 상대했고, 로드는 그런 레오의 태도가 불만인 듯 도서관을 나서자마자 표정에 그 감정이 꽤나 노골적으로 드러났다. 나는 아무래도, 오늘로부터 두 사람이 가까워지긴 그른 것 같다 생각하며 로드와 A로 돌아갔다.
그 뒤부터는 늘 그렇듯 평소와 다를 것 없는 하루를 보냈다.
딱 한 가지, 저녁 시간 이후에 L이 갑작스럽게 나를 호출하듯 부른 것 빼고는.

나는 처음부터 의구심과 불신이 가득한 표정으로 그의 방에 방문했다. L은 늘 그렇듯 뻣뻣하게 보일 만큼의 꽉 막힌 정장을 입고 차를 홀짝이고 있었다. 그 모습이, 들어오기 전부터 심장이 빠르게 뛰었던 내 모습과는 반전되게 여유로워 보여 괜히 기분이 불쾌해졌다.

L의 방은 그의 취향이 한껏 담긴 공간이었다. 창문은 천장에 딱 하나 달려 있는 구조였고, 그조차 개폐가 불가능해 보였다. 방은 전체적으로 흑백의 조화를 이루고 있었고 활용성이 떨어지는 장식품은 단 하나도 보이지 않았다. 그래서 오히려 깔끔하기보단 텅 빈 느낌이 강했다.

"앉아."

그의 말대로, 또 그의 고갯짓대로 그와 마주 보는 자리에 가 앉았다.

그는 진한 붉은색의 차를 마시고 있었다. 어떤 홍차인진 알 수 없었지만, 가까이 가보니 문득 이곳 정원에 핀 꽃들 사이에서 맡은 향과 익숙한 향이 났다. 아마 그중 하나의 꽃을 이용해 만든 차 같았다.

"오랜만이지? 바로 본론으로 넘어갈까?"

L은 보기엔 다정한 얼굴과 목소리를 하고 있었지만, 그런 외면적인 것들 아래에 귀찮음, 따분함, 혹은 나를 향한 가증스러움이 내포되어 있는 듯했다.

"…네."

"디저트를 준비했단다."

디저트?

전혀 예상치 못했던 그의 말에 내가 당황스러워하고 있을 틈에 L은 그의 뒤편에 허수아비처럼 서 있던 교원 하나에게 손짓했다. 그러자 그 교원이 준비된 듯한 걸음걸이로 문 옆 서랍 위에 올려진 케이크 한 조각을 들고 와 나와 L 사이 탁자 위에 올려놓았다. 그러곤 다시 그 자리로 가 허수아비처럼 서 있을 뿐이었다.

"먹으렴. 너를 위한 것이야."

"이게 무엇이죠?"

"케이크지. 그중에서도 딸기 크레이프."

"그런 것 말고요. 안에 뭐가 들었죠?"

"네가 예상하고 있는 것 정도?"

내가 예상하고 있는 것이라면 독이었다. 예쁜 모양새 안에 얼마나 치명적인 것이 들었는지 추측해 보자면 그중 가장 최악인 가정이 독이었다. 물론 독 말고도 다른 것이 들어 있을 수도 있지. 가령 재료로 들어간 것이 아니라 케이크 안에 숨겨놓은 뾰족한 물건이라든지.

"로드도 이 디저트 시간을 무척이나 좋아했어. 너도 좋아할까, 해서."

내가 계속해서 망설이자, L이 한 방을 날렸다. 로드라는 이름은 이곳에서 나의 반응을 가장 즉각적으로 촉진시킬 수 있는 이름이었다. 과연. 이 디저트를 로드가 좋아했다고? 아니, 그 전에. '이 디저트 시간'이라니?

"눈치챘구나. 너와 나는 이런 식으로 앞으로, 매일, 디저트 시간을 가질 거야."

나는 시간이 조금 더 흐를 때까지 망설였다. 그런 다음 가지런하게 놓인 수저를 들고, 디저트를 한입 맛보았다. 그럴 수밖에 없었던 게, 내가 아무 말 않고 그저 가만히 앉아 있는 것마저 L과 그 뒤의 교원이 감시하듯 바라보고 있었기 때문이었다. 그저 아무것도 하지 않았는데도, 재촉 하나 없이 시선만 고정시킨 그들의 태도가 슬슬 소름 끼치려 했기 때문이었다.

그러나 맛은 그저 딸기 크레이프였다. 달콤하고 새콤한 맛밖에 느껴지지 않았다.

그럼에도 입안에서 크레이프 한입을 계속해서 굴렸다. 타액에 섞여 녹아들 때까지 말이다. 혹여 안에 다른 이물질은 없을까 하고. 그러나 여전히 딸기 크레이프, 그것에 지나지 않은 맛의 덩어리가 맴도는 느낌만 존재했다.

"맛은 좀 어떠니?"

"…"

"나쁘지 않지? 로드도 딸기 크레이프를 가장 좋아했었지."

나는 L과 그의 뒤에 서 있는 이름 모를 교원의 시선에 계속해서 압박당하는 느낌이 들었다. 그건, 이제 크레이프를 한입 먹은 것에서 그치지 않고 계속해서 먹어야 할 것만 같았고, 나는 곧 별다른 타개 방도가 떠오르지 않자 크레이프를 한 숟갈 더 폈다. 딸기가 군데군데 작은 알맹이로 박혀 있고, 반죽 하나하나 조심스레 쌓아 올린 것처럼 때깔이 곱다. 그 고운 공포가 내 손에 들려 있었고, 곧 입안으로 옮겨졌다.

접시를 모두 비울 때까지 별다른 증상이 나타나지 않았다. 그저 뱃속이 달달한 디저트로 채워질 뿐이었다. 내가 접시를 비우자 이름 모를 그 교원이 다가와 접시를 수거해 갔고, 내가 접시를 모두 비울 때가 되자 L도 찻잔을 모두 비웠다.

"맛있었니?"

"네. 그럼 이만 가보겠습니다."

나는 서둘러 L의 방을 빠져나왔다. 늦게라도 증상이 나타날 수 있는 일이었기 때문이었다. 만약 그런다면 절대 그의 앞에서 추악한 꼴을 보이지 않으리라. 죽더라도 그의 눈앞에서 죽기는 싫었다. 그는 이미 나의 공공연한 적이었기 때문에, 그건 자존심의 정도와 비슷한 적대심이었다.

그는 거의 도망쳐 나가는 듯한 내 발걸음을 보곤 희미한 미소로 나를 보내주었다. 나를 불러세우지도, 달리 말을 걸지도 않고 가볍게.

나는 그의 방을 빠져나오자마자 숨을 몰아쉬었다. 이대로 화장실로 달려가 먹은 것을 토해낼까 싶기도 했지만, 그러지는 않았다. 분명 이 케이크를 로드도 먹었다고 했지. 그렇다면 나중에라도 증상이 나타나면, 분명 괴롭겠지만 로드에게 도움이 될 무언가를 찾아낼 수 있지 않을까 싶은 마음이 들었기 때문이었다.

우선 침실로 걸어갔다. 휴식실로 갈까도 싶었지만, 그곳에는 왠지 아이들이 있을 것만 같았다. 보통 저녁 식사 시간 이후에 아이들은 소화시킬 겸 공원을 산책하거나 휴식실에서 수다 떠는 일을 좋아하니까 말이다. 침실에 도착한 나는, 그간 L의 표정을 다시금 상기시키며 침대에 앉았다. 그리고 자연스레 크레이프의 맛도, 다시 떠오르자 혀끝에 그 맛이 느껴지는 것만 같았다.

한참을 그 침대에 걸터앉은 채 시간을 보냈다.

어느덧 저녁 식사 시간이 거의 끝나갈 때쯤. 시간을 보니 내가 디저트를 먹고 난 뒤 20분가량 흘렀다. 여전히 아무런 반응이 나타나지 않았다. 머리가 핑 돈다거나 속이 메스껍다거나, 혹은 졸리다거나. 그런 증상이 전혀 없었다.

그저 소화가 되고 있을 뿐이었다.

"제인, 여기 있었네요."

그때 침실 문턱에서부터 들리는 로드의 음성이 곧 생각을 떨치게끔 해주었다. 방금까지만 해도 머릿속을 넘어 몸 전체가 L의 표정과 목소리 같은 소름 끼치는 요소에 지배당하는 기분이었는데.

"…로드. 뭐 하고 있었어?"

그러나 방금 있었던 일을 절대 로드에게 말하지 않으리라. 로드가 무슨 일이 있느냐고 나를 염려한대도 나는 기어코 거짓을 말하리라. 그에겐 미안한 일이지만, 그를 지키기 위함이라 결심하며.

"아무것도요. 제인은요? 어디 갔었어요?"

"화장실을 다녀왔어. 소화가 안 되는 것 같아서."

로드는 천천히 걸어와 내 침대에 나와 같은 자세로 나란히 걸터앉았다.

"지금은요, 괜찮아요?"

"응. 괜찮아지고 있어."

자신이 거짓말을 자주 하는 사람이란 생각이 들 만큼 눈 하나 깜

빠이지 않고 거짓만을 뱉었다. 다행이라 생각 든 자신이 낯설었으며, 로드는 별 의심 없이 내 말을 믿는 듯했다.

그 하루는 그렇게 지나갔다. 로드에게 그를 위한 거짓만 남긴 채.
L은 그날 이후로 정말 매일 나를 불러 디저트 시간을 가졌다. 그건, 그런 시간을 가진다기보단 L 쪽에서 강압적으로 먹이는 것과 별다를 것이 없었지만 말이다. 디저트의 종류도 매번 달랐다. 처음에 먹은 것은 크레이프, 그다음 날은 생크림 케이크, 어느 날은 도넛…. 내가 매번 그 속에 뭐가 들었을지 궁리하며 먹는 것을 눈치챘는지, 가끔은 푸딩처럼 속이 투명한 디저트를 가져오기도 했다.
그래서 여전히 아무런 이상이 없느냐고?
당연히 아니다. 첫날 크레이프는 정말 디저트에 불과한 음식이었고, 문제가 되었던 것은 그다음 날부터였다. 크레이프는 그저 내 불신의 벽을 조금이라도 흐트러트리고 앞으로 있을 암흑한 날에 대한 비웃음인 격으로 환기 정도 시켜준 것, 그뿐이었다.
증세는 제각각이었다. 몸에 두드러기 반응이 올라오는 신체적 반응도 존재했고, 상황 판단이 되지 않고 불안함만 늘어가는 정신적 반응, 몸에 처음 보는 반점이 생기는 외상적 이상이나, 또는 위에 칼집이라도 생긴 것처럼 도저히 소화 작용이 되지 않는 내상적 이상 또한 존재했다. 그렇지만, 그것들은 전부 내가 C 구역에서 겪은 고초보다는 덜한 것들이었다.
C 구역에서는 주로 외부적 충격을 주곤 했다. 고로 외상이 다반사였다. 정체 모를 갖가지의 기구를 머리에 씌워 뇌파 반응을 본다

든가, 머리를 세게 쳐 전과 후의 뇌파 반응 정도를 따져본다든가. 또는 그들의 기분이 평소보다 썩 내키지 않아 보이는 날이면, 사지를 묶어두고 온갖 주사를 가하기도 했다. 그야말로 레오의 말대로 신의 적격자를 가리기 위해 사람을 멋대로 가지고 놀았던 것이었다. 그때는 처음이라 견디기 힘들었던 것이었는지 몰라도, 확실한 것은 과거보다 현재가 덜하다는 것이다.

지금으로써 아마 열흘쯤 되었을 것이다. 이 달콤한 독을 맛보기 시작한 것은 말이다.

예상을 아예 하지 못한 것은 아니었다. 오히려 왜 한동안 이곳에서 내게 아무런 짓도 하지 않는지에 대한 의문이 존재하곤 했었다. 그 의문이 이렇게 풀린다는 것, 염두에 두고 있던 일이지만, 막상 찾아오니 예상하고 있었던 상황치곤 나는 아무런 대처도 못 하고 있다….

그리고, 여전히 로드에게 비밀을 지키고 있었고, 그는 아직까지 알아채지 못한 모양이다. 물론 로드가 이에 대해 어느 정도 거짓이라는 것을 눈치채고는 있지만, 달리 그저 월경통 정도로 의식하고 있는 듯 보였다. 다행이었다. 그러나 안타까운 점은 레오가 눈치를 챘다는 점이었다.

확실히 디저트를 약 먹듯 복용하고 난 뒤로부터 도서관에 가는 빈도가 줄어들긴 했다. 그럴 기력이 부족했으니 말이다. 로드에게는 이를 요즘 따라 힘이 없다는 핑계로 둘러대거나 귀찮다는 핑계 정도로 둘러댔지만, 레오에겐 이 점이 통하지 않았던 것이었다.

그는 평소보다 굳게 닫혀 있는 내 마른 입술과, 평소보다 눈꺼풀

이 내려가 있는 흐릿한 눈만으로도 내가 어딘가 이상하다는 것을 눈치챘다. 이후 아니라고 둘러대 봤지만, 과연 처음부터 연륜에 가까운 향기를 가졌다고 느꼈던 그를 속일 수는 없었다. 레오의 끝나지 않는 추궁 덕에 나는 전부는 아니지만, 일부를 털어놓기로 했다. 그들이 실험 목적 이상물질을 내게 먹이고 있다고 말이다. 이 말을 들은 레오는 생각보다 더 크게 분노했다. 당장이라도 A로 찾아가 L의 멱살을 잡고 수만 번 바닥에 내려칠 것 같은 그의 태도, 그리고 그렇게 말하는 그를 말리는 데에 어찌나 힘을 많이 썼는지 모르겠다. 이후에도 그는 쉽게 진정되지 않아, 괜찮다는 말과 신경 쓰지 말아 달라는 내 부탁에 며칠이 지나서야 평소대로 돌아오곤 했다. 그런 말을 하면서 나름대로 계획이 있다, 곧 벗어날 것이라고 말했지만 사실 계획 따위 없다. 벗어날 길도 보이지 않았다. 그러나 나는 지금 숨 쉬고 있고, 죽지 않았으니 그것으로 어느 정도 나름의 길을 걷고 있는 것이다. 그렇게 스스로를 암시한다.

그러나 늘 그렇게 지나갈 것만 같던 일도, 어느새 걸려 넘어지기 마련이다.

앞서 언젠가 말한 적이 있듯이 이곳은 적어도 두 달에 한 번은 시험을 본다. 레오가 말했듯, 그 시험으로 적격과 실격이라는 이름을 부여해 사람을 가린다. 그리고 오늘, 오늘은 첫 딸기 크레이프 이후로 20일이 흐른 날이자, 며칠 전부터 교원들이 예고해 온 시험이 시작되는 날이다. 내가 A 구역에 와서 처음으로 보는 시험이자, 아마 마지막 시험이 될 수도 있을 것만 같았다.

그렇게 느낀 이유는 몸 상태였다. 전날에 먹은 디저트가 치명타라도 되었는지, 아니면 그저께인지, 아니면 지난주인지…. 이젠 시기조차 구분되지 않는 그 독을 섭취함으로써 오늘 아침부터 극심한 두통을 겪은 지 3시간가량 흘렀다. 그러나 시험은 여전히 다가오고 있었고, 이제 겨우 1시간밖에 남지 않았다. 이 몸으로 시험을 치렀다간 분명히 탈락한다.

그러나 어쩔 방도가 없었다. 도망칠 수 없었고, 건강 상태를 핑계로 시험을 미루어 달라거나 빠질 수도 없었다. 그저 다가올 미래를 마음껏 예상하고 두려워하며 시험에 응할 수밖에 없을 것이다.

그리고 이제 더 이상 로드에게도 숨길 수 없었다.

시험을 앞두고 하얗게 질린 얼굴과 굳은 표정을 숨길 만큼의 힘이 없었다. 그러나 나는 끝까지 로드에게 거짓말을 해야 했다. 만약 이 시험이 정말 내 마지막 시험이라면, 로드가 내 상태의 원인을 알아서는 안 됐다. 그렇게 해서 생각의 굴레 속으로 빠져 로드 자신을 탓하게 두면 안 됐으니 말이다.

"어디 아파요?"

나는 하얗게 질린 얼굴, 금방이라도 떨어질 것 같은 굳은 점토가 된 피부 표피를 두 손으로 꾹 눌러 약간의 생기라도 불어넣어 준 채, 경직된 눈과 입꼬리를 최대한 비틀어 대답했다.

"아니, 아니야. 첫 시험이라 긴장이 조금 됐나 봐."

"거짓말. 아니잖아요."

"응? 정말이야. 오늘 시험 잘 봐, 로드. 끝나면 나와 이 주변을 산책하자. 계절이 슬슬 바뀌고 있으니까. 같이 걸으면 좋겠지?"

"…네. …제인도요. 꼭 잘 봐요."

겨우 그런 말밖에 할 수 없었다. 내가 지금 이 지독한 두통만 없었더라면, 제 정신인 상태로 로드에게 조금 더 힘이 되어주는 말을 할 수 있었을 텐데. 지난 20일 동안 알게 된 사실인데, 로드는 이 고통을 수천 번, 수만 번은 더 겪어왔을 것이다. 그는 나보다 어린 나이일 때부터 디저트가 그를 괴롭혔으니 말이다. 나야 이미 한번 비슷한 일을 겪어 익숙해졌을 터지만, 그는 아니었을 테니. 그래서인지, 나는 가끔 사지를 찢어버리고 싶을 정도로 몸이 힘들 때면 로드를 떠올렸다. 그럼 조금 덜했다. 이유는 모르겠지만, 아무래도 참고 견뎌야 할 이유가 막 떠올랐기 때문이 아니었을까.

간단한 대화를 나누고 로드는 몇십 분 정도 내 곁에 머물다가 이내 다른 아이가 부르자 그곳으로 갔다. 그는 끝까지 아픈 내색이 보이는 나를 두고 갈 수 없는 표정을 지었지만, 내가 격하게 손사래 치며 괜찮다는 말로 그를 보냈다. 그리고 주저앉았다. 한참을 주저앉은 자세로 머리를 부여잡고 있었다. 눈을 뜨면 세상 만물이 내 모습을 비웃듯 꿈틀대고 있었고, 그렇다고 감으면 동공에 상처라도 난 듯 머리가 지끈거리고 눈앞이 붉어지는 기분이었다. 자리에서 움직일 수 없었다. 시험 시작 5분 전이라는, 안내방송이 울릴 때까지.

당장이라도 눈앞에 꿈틀거리는 물체가 나를 삼킬 것만 같은 그 몸 상태를 이끌고 나는 시험장으로 가야 했다. 시험장은 A 구역에서 꽤나 떨어진 곳이었다. 겉보기에 정원과 비슷한 모양새를 가지고 있었지만, 그 안은 마치 축제를 벌여놓은 것처럼 보이는 것이 많았다. 실제로 음식을 준비하는 교원들도 존재했고, 아이들을 모아 준비운동을 시키는 교원도 있었다. 정말, 위선적이기 짝이 없었다.
 겨우 숨을 몰아쉬며 눈에 보이는 길이라면 무작정 걸었다. 그러다 눈앞에 햇빛에 비쳐 반짝여 환한 노란 머리 하나가 멀리서 보였다. 로드였다. 로드가 이쪽을 향해 걸어오고, 아니…. 뛰어오는 것에 가깝게 빠른 걸음으로 다가오고 있었다. 이대로라면 로드에게 못 볼 꼴을 보여주는데! 지금껏 감춰오다시피 그에게 산 의심이 확신이 되는데!
 근심이 곧 판단을 흐트러트릴 때, 옆에서 누군가 팔을 세게 잡아끌어당겼다. 그 사람에게 넘어지다시피 나는 끌려갔고, 정신을 차리니 텐트처럼 보이는 좁은 공간 안에 몸을 누인 채 있었다. 겨우 내 눈을 크게 떠보았고, 그제야 조금 뚜렷해진 시야는 큰 키와 얇은 팔다리, 그리고 검은 옷을 입은 남자를 담았다.
 L…인가!
 내가 다급히 그 텐트 공간을 빠져나가려 그에게 잡힌 팔을 크게 휘두르려 할 때,
 "제인!"
 "…레오?"
 안심하기 무섭게 의식을 잃었던 것 같다. 그 뒤로 좁은 틈새로 들려오는 작지만 힘차게 내 이름을 부르는 로드의 목소리가 들렸고, 레오가 작게 욕지거리를 내뱉는 소리가 들렸다.
 "망할…. 그러게 왜 맨날 괜찮다고만 해서."
 그리고 정확히 5분 뒤에 눈을 떴다. 자연스레 의식을 되찾은 것

은 아니었고, 시험이 곧 시작되기에 교원들이 강제적으로 깨운 것이었다. 여전히 두통이 극심했고, 내 상태는 오늘 아침보다 더 악화되어 있었다. 그야말로 최악이었다.

"9월 평가를 시작하겠습니다."

안내방송이 흘렀고, 여전히 귓가에는 많은 아이들의 대화 소리가 확성기라도 쓴 것처럼 예민하게 울려 퍼졌다. 그리고 이내 들려오는 안내방송 음성 하나, 이번 시험은 A, B, C 구역의 교육생들이 함께 진행한다는 것. 그러고는 집중력 증진과 보다 정확한 성과 측정을 목적으로 한다는 부연 설명까지. 내가 보기에는 그저 더 많은 사람들을 조건으로부터 가려내기 위한 것으로밖에 보이지 않는다. 그렇다면 평소보다 더 많은 실격자가 나올 것이다. 더 많은 아이들이 죽을 텐데!

그런 증오심이 가득 찼다. 그러나 지금 내게 중요한 것은 그것뿐이 아니었다. 그런 실격자 중 내가 포함될 수도 있는 일이다. 내 의지대로 행동 하나 못하고 판단 제대로 서지 않는 이 상태에서 시험을 잘 치를 수 있을까란, 질문이 되지도 않았다.

"A 구역의 교육생들은 각 A82 구역으로 이동해 주십시오."

하기야, 나를 그저 피실험체에 지나지 않게 취급하는 이곳이 수험생의 몸 상태 따위 이곳의 알 바가 전혀 아니다. 그저 그들은 그들의 입맛에 맞추어 전혀 흐트러짐 없는 완벽한 사람, 인간의 경지를 넘은 신을 만들고 싶을 뿐이겠지.

"첫 번째 시험은 집중력, 기억력 측정 평가입니다. 각 수험생들은 자신의 이름이 적힌 방 안으로 들어가 문제를 기다려 주십시오."

그렇다면… 첫 번째 시험부터 날려먹겠구나!

"문제가 제시되었습니다. 8초 안에 사진을 기억하고, 제시된 문제를 해결해 주십시오."

방은 정확히 사람 한 명이 들어갈 수 있는 공간이었다. 양팔을 벌리면 들어온 문과 벽면이 닿을 정도로 좁았다. 그 공간에는 딱 하나의 모니터와 형체가 비슷한 전자기기가 놓여 있었는데, 아마 그쪽으로 문제를 제시하는 방법인 듯 보였다. 그러나 알아서 뭐 하나.

안내방송에 맞게 화면에 문제가 제시되었다. 눈앞이 흐릿하여 제대로 보이지도 않았으나, 얼핏 보기에 기하학적인 형태의 사물이 가득한 방을 기억하는 문제인 듯 보였다. 첫 번째 문제치고는 꽤나 쉬운 편이었지만, 제 몸 하나 가누지 못하는 사람에겐 예외지!

"…어."

그런데 무슨 일인가. 그럼에도 화면을 집중해야 한다는 생각이, 그런 의지가 조금이라도 들자마자 방금까지 안개 끼듯 흐렸던 눈앞이 거짓처럼 선명해졌다. 잠시는 내가 아직도 의식을 찾지 못하고 꿈을 꾸는 것인지 의심할 정도였다. 평소보다 더 시야가 맑았으니 말이다. 나는 고작 4초밖에 남지 않은 시간이었지만, 그동안 사진을 필사적으로 기억하려 애썼다. 그러나 절반이나 날려먹은 시간 동안 그 모든 것을 기억하기엔 한계가 있었다. 사진이 사라진 후 문제가 곧바로 화면에 떴다. '사진에서의 각이 있는 도형과 그렇지 않은 도형의 수를 뺀 답을 고르시오' 제한시간은 5초, 선지는 5개. 수를 세는 것도 실패한 내게 문제는 험난하기 짝이 없었다. 그러나 포기해선 안 됐다. 아까처럼 집중해야 한다는 의지를 가지면, 혹시 또 모르지. 이 세상이 오늘 이 불쌍한 나를 도울지도!

"…제발, 제발."

역시. 마찬가지였다. 이번에는 시야가 트이는 것으로 모자라, 답이 눈에 선했다. 4초밖에 안 되는 그 짧은 시간에 실제로 나는 기억도 못 했다 싶었는데, 한순간에 사진이 정확한 이미지로 뇌리에 스치듯 지나갔고, 문제에서 말한 수가 머릿속에 나열되었다. 그리고 두 수를 빼는 것쯤은 일도 아니었다.

정답의 여부는 바로 알 수 없었지만, 나는 본능적으로 알았다. 정답을 맞혔다는 것을. 그리고 이유 모를 이 신비로운 감각에 대해서도 다시 한번 떠올려 보았다. 나는 나름의 실험을 진행했다. 정면을 바라보고, 의욕의 유무에 따라 내가 어떻게 되는지를. 결과는 예상대로였다. 내가 의욕을 가질 때만 눈앞이 선해진다. 조금이라도 의지가 부족하면, 금방 다시 최악의 몸 상태로 돌아간다. 의욕이나 의지, 그런 것을 가지는 조건 또한 간단했다. 집중해야 한다! 또는, 똑바로 보아야 한다, 또는 느껴야 한다. 이처럼 간단명료한 문장 하나를 꽤나 진심껏 머릿속에 떠올리는 일만으로 약제가 될 수 있었다. 이유는 모르지만 아무래도 교원 측의 실수거나, 그들조차 몰랐을 약의 부작용이 아닐까 싶었다.

그때 다시 안내방송이 울렸다.

"다음은 문제 해결 능력 평가입니다."

L, 당신은 내가 이번 시험을 마지막으로 이곳을 떠날 것이라 생각하고 있겠지.

그런 내가 시험의 문제를 전부는 아니더라도 대부분 맞히는 데에 성공해서 실격자로 분류가 되지 않는다면, 그래서 죽지 않는다면. 당신은 어떤 표정을 지을까. 당신은 억지로라도 이번 시험에서는 나를 죽이지 못하겠지. 그때 당신의 표정을 보기 위해서라도 이 시험을 통과해 줄게!

같은 방법으로 벌써 스물 이상의 문제를 해결했다. 물론 다른 아이들에게는 주어지지 않는 불공평한 능력을 사용하는 것이라 마음이 편하지도, 문제를 맞히는 것에 기쁘지도 않았다. 그럼에도 이용할 수밖에 없었다. 그들의 뜻대로 되게 하고 싶지 않았다. 내게 주어진 이 기회를 이용해야만 했다.

"문제를 해결하신 수험생분들은, A90 구역으로 이동해 주십시오."

"지금부터, 여러분들의 신체 능력을 평가합니다. 정면의 구멍에서 튀어나오는 물체와, 위쪽의 줄이 무작위로 떨어지는 것을 잡고 목표를 향해 달리십시오."

이번에는 방금 들어갔던 방보다는 조금 넓은 공간이었고, 들어가자마자 보이는 것은 방송 그대로 정면의 손 한 뼘 정도의 지름을 가진 구멍과, 고개를 올리면 곧 보이는 양초 한 대와 비슷한 두께의 밧줄 5개가 보였다.

"…이번에는 조금….."

힘들겠구나. 나는 C 구역에서도 한 번도 운동 신경을 평가하는 시험에서 상위의 점수를 받아본 적이 없다. 그런 내게 최악의 몸 상태까지 동반되어 있으니.

그리고 이 평가가 마지막 평가도 아니다. 이보다 더 난관인, 앞으로 내게 주어진 '기회'를 무산시켜 버리는 평가가 기다리고 있을지도 모른다.

또한 '기회'는 마법이 아니기에 물체를 잡아야겠다, 라는 문장 하나만으로 운명이 이렇게 저렇게 되어버리는 일도 아니었기에 나는 더욱 불안에 떨 수밖에 없었다.

"그럼, 시작합니다."

내 방과 벽이 맞닿아 있는 구조의 양 옆방에서 무언가를 발사하는 소리가 난다. 발사기에서 무언가 튀어나오는 소리나, 그것을 잡지 못하고 떨어트려 바닥과 부딪히는 소리도 난다. 그런 소리가 들릴 때마다 내 마음이 다 괜히 초조해져 나는 집중을 거의 하지 못하고 있었다. 그렇지만, 여전히 애써보았다. 그런데 어째서, 왜 몇 초가 지나도록 이 물체들이 튀어나오고 떨어질 생각을 안 하지?

사악-

"헉, 허⋯."

분명 인기척을 전혀 느끼지 못했는데! 옆방의 발사기 소음 때문에 문이 열리는 소리가 묻힌 건가? 아니, 아무리 그렇다고 해도 문과 나의 거리가 그렇게 먼 것도 아닌데! 왜, 어째서 지금 L이 내 앞에 있는 거지? 그것도, 그것도 손에 날카로운 쇠붙이, ⋯그러니까, 칼을 내 목에 들이민 채로 말이다!

"민첩성이 좋네, 제인. 이 시험은 통과야."

만약 L이 내 손목을 먼저 잡고 칼을 휘두른 것이 아니라, 칼을 먼저 휘둘렀다면 바닥에 떨어지고 있는 것은 내 머리카락이 아니라

목이겠지. 내가 손목에 올라오는 감촉에 조금이라도 늦게 반응했다면 잘린 것은 내 머리카락이 아니라 목이었겠구나.

"단발이 잘 어울리는구나, 제인."

그는 그렇게 말하며 방금까지 내 목에 들이민 칼을 정장 주머니에 집어넣은 채, 문을 열고 그 유유한 뒷모습을 하며 떠났다. 나는 한참 동안 잘린 내 머리카락 한 움큼이 쌓인 바닥에 주저앉아 공포감에 몸을 웅크리고 있을 뿐이었다.

다음 시험을 알리는 안내방송조차 듣지 못하고 방에서 웅크린 자세로 공포감을 떨쳐내고 있기에 한창인 나를 의아하게 여기고 그가 아닌 다른 교원이 문을 열기 전까지, 나는 내 뒷목에 깊게 파인 칼자국조차 자각하고 있지 못했다. 심지어 문이 열릴 때는 이번에야말로 죽는 줄 알았으며, 그가 아닌 다른 얼굴을 마주했을 때는 이 사람으로부터 처분당하는 줄 알았고, 나는 교원이 내 팔을 잡고 일으켜 세워 다음 시험장으로 이동시킬 때에야 '현실'을 망상하는 일을 멈출 수 있었다.

그 후로도 계속 시험이 이어졌다. 다행인 점은, 이제 더 이상 신체 능력을 평가하는 시험이 없다는 것이었다. 그 후의 시험을 치르는 일은 가뿐했다. 여전히 두통은 떠나지 않았지만 내게 주어진 그 기회가 있으니 말이다.

"마지막 시험입니다. 수험생 여러분은 각각 2인조로 먼저 결성해 주시길 바랍니다."

나는 안내방송에 따라 주변에 나와 같이 방황하고 있는 남자아이에게 말을 걸었다. 그 애는 처음 보는 얼굴이었고, 들어보니 B 구역에서 지내는 에런이라는 이름을 가진 아이인 듯싶었다. 나이는 나보다 세 살 어린 열다섯. 소심한 성격 때문에 조를 이루지 못할 것 같았다며, 나더러 고맙다고 웃으며 말해주기까지 했다.

"마지막은 협업 능력 측정 시험입니다. 앞에 보이는 미로를 먼저 통과하신 수험생분들께 가장 높은 점수가 부여됩니다."

"저기, 에런. 미안한데 내가 지금 몸이 조금 좋지 않아."

"괜찮아요! 그럼 같이 둘러볼까요?"

"…그래준다면, 응, 고마워. 오른쪽부터 가자."

아무리 특수한 기회가 찾아왔대도, 미로 같은 사방팔방이 막힌 구조에 갇히게 되면 소용이 없었다. 에런은 까무잡잡한 피부에 주근깨가 조금 있는 귀여운 얼굴이었는데, 이 아이도 레오처럼 악기를 전공한다고 한다. 그는 그가 말한 대로 소심한 성격치고는 미로 풀기에 적극적인 면을 보여주었다. 몸이 좋지 않은 나를 데리고 앞장서서 길을 찾기도 했다. 처음 보는 아이에게 신세를 지는 기분이라, 왜인지 묘했으며 미안한 마음도 들었다.

"여기 길이 있는 것 같아요."

에런의 말대로 따라가 보니 정말 길이 있었다. 그 길 끝에는 탈출구로 보이는 문이 하나 있었으나, 열쇠가 필요한 구조였다.

"아, 제가 얼른 찾아보고 올게요."

"아니야, 같이 가."

"괜찮아요. 저 사실 미로 깨기를 좋아해서…. 자신 있어요."

에런은 자신을 믿어달라는 말투가 아니었다. 자신이 스스로를 완벽하게 믿지 못해서, 그런 말을 함으로써 스스로를 신뢰하는 태도를 가지려는 하나의 마음가짐에서 우러나온 말투였다. 에런에게는 한없이 고맙고 미안한 일이지만 나는 결국 그를 기다리기로 했다. 그가 만약 탈출구가 있는 길을 찾지 못하면, 점프해서 손을 내밀기로 했고 그때 내가 신호를 주기로 했다. 물론 그럴 일은 없겠지만. 미안해하는 내게 에런이 조금이라도 부담을 덜어주려고 일부러 임무를 주었다는 생각을 했다.

나는 계속해서 그를 기다렸다. 탈출구 옆 벽면에 기댄 채로, 고개는 위를 향하고 말이다.

그런데 시간이 지난 뒤에도 에런의 발소리나 인기척은 전혀 느껴지지 않았다. 혹여나 길을 찾지 못한 것일까 하고 고개는 계속해서 위를 향해 있었는데도, 여전히 아무런 신호를 받지 못했다.

그때였다. 에런의 손이 시야에 잡혔다. 거리는 아마 조금 떨어진 곳, 에런이 열쇠를 손에 쥔 채 내가 보이는 방향으로 손을 흔들었다. 아주 잠깐, 점프를 하며 손을 흔든 것이기 때문에 그의 손은 금세 사라지곤 했다.

"에런!"

나는 그의 손이 보이는 방향으로 조금씩 걸어갔고, 그도 내게로 오는 듯 점점 그의 손이 보이는 시야가 좁혀지고 있었다. 그리고 마침내 모퉁이를 도는 길에서 인기척이 느껴졌다.

"에런, 수고했."

"열쇠를 찾았어, 제인. 아, 아니지. 열쇠를 찾았어요."

"…어…억….”

나는 한참을 말을 잇지 못했다. 그렇다고 더 큰 비명을 지를 수도 없었다. 천장이 뚫려 있어서 비명을 크게 지르면 주변의 다른 아이들이 듣겠지. 놀란 마음은 쉽게 가라앉지 않았고, 오히려 시간이 갈수록 놀람의 정도에서 그치지 않고 충격, 공포 그런 것들에게 휩싸이기만 했다.

L이었다. 그는, 아까까지 내 손을 꼭 붙잡고 길을 인도해 주던 에런의 잘린 팔을 들고 있었다. 그리고 그 손에는 아직 놓지 못한 열쇠가 쥐어있었고, L은 그것을 든 채 아무렇지 않게 내 앞에 서 있다. 그의 뺨에 핏자국이 선했고, 그것은 아마 에런의 것이리라….

"왜 그래요? 열쇠를 가져왔는데."

그는 여전히 미동 하나 없는 표정을 하고 있었다. 에런의 팔로 마치 인형극을 하는 것마냥 이리저리 휘두르며 그 손에 쥐어진 열쇠를 내게 내밀었다.

"시간이 얼마 남지 않았어요. 어서 나가야 할 것 같은데요?"

그는 소름 끼치게도 에런의 말투를 따라 하고 있었다. 어디서부터 잘못된 거지? 처음부터 우리의 이야기를 듣고 있었던 건가? 그럼, 내가 에런을 믿고 혼자 보낼 것도 알고 있었나? 아니, 그전에 그가 혼자 갈….

생각은 그쯤에서 멈췄다. 더 이상 이 상황에 대해 추론하여 조금이라도 이해해 보려 하기엔, 나는 그렇게까지 차분한 사람이 아니었다. 지금 가장 중요한 것은 에런이 죽었다는 것이다. 나 때문에!

"너무 마음 아파하지 마요. 어차피 나는 실격자였어요. 누나를 위해 이곳에 투하된 거예요. 그러니 어서 내가 준 열쇠로 이곳을 탈출해요. 지금 나가면 최고점….”

있는 힘껏. 내가 지금 쓸 수 있는 힘을 모두 모아 그를 가격했다. 그러나 그의 머리는 나의 팔을 전부 뺀 것보다 위에 있었기에, 끽해야 그의 목 부근까지 와 닿지 못했다. 한 대에서 그치지 않고 나는 내 한계를 시험하듯 지쳐 쓰러질 때까지 그에게 팔을 휘둘렀다. 그러다가 가끔씩 나의 팔과 에런의 팔이 스치는 느낌에 소름이 끼쳐 행동이 더디게 되곤 했다.

“너무 흥분했네요. 이러다가 탈출을 못 하면 어떡해요?”

“….”

“내 목숨을 헛되게 할 생각은 아니죠…?”

기껏해야 말 몇 마디가 끝이었던 에런과의 대화 속에도 알 수 있었다. 그는 이타적인 사람이었고 그 전에 상냥함이 그의 본질이었다. 스스로를 소심하다고 하던 그였지만, 상냥함이 존재하는 그 마음 위에 타인을 자신보다 위하는 그 성격, 그것을 그는 소심함이라 부르곤 한 것이었다. 가끔 말의 시작이나 끝에 공백이 존재했던 까닭도 말을 하면서 상대를 더욱 위하려고 했기 때문이었다.

그것을 그가 지금 따라 하고 있었다.

가증스러웠고, 혐오스러웠다. 그러나 그만큼 그는 에런을 완벽하게 묘사하고 있었다. 내게 힘이 있었더라면 지금 이 자리에서 L을 죽이려 들고도 남았으리라.

나는 두 눈을 꼭 감은 채로 에런의 손에서 열쇠를 꺼냈다. 아직 온기가 남아 있었다. 흘린 지 얼마 안 된 따뜻한 피가 그의 손을 감싸고 있었고, 그 위로 내 손이 덮어졌다. 손 마디 사이가 축축해지는 느낌과 함께, 꽤나 차가운 열쇠가 에런의 손에서 내 손으로 옮겨졌다. 그러고는 뒤돌고 나서야 눈을 떠 앞을 볼 수 있었고, 탈출구를 향해 달렸다. 도망치듯 달렸다. 그가 쫓아오는 기색은 없었으나, 불안한 마음은 가시지 않았다. 심장이 뛰는 속도와 손이 떨리는 속도가 맞먹었다. 그 떨리는 손으로 이내 문을 열고 나갔을 때, 그곳에는 아직 아무도 없었다.

"제인&에런 조, 첫 번째 통과를 축하드립니다."

흘러나오는 안내방송의 울림만이 존재하고 있었다. 나는 문턱에 걸터앉은 채로, 정확히 말하자면 주저앉은 모양새와 비슷하게 그곳에 한참을 있었다. 이윽고 다른 탈출구로도 아이들 여럿이 탈출했다. 안내방송은 계속해서 흘러나왔고, 눈앞에 있는 공간에 점점 인파가 채워졌다. 그러나 나는 여전히 그 문 안의 공간에서 빠져나오지 못한 채 문턱에 걸터 있을 뿐이었다.

"제인."

"…레오."

"돌아가자."

몇십 분쯤 지난 뒤에, 그 누구도 아닌 레오가 나를 부축해 주고 나서야 그 문턱에서 발을 뗄 수 있었다. 내 온 신경은 여전히 그곳에 갇혀 있었지만. 모든 것을 알고 모든 것을 공유해 주는 레오, 이해자(理解者). 아마 나에게서 리지를 잃었을 때의 자신의 모습을 겹쳐 본 것인지, 아니면 내가 느끼는 감정을 그도 느끼고 있는 것인지, 익숙한 말투를 하고 나를 부축해 주어 A로 데려다 놓았다.

그 뒤의 일은 말이다. 충격을 가시는 일만으로 버거워서 어떤 일이 있었는지 제대로 기억이 서지 않는다. 조금이라도 자극이 남았던 일은, 레오가 그 뒤로부터 쭉 내 곁에 있어 주었다는 것과, 시간이 많이 지나지 않아 돌아온 로드가 나의 잘린 머리카락을 스치듯 보며, 그에게서는 처음 보는 표정을 지었다는 것과, 마지막으로 내가 이번 시험에서 최고점자가 되었다는 점이다.

그로부터 며칠 뒤, 로드가 나를 찾아왔다. 로드는 아마 이번 시험에서 나보다 2점 낮은 점수를 받아 차위를 받았을 것이었고, 로드는 원래도 그런 경쟁에 눈을 번뜩이는 사람이 아니었기에 시험 점수 같은 것은 입에 올리지도 않았다. 달리 나를 처음 보고 하는 말이,

"머리를 잘랐네요."

같은 말이었다.

"응. 더워서 말이야. 시원해 보이지 않아?"

"이제 거짓말 좀 그만해요…."

로드의 그런 표정은 처음 보았다. 그는 고개를 푹 숙인 채로 한동안 그 자리에 서 있었다. 나는 침대에서 그를 바라보는 일 외에 할 수 있는 게 없다고 느꼈다. 당장이라도 일어나서 그를 안아주며 미안하다는 말을 해주기엔 이미 그는 꽤나 자랐다. 아니, 원래도 로드는 자라 있었다. 아이 같은 사람이 아니었다. 내가 그동안 로드를 너무 아이처럼 봐왔나?

"어디를 다친 거예요?"

"다치긴, 그냥…."

"거짓말 그만하라니까….."

네가 감당할 수 있을까, 라는 질문은 이제 할 시기를 넘어섰다. 그 질문은 오래도록 내 안에 멋대로 남아 결국 로드에게 상처를 주었고, 그것을 알아차렸을 땐 이미 변형되어 버려 있었다.

내가 감당할 수 있을까.

로드는 자신조차 제어할 수 없는 감정을 가지고 있는 것 같았다. 그리고 또 그 때문에 괴로워 보였다. 로드가 나 때문에 눈물을 보이다니. 이렇게나 스스로가 후회스러운 적은 또 없었다. 일찍이라도 더 그에게 말해주었어야 했는데. 그런데 말이다.

"미안해."

"나한테 실망한 거죠?"

"무슨 소리야, 실망이라니. 그럴 리가."

"그런데 왜 나한테는 아무런 말도 해주지 않는 거예요?"

로드가 지금 어떤 기억을 갖고 괴로움을 느끼는지, 어떤 상황을 곱씹는지 나는 가늠도 되지 않았다. 나도 모르는 사이에 그에게 많은 상처를 준 것 같았고, 그는 그 상처를 오래도록 참아보다가 결국 못 버틴 듯 보였다. 그간 나는 무슨 짓을 한 걸까. 레오와 작전이라는 이름하에 이야기를 나누느라 로드와의 관계를 미처 신경 쓰고 있지 못한 걸까. 아니면, 최근 들어 시험의 일 때문에? 그것도 아니라면, 그 전부터 디저트에 대한 이야기를 계속해서 미룬 것?

"B의 그 사람과는 잘만 이야기하잖아요. 내가… 많이 못 미더운 가요?"

"로드, 아니야. 그런 게 아니야."

"어려서 그런 건가요? 아니면…. 제가, 제가 그 사람보다 못한….”

로드의 감정의 골이 더 깊어지기 전에 막아야 했다. 이미 뚫려버린 관을 어떻게 다시 메꾸겠냐마는, 그래도 더 이상의 침범은 막아야 했다. 내가 저지른 일을 내가 수습하지 못하는, 한없이 미련한 상황이다.

"미안, 미안해. 그런 게 아니야.”

이불을 걷어차듯 일어나 그를 안아주었다. 이 온기를 언제를 마지막으로 나누었던가.

"…저도. 저도 죄송해요.”

그렇게 한참 로드를 안아주고 나서야, 로드의 얼굴을 제대로 볼 수 있었다. 로드는 그 전보다는 덜한 감정의 표정을 짓고 있었으나, 그의 입술의 떨림 같은 것은 여전했다.

"전부 이야기해 줄게.”

"…나중에, 나중에요. 죄송해요….”

그건 지금껏 내게 품은 말 못 할 감정과는 사뭇 다른 곳에서 우러나오는 말투 같았다. 그는 다급하게 어디론가 향하듯 방을 뛰쳐나갔고, 나는 그를 그저 그렇게 보내서는 안 된다는 생각에 잠겼지만 그렇다고 그를 쫓아갈 수도 없었다. 생각이 많은 그 얼굴을 마지막으로 보았던 탓에.

14

로드

　내가 지금 무슨 짓을 한 거지? 설마, 설마 제인에게 화를 낸 건가? 지금껏 잘 참아왔으면서. 이런 감정 처음 느껴봐서, 나조차도 모르겠어서 홧김에 제인에게 화를 냈다는 말은 핑곗거리가 되지 못하지. 어떻게 그래. 제인에게 사과를 듣고 싶었던 것은 아니다. 그렇다고 내 마음의 어딘가가 비어버린 느낌을, 그녀에게도 주고 싶었던 것도 아니다. 그런데 잘린 제인의 머리카락의 끝부분이 마치 누가 베어버린 것처럼 지저분해 보인 점에서 확신한 나의 마음이, 또 제인의 대답과 일치하지 않는다 해서 그녀에게 버럭 소리를 지르다니.

　내가…. 이제 정말로 제인에게 미움을 사버린 것 아닐까.

　"로드!"

지금껏 있었던 일을 모조리 이야기해 주겠다는 그녀의 말을 거절하고 황급히 뛰쳐나온 것은 다름 아닌 식당이 있는 1층 로비. 어디로 더 가야 할지 몰라 주변을 서성거리고 있을 때였다.

그러다 익숙한 어린 남자아이 목소리가 머릿속에서 소리치는 문장을 싹둑 잘랐다.

"…노아."

그날. 제인이 B 구역의 그 사람을 만나러 도서관에 간 날. 나도 함께 가겠다는 결심을 뿌리치고 이 아이와 다른 어린아이 2명과 함께 공원 산책을 나섰지.

"나 고민이 있어."

내가 지금 누구의 고민 같은 걸 상담해 줄 상태가 아닌데 말이다.

"미안."

"잠깐. 잠깐이라도 안 돼? 엄청 엄청 급한 거야."

나는 잠시 침묵하다 결국 대답했다.

"…응. 뭔데?"

"이리 와봐!"

노아는 잠깐이라는 말과 어울리지 않게 나를 저녁노을 사이로 데리고 나갔다. 그는 한참을 걸어 그때 함께 산책했던 공원 벤치에 앉은 뒤에야 입을 열었다. 정말 누가 봐도 고민이 많아 보이는 얼굴에, 말투, 한숨 소리였다.

"하아! 로드, 이거 진짜 비밀이야."

"응. 뭔데?"

"나 사실 안을 좋아해."

좋아한다. 좋아한다…라. 그런 마음은, 상대와 가깝게 지내고 싶은 마음?

"뭐야! 왜 놀라지 않지? 설마 이미 알고 있었어!?"

"안과 친해지고 싶은 거지?"

안이라면 그때 공원을 함께 산책했던 여자아이를 말하는 것일 테다. 식물학에 대한 지식이 많은 어린 여자아이. 산책하면서도 노아와 계속 말다툼을 벌였던 여자아이. 그렇게 말다툼을 벌였으면서 좋아한다니. 친해지고 싶은 것과는 거리가 멀어 보였는데 말이다.

"아, 휴우. 몰랐구나! 친해지고 싶은 게 아니라, 뭐…."

노아는 한참을 망설였다. 저녁노을의 그 주홍빛이 그 애 빨간 머리카락을 더 붉게 만들었다. 살랑거리는 그 앞머리 사이로 점점 노아의 얼굴이 붉어지고 있는 것이 보였다. 부끄러워하는 건가? 대체 어느 부분에서.

"에라이! 그냥 좋아한다고."

"…친해지고 싶은 게 아니야?"

"설마. 로드, 좋아한다는 게 뭔지 몰라?"

"가까워지고 싶은 마음이잖아."

"뭐래? 좋아하는 건 말이지, 어, 그니까…!"

노아는 또 그렇게 말하며 얼굴을 다시 붉혔다. 아까보다 더 붉어진 듯한 감이었다.

"아! 로드는 왜 이런 것도 몰라? 그냥, 그냥…. 사귀고 싶은 거지!"

사귀다, 그러니까. 가까워지고 싶고, 친해지고 싶고. 내가 이해하지 못하는 무언가가 있는 건가? 그렇지만 말이다. 좋아한다는 마음이 가까워지고 싶은 것이고, 가까워지며 친해진다는 것이 사귄다는 것 아닌가.

"…으음."

"그냥 쉽게 생각해. 로드가 제인을 좋아하잖아? 그런 마음?"

내가 여전히 이해하지 못하겠다는 표정을 짓자, 노아가 이번에는 아까와 조금 의미가 다른 한숨을 푹 내쉬더니 양손을 허리춤에 얹어두고 나를 보았다.

"봐, 로드. 좋아한다는 건!"

"응."

"막, 막, 그 사람만 보면 심장이 뛰고, 막 그 사람만 보면 달려가서 얘기하고 싶고! 안아주고 싶고! 뽀, 아, 아! …뭐 그런 거야. 이제 느낌이 오지?"

확실히. 제인을 볼 때면 그렇기야 하지. 그런데 그런 걸 두고 좋아한다고 한다면, 기준이 너무 엄격한 것 아닌가? 좋아한다는 건 흔히 쓰이는 말인데 말이다. 그런 건 오히려 사랑에 가까운 게 아닌가.

"안을 사랑해?"

"사, 사…. 그 정도는 아직 아니거든!?"

노아는 다시 붉으락푸르락해진 얼굴과 함께 허리춤에 손을 얹은 채로 열을 냈다. 여전한 노아의 장난기 있고, 아이 같고, 그래서 귀엽고 순수한 성격이었다. 하지만 그의 말은 이해하지 못할 만큼 낯설게만 들려온다.

"사랑은 더 깊은 거랬어! 근데 난 아직 매일 같이 붙어 있고 싶은 정도? 그러니까 확실히 사랑은 아니지! …뭐, 뭐 그렇게 봐? 사랑한다는 게 뭔지 모르는 사람처럼 보여? 아니거든!"

 정확하게 이해하지는 못했어도, 어느 정도 감은 잡을 수 있었다. 그러니까 노아의 말을 정리해 보자면, 좋아한다는 감정을 느낌으로써 그 여자애와 붙어 있고 싶고, 달려가 이야기하고 싶고, 안아주고 싶고. 그렇다는 것이겠지.

"그래서?"

"하아, 그래서 고민이야. 안, 걔가 은근 인기가 많거든?"

"…확실히 그렇지."

"그래서 짜증 나. 난 걔랑 아직 제대로 얘기도 많이 못 해봤는데."

 으음. 그래, 확실히 붙어 있고 싶은 상대가 매일 여러 아이들에게 둘러싸여 있으면 그러지 못해 화가 날 수 있지.

"질투 난단 말이야! 그러다가 다른 애가 꼬시면 어떡해!?"

 노아는 허리춤에 올렸던 양손을 내려놓고 다급한 얼굴로 물었다.

 질투. 샘나다, 시기하다. 안이 인기가 많아서, 반면 자신이 그렇지 못한 것 같아서 시기한다는 걸까? 그렇지만 분명 그 여자애에게 좋은 감정을 갖고 있었잖아? 꽤나 이해하기에 난해한 단어의 울림에, 그 뒤의 말은 채 담지도 못한 채였다.

"또 이해 못 한 표정이네!"

"…조금."

"걔가 다른 남자애랑 잘되는 걸 보기 싫다고. 나 말고 다른 애랑 붙어 있는 걸 보기 싫다는 거지! 아니, 따지고 보면 걔 얘기 잘 들어주는 건 나뿐인데!"

"…그건 아닌 것 같은데."

"뭐어!?"

그럼 말이다. 내가 제인에게 느끼는 감정과 별다를 게 없다.

제인과 함께 있고 싶었고, 제인을 보면 달려가 곧장 대화를 나눠 보고 싶었고. 그러나 그러지 못하는 날은 평소보다 조금 우울감을 느꼈고. 그러다가 제인이 B의 그 사람과 있는 걸 보면….

"짜증 나! 걔 주변에 있는 남자애들 싹 다 해치워 버릴 거야. 내가 그중에서 제일 힘도 세고, 달리기도 빠르고, 똑똑하고, …잘생겼지!?"

그렇게 말하며 마지막 말은 내게 질문하듯 말했다. 나는 고개를 두어 번 끄덕였으나 막상 머릿속은 다른 생각으로 차 있었다. 그러나 노아는 내 끄덕임에도 곧장 웃으며 좋아했다. 노아의 기분 좋은 표정을 뒤로하고, 나는 우선 그것에 대해 정리해 보기로 했다. 노아가 말한 방금 그, 감정에 대해 말이다.

나날이 깨닫지 못하고 알아채지 못해 괴로워했던 그 마음. 무어라 이르지도 못하고 부르지도 못해 치워버릴 수도, 그렇다고 받아들일 수도 없었던 그 마음. 그것이 제인을 좋아하는 것이고, 제인이 B의 그 사람과 붙어 있을 때면 느꼈던 그 감정은 질투라는 이름이었던 것인가?

그렇다면 너무 단순한 문제가 되어버리는 게 아닌가? 나는 내가 어딘가 잘못된 줄만 알았는데 말이다. 미워해선 안 되는 사람을 미워하고, 또 그 미워한다는 기준도 애매해 매일 혼자 고뇌에 잠겨만 있었고. B의 그 사람과는 제대로 대화도 못 해봤음에도 그 사람에게는 명확히 미워한다는 감정을 붙여놓고, 뒤이어 그 사람이 제인과 다정하게 눈을 마주치고 그녀와 단둘이 이야기를 나눌 때면 더한 감정의 이름까지 붙여본 적이 있었는데.

….
"무슨 생각 해?"
"아니야. 아무 생각도 안 했어. …그래서?"
"그래서 고민이야. 어떻게 하면 좋을지 모르겠어. 나도 사실 걔한테 좋은 말만 해주고 싶지! 근데 그게 마음대로 안 되는데 어떡하라고! 그래서 걔는 아마 내가 자기를 싫어하는 줄 알 거야. 최악이지!"
내가 느꼈던 소용돌이 같은 그 감정의 이름은 단순 질투였다. 그런 사소한 감정으로 언제든 치부될 수 있는 마음이 나와 제인의 사이를 이렇게 만들어 버린 것. 그리고 그전에 내가 제인에게 바보처럼 굴어버린 것이다.
"…사과해야지."
그건 스스로를 향한 말이기도 했다.
"걔가 받아줄까? 이미 늦은 것 같은데."
"할 수 있어. 너는 그 애를 좋아하니까."
"용기가 안 나."
"…응, 그렇지만 그 애도 기다리고 있지 않을까."
"정말? 정말 그럴까?"
방금까지도 침울해 보였던 노아의 얼굴이 화색이 되었다. 당장이라도 눈앞에 그 여자애가 있으면 달려가 사과부터 할 것처럼 보였다. 내 말 한마디, 어쩌면 노아는 그 말을 듣고 싶었던 것 같다. 자기의 생각에 대한 확신을 얻으려고 했구나.

그리고 나도 말이다, 노아에게 고마워해야지. 번뇌하던 일이 해결된 것처럼 마음이 한결 가벼워졌으니 말이다. 전혀 예상치 못한 곳에서 해결책을 찾았다. 나는 그동안 무언가를 놓치며 지냈구나!

그리고 마침내 그것을 추적할 수 있게 된 것이었다.

"나, 나, 그럼 간다? 나 지금 안에게 간다!"

"응, 할 수 있어."

할 수 있다는 그 응원의 한마디는 어쩌면, 내 사소한 감정이 우리 사이를 멀어지게 해버렸다는, 내가 어리석었다고 곧 제인에게 고백하게 될 나를 향한 것일지도 모르겠다.

그럼에도 여전히 안에 남은 것은, '좋아한다'의 의미라는 것이다.

─── 노아에게 예상치 못한 해결책을 듣고 나서, 제인에게 사과를 하러 가는 길에 노아를 다시 보았다. 노아와 그 애가 좋아하는 여자애, 안이라는 아이와 함께 있었고, 거리가 먼 곳에서 보았던 것인데도 노아의 얼굴은 눈에 띄게 붉었다. 그리고 곧, 안이라는 아이도 그 색을 닮아가고 있었다.
　나도 제인에게 이야기할 때 얼굴이 저렇게 변하려나.
　그런 생각을 하고 침실에 들어갔을 때, 적어도 오늘은 그녀에게 말을 전하지 못하겠구나 싶었다. 제인은 그 어느 때보다도 곤히 잠에 들어 있었다. 가까이 다가가도 전혀 느끼지 못하는 듯 곤히. 어디 아픈 것은 아닐까 하고 그녀의 안색을 보았다. 그리고 얼굴을, 그리고 베개 밑단에 닿을 듯 말 듯 한 그녀의 짧은 머리카락을 보았다. 그리고 두 손을 꼭 모은 채로 잠에 든 그녀를 다시 멀찍이서 바라보다가, 또 가까이 다가가서 꼭 감긴 눈 아래 긴 속눈썹, 엷게 띈 홍조 같은 것들을 보았다.
　그러다 말았다. 한참을 그러고 있다가, 나는 침실 문을 꼭 닫아주고 나섰다.
　그런 뒤 나는 저녁 식사 후 휴식 시간을 이용해 가장 내키지 않는 곳으로 발걸음을 옮겼다. A로부터 조금 떨어진, 이곳에서 아마 깔끔한 외형의 모습을 하고 있는 건물. 도서관으로 말이다. 그것도 내가 그토록 마음에 두지 않아 했던 B의 그 사람을 만나러 말이다.

그 사람은 또 여느 때처럼 3층 구석에 혼자 앉아 있었다. 바닥에 자기 머리 색이랑 똑같은 담요를 방석 겸 깔아놓고 말이다. 그 사람 주변에는 늘 그랬듯 책이 꼭 두어 권씩 쌓여 있었다. 저걸 진짜 읽나? 가끔은 장식용이 아닐까 싶을 정도였다.

"이게 누구야?"

"안녕하세요."

"'안녕' 하는 얼굴이 아닌데?"

처음부터 억지로 웃는 표정은 내게 맞지 않는 것이었구나. 나는 그 사람의 말을 듣자마자 꽤나 노골적으로 싫은 티를 얼굴에 적나라하게 드러냈다. 꼭 그러려고 하지 않아도, 자연스레 그렇게 되었지만.

"여기는 어쩐 일로."

순간적으로 자신을 만나러 왔다는 사실을 미리 자각하고 있다는 그 사람의 올라간 입꼬리가 곁들어진 표정을 보자마자, 나도 모르게 불쾌해져서 책을 읽으러 왔다는 등의 사사로운 거짓말을 할 뻔했다.

"물어볼 게 있어서요."

"오, 나한테? 뭔데?"

"…."

역시 잘못 왔어.

"…좋아한다는 걸 느껴본 적 있나요?"

"…하하! 아, 미안. 너는 전부터 왜 나한테 그런 말만 해?"

"…있냐고요."

제인에게 말할 때나 느낄 것 같은 얼굴에 열감이 올라오는 감각. 그걸 이 사람이랑 대화하면서나 느끼다니. 적잖게 기분이 더러웠다.

"있지, 그럼. 네가 제인을 좋아하는 것처럼 말이지?"

"…제인을 좋아하시나요?"

"하하!"

"그만 웃고요."

그런 경험이 있다는 말과, 내가 제인을 좋아한다는 사실을 간파했다는 말의 조화가 그닥 자연스럽게 들리지 않았다. 여전히 내가 좋아한다는 것과 사랑한다는 것의 차이, 그리고 좋아한다는 것은 친해지고 싶은 것을 넘어 어떤 감정인지 이해하지 못하겠어서 이 사람을 찾아온 건데. 겸사겸사 이 사람이 제인에게 나와 같은 마음을 품고 있는 건지 시험해 볼 겸 말이다.

"좋아한다면?"

"뭐라고요?"

"좋아한다면 어떡할 거냐고."

"애매하게 대답하지 마세요."

"와우, 너 곧 나 죽이겠다."

그럴 리, 가, 있나. 심장의 박동이 조금 빨라진다. 아니, 점점 더 빨라진다.

"미안. 장난 좀 쳐봤어. 안 좋아해, 걱정하지 마. 그러니까 그 표정 좀 어떻게 해봐. 무서워서 말야."

"이것도 장난인가요?"

"아니. 진짜야. 제인과는 그냥 친한 것뿐이야."

그제야 조금씩 정상 수치를 찾아가는 심장 박동 수였다.

"그래요. 친한 것. 그리고 친해지고 싶은 것. 그게 바로 좋아하는 것 아닌가요?"

"너, 좋아한다는 마음을 제대로 이해하지 못했구나."

그 질문은 그 사람을 향하기보다, 내면에서 끊임없이 지속되는 질문을 향한 또 다른 반문이었다. 그 사람도 그것을 느낀 것인지, 그제야 얼굴에 장난기를 조금 거두고 나를 보았다. 곧 자신의 옆에 앉으라는 손짓을 보였고, 나는 당연히 거절했다.

"그래, 서서 들을 거야?"

"…의자를 가져올게요."

"그러든지."

나는 곧 주변에 아이들이 아무렇게나 놓고 간 목재 의자를 하나 가져와 그곳에 앉았다. 그 사람의 앞도 아니고, 그렇다고 옆도 아닌 대각선의 방향에 앉아 여전히 바닥에 앉아 있는 그 사람을 내려다보며 곧 그 사람의 말을 기다렸다. 그 사람은 그제야 손에 들고 있던 책을 완전히 접어 옆에 쌓아둔 두 권의 책 사이에 끼워 넣고, 나를 향해 몸을 돌려 자세를 고쳐 앉았다.

그리고 처음으로 내게 한 말은, 내 질문에 대한 대답도 그 무엇도 아닌 웃음 섞인 한마디였다.

"너 정말 제인을 좋아하는구나."

"…."

"그래, 좋아한다는 건 단순히 그 사람과 친해지고 싶은 감정일지도 모르지. 하지만 여느 단어에도 그렇듯 좋아한다는 말도 크게 두 가지 의미로 나뉘어."

그 사람은 대답하는 것을 왠지 조금 미루고, 한다고 해도 조금 늦게 시작할 것처럼 내게 별안간 예측하지 못한 말을 하더니, 곧 언제 그랬냐는 듯이 정말 내 질문에 대한 답을 시작했다.

"단순하게 친해지고 싶다. 그건 좋아한다기보단 그 사람이 좋다, 정도이고. 친해져서 그 사람에게 정말 유일무이한 사람이 되어주고 싶다. 이건 그 사람을 좋아한다. 이 정도."

"그럼,"

"좋아한다고 느낄 때면 대부분 어느 정도 그 사람에게 마음을 빼앗긴 뒤여야지."

"사랑과는 다른 건가요?"

"좋아함은 마음 정도라면, 사랑은 그 사람에게 내 삶을 줄 수 있을 정도여야지."

"…아."

나름 진정성과 전문성을 겸비한 말이었다.

"책의 구절이야."

또, 그 사람처럼 간단명료한 정리였다. 그러나 그 문장만큼 내 흐트러진 머릿속 먼지를 단숨에 치워주는 것도 없을 것 같았다. 노아와 대화를 나누었을 때보다 더 마음이 가벼워진 기분.

이해했다는 말을 해도 될 것 같은 기분이었다.

"이해한 표정이네."

"…네."

"이야기가 좀 더 길어질 줄 알았는데. 네가 의외로 말을 잘 알아듣는구나."

아니. 내가 말을 잘 알아들은 게 아니다. 인정하기 싫지만 당신이 말을 잘한 거다. 그렇지만 어디까지나 인정하기 싫은 마음이 더 크니까, 당신에게 말하지는 않겠지만. 하지만 당신은 내 마음을 알아채고 있을 정도로, 그 전에 제인에게 꽤나 힘이 되어준 정도의 사람이니까 말하지 않아도 이미 다 알아채고 있겠지. 정말 제 나이대 같지 않은 사람이다.

그렇다면 이제 확언할 수 있다. 나는 제인을 좋아한다. 그리고 어쩌면, 그보다 더한 감정을 느끼게 될지도 모르겠다.

"궁금증은 풀렸으려나."

"네. 풀린 것 같아요."

"다행이야. 그리고 이거."

그 사람은 그렇게 말하며 깔고 앉은 담요의 끝부분을 들추었다. 그러자 그 밑에 또 다른 색의 담요가 한 장 더 깔려 있었고, 그 틈새로 무언가를 꺼내어 내게 내밀었다. 장갑이었다. 정확히 말하자면 면 재질로 이루어진, 손가락 마디 중간까지 덮을 수 있는 검은 색의 반 장갑.

"이게 뭔가요?"

"장갑. 선물이야."

"…이걸 왜 저한테?"

"내가 주는 선물은 아니고. 제인이 주는 거야."

그 말에 장갑을 곧장 받아 들었다. 그리고 한동안 바라보았다. 얼핏 보아도 손 크기에 제법 맞아 보이는 사이즈. 그 장갑을 한동안 들고 바라보고 있으니, 아직 다 낫지 않은 내 손등의 멍과 반점의 흔적도 눈에 들어왔다.

"원래는 손을 다 덮는 모양새를 원하고 만들기 시작한 건데, 그렇게 하다간 언제 다 완성될지 모르겠어서. 이대로라도 만족하니 나중에 널 만나면 대신 주라더라. 아, 그 마감처리는 내가 했다?"

"이래서, 계속 같이 있었던 거예요?"

"뭐, 그렇지. 좀 감동받은 얼굴이네. …얼씨구, 울겠다?"

어떻게 안 울 수 있어? 제인에게 연속으로 미안한 감정을 느끼는 날에 이런 선물을 받다니. 내가 조금 염치가 없어지잖아.

그러나 그런 마음보다는 제인에게 선물을 받았다는 사실이 얼마나 기쁜지 모르겠다. 그 사람의 말은, 솔직히 말하자면 제인이 주는 선물이라는 말을 마지막으로 그다음은 잘 들리지도 않았다. 나는 정확히 내 손 크기에 맞게 제작된 그 장갑을 착용해 보고, 이보다 더 완벽한 선물은 없으리라 생각했다.

"잘 어울리네."

"…감사해요."

그러나 이건 진심이었다.

"…오, 모처럼 듣기 어려운 말도 하고. 만족스러운가 봐. 그 애가 좋아하겠네."

장갑을 낀 손을 바라보았다. 이윽고 내 손 뒤로 그 사람의 모습이 비춰졌다. 그 사람은, 그러니까, 레오는 그렇게 말하면서 평소와 같은 무감각한 표정을 짓고 있었다. 그러곤 다시 끼워둔 책을 꺼내 적당한 페이지를 찾아 읽기 시작했다.

언제 알아챈 걸까. 내가 멍 흔적 때문에 신체를 드러내는 일을 꺼려 한다는 것을. 그래서 줄곧 긴 소매만 고집하고 있던 건데. 그런 부분에서 눈치를 챈 걸까? 그렇다면, 제인, 당신은….

그 사람은 정말!

"이만 가볼게요. …고마웠습니다."

도서관에서 나온 뒤 A를 향해 빠른 걸음으로 걸어갔다. 가서 제인을 만나면 해야 할 말이 너무 많았기에, 그 말들을 머릿속에서 미리 정리하는 일만으로도 벌써 바빴다. 나는 장갑을 낀 두 손을 꽉 쥐어서, 그 장갑의 까슬까슬한 면이나 부드러운 면 같은 것을 동시에 느끼며 걸었다. 그러다 보면 제인이 이 장갑을 만드는 모습을 상상할 수도 있었다.

"로드? 어디 다녀와?"

내가 A 건물의 입구에 다다랐을 때, 이미 제인은 그 입구에 서서 나를 보고 있었다.

"제인."

"…무슨 일 있었어?"

제인을 보면 맨 먼저 해야 하는 일은 웃는 건데, 나도 모르게 눈물이 벌써 턱 끝까지 흘러내려 감출 수도 없게 되었다. 제인은 그런 나를 보며 등을 먼저 토닥여 주다가, 이내 손을 덮은, 자신이 만든 검은 장갑을 알아채고 환한 미소를 지어주었다.

"그랬구나."

나는 아직 아무 말도 하지 않았는데, 벌써 백 마디는 한 것 같은 반응을 보였다.

그 뒤로 제인과 함께 침실로 가, 늘처럼 그녀의 침대에 나란히 걸터앉은 채 오래도록 이야기를 나누었다. 말하면서는, 그때의 노아처럼 얼굴이 붉어진 적도 있었고, 아까 레오의 앞에서처럼 눈물을 흘린 적도 있었다. 마침내 해가 모두 저물고 달이 창문 틈새를 환하게 비출 때까지 나는 그곳에서 또 하나의 잊을 수 없는 기억을 만들어 내었다. 특히 제인의 진심 어린 그 미소와 나를 향한 사랑스러운 눈꼬리의 휨이, 잊히지 않고 평생 남을 것이라는 감상을 주었다.
그러니 우리 앞으로도 자주 이렇게 웃어요.
서로 얼굴 마주하며.

그런 꿈을 꾸기 시작한 날로부터
일주일 뒤,

제인이 죽었다.

15

세인

로드에게 귀여운 이야기를 전해 들었다. 그는 그런 이야기를 했다. 그간 자신이 힘들어했던 감정의 원인을 찾는 일이 낯설어서, 그래서 못되게 나에게도 버럭 화를 내버렸다고. 미안하고 또 고맙다고. 그리곤 그건 아마 나를 좋아해서, 그래서 질투해서 그랬다고까지 말해주었다. 이야기를 전부 듣고 나서 로드에게 "누가 도와줬어?"라고 물어보니 그는 움찔대며, 조금은 민망해하고 망설이며 작게 레오의 이름을 입에 담았다.

아마 로드는 또다시 혼자가 되는 것이 두려웠던 것이겠지. 그 마음을 이해한다. 유일한 내 편이 떠나갈까 두려워 염려되는 마음, 어쩌면 성장의 증표이기도 한 감정이지.

그 후 나는 잠에 들고, 다음 날 아침 해가 뜨자마자 약속대로 만나기로 한 도서관 3층에서 레오를 만났다. 그는 나와 이야기했던 대로, 장갑을 건네주며 그간 장갑을 만드는 일 때문에 서로를 만났다, 정도로만 말해주었다고 했다.

하지만 그건 반은 맞고 반은 거짓이다. 로드에게 아직까지 거짓말을 해서 미안하지만, 내가 장갑을 만드는 일에 레오가 도와주는 것은 사실이다. 하지만 우리는 장갑을 만드는 시간을 보내며 갖가지 이야기를 나누었다. 이를테면 탈출에 대한 레오의 계획을 다듬는 일 같은 것. 벌써 가을이 다가오고 있고, 머지않아 겨울이 다가오게 될 것이다. 우리는 1월이 오기 전에 로드에게 말할 예정이고, 그 전에 시험이 갑작스레 진행된다면 그때 이야기를 꺼낼 예정이다. 지금 로드는 아직 회복 중에 있고, 그런 그에게 부담과 같은 당혹감을 다시 안겨주고 싶지 않다는 것이 이유였다.

그러면서 레오는, 자신을 찾아올 줄은 알았지만 그 이유가 너를 좋아한다는 마음에 대한 고민 상담일 줄은 몰랐다고 덧붙였다. 나는 그 말을 들으며 한참을 웃었다. 질투를 한다는, 그래서 레오가 아직까지도 반갑지 않다는 그의 말을 듣고 난 뒤여서일까. 그에게 고민을 상담하는 로드의 얼굴이 선했기 때문이다.

"그래서 제인. 디저트 반응은?"

레오는 시험 때 생긴 내 뒷목의 반창고를 떼어내고 새로 소독해주며 말했다.

"이상해. 시험 이후로 나를 부르질 않아."

"불길한데."

"부작용에 당황했을 거야. 이제 나를 더 적극적으로 죽이려 들겠지."

시기나 교원들의 활동을 미루어봤을 때, 아마도 그들은 나를 시험 때 죽이려고 했을 것이다. 원래는 약물로 인한 방해로 시험에서 실격 처리를 받는 것이 목표였겠으나, 예상치 못한 부작용으로 당황했기에 급기야 L을 시험장 내로 들여보내 나를 위협시켰겠지. 그리고 시험이 끝난 뒤 평균적으로 3일은 휴식 기간이라고 해서 수업을 진행하지 않는다. 그 기간 동안 또 어떤 음모를 꾸미고 있는지는 몰라도, 이 3일이 내게 기회다. 지금은 이틀째로, 내일이면 어차피 마지막 날이 되겠지만, 이 시간을 쪼개 앞으로 있을 일에 대한 대비책을 미리 세워놓아야 한다.

"그런데 말이야. 왜 하필 나일까?"

"너는 왜라고 생각해?"

"실격자니까. C에서 그랬듯이 나는 처음부터 조건을 갖추지 못했으니 실험용으로라도 쓰이는 게 아닐까?"

"그럴 수도 있어. 하지만, 제인."

레오가 상처를 소독하는 손을 멈추고 잠시 침묵했다. 나는 레오가 무슨 말을 하려고 하는 건지 몰랐고, 더군다나 그가 내 뒤에 있었기에 표정도 볼 수 없었다.

"로드가 적격자라 그럴 거야."

놀라지 않았다면 거짓. 나는 적격자의 기준을 다시 한번 떠올려 보았다. 탁월하게 높은 지능, 완벽함에 가까운 인간성, 절대적인 선함… 등. 하긴, 이 모든 조건을 모두 갖춘 아이란 드물게 찾아볼 수 있는 것이 아니지. 하지만 로드는 확실히 신체 능력도, 학문적

이해도 높은 대단한 아이긴 하다.

"로드가, 말이지."

"…그렇구나. 그렇지만 로드는 나 이전에 디저트를 먹은 사람이 었는걸. 적격자라면 더 우대해 줘야 하는 게 아닐까?"

"뒤늦게 알게 되었을 가능성이 크지."

확실히 일리가 있다. 로드가 전에 어떤 일을 겪은 건지, 솔직히 난 아직도 잘 모른다. 아직 그가 이야기해 줄 때까지 기다리고 있는 중이다. 하지만 적어도 그가 디저트를 먹었고, 그래서 괴로워했고. 이후에 자살 시도를 한번 하였던 것까지 안다. 아, 이 점은 로드가 아니라 L에게서 들은 말이다.

"그를 더럽히지 않았으면 하는 셈이구나."

중얼거렸다.

…그래, 그날 호숫가에서도. 돌이켜 보면 L은 그날 나에게 연장을 휘둘렀지. 그날 이후로부터 더욱이 그러는 일이 많아졌고.

"그리고 나 때문이야. 내가 그날 추태를 보였잖아. 아마, L은 전부터 어느 정도 나를 의심하고 있었을 가능성이 있어. 그런데 그날로 인해 확신해 버린 거지. 그리고 그런 내가 너와 가깝고, 네가 로드와 가까우니 말이야. 하나뿐인 신의 적격자가 탈출해 버리면 안 되니까."

"L…."

"아마 곧 내게도 꽤나 위협적으로 나오겠지."

"안 돼."

"안 되긴. 원래 그래야 했는데, 조금 늦어지는 것뿐이지. 걱정하지 마."

레오는 그렇게 말하며 뒷목의 상처에 새로운 반창고를 꾹 눌러 붙여주었다.

원래라니, 원래 그래야 했다는 게 어디 있어.

"…우리 탈출을 조금 앞당길까?"

"두려워?"

내가 죽는 것보다, 정말 적격자가 존재해서 다른 아이들이 이용당하는 게 무섭고, 레오 네가 곧 나처럼 될까 봐 무서워. 더군다나 너는 탈출 계획까지 가지고 있는 사람이니까 나보다 더 험한 꼴을 당할지도 모르는 일이잖아.

"하지만 일정을 정확히 1월 31일로 잡아둔 데엔 이유가 있어. 섣불리 바꿨다가 더 큰 파장이 일어날지도 몰라. 가령 이곳의 아이들이 전멸당한다든지 말야. 솔직히, 이미 그들의 입장에서는 적격자를 찾아냈으니 더 이상 이곳의 아이들을 살려둘 이유가 없어. 한두 명 정도, 실험체가 될 아이들을 제외하면 말이야."

레오는 그런 말을 표정 변화 하나 없이 처음부터 끝까지 깔끔하게 말해냈다. 가끔 이런 모습을 볼 때면 나는 자주 슬픔을 느끼곤 했다. 레오라고 처음부터 이렇게 현실적이지 않았을 텐데. 어른스러움을 넘어선 무언가, 그것은 절대 듣기 좋은 단어가 아닐 테지.

"로드 말고는 적격자가 없는 걸까?"

"적어도 B에서는 그런 낌새가 없어. C에서는 더더욱 그렇겠지. 애초에 그곳은 부적격자를 모아둔 곳이니까."

"⋯그렇지."

그때였다. 안내방송이 울렸다. 도서관 전체에, 그리고 밖에서도 조금씩 들려오는 메아리가 귓가를 스쳤다.

"이번 시험에 대한 탈락자 발표를 진행합니다."

그 시간이구나. 매 시험이 끝날 때마다 항상 이틀 또는 사흘 간격을 두고 탈락자 발표를 진행한다. 탈락자는 많아야 열, 적으면 두세 명이었다. 지금까진 말이다.

"A 구역에서 일곱, B 구역에서 다섯, C 구역에서 열입니다. 호명하는 교육생들은 사전에 설명해 드린 장소로 짐을 싸서 이동해 주시길 바랍니다."

그런데 이번 탈락자 수는 대부분 많은 편에 속한다. A, B, C 구역이 다 함께 시험을 진행했기에 조건이 상향된 것이라고 추측했다. 각 구역의 나이가 많고 경력이 많은 교육생들도 동시에 시험을 치르는 것이니까 말이다. 이후 스피커에서 각 아이들의 이름이 호명되었다. 그중에서는 꽤나 낯이 익은 아이들의 이름도 몇 들렸다. 내가 할 수 있는 일은, 아무것도 없었다. 그저 가만히 그 자리에서 레오와 함께 떠나가는 아이들에 대해 애도하는 것뿐. 그리고, 지켜주지 못해 미안하다는 마음을 전하는 것뿐.

"가끔은 울지 않는 내게 자괴감이 들어."

처음 탈락자 안내를 들었을 때는, 그만큼 괴로운 일도 없었다. 나는 진실을 아는데도 그 아이들에게 아무런 것도 해줄 수 없다는 것이 말이다. 그저 그렇게 떠나는 아이들에 대해 한없이 깊은 자책을 느끼기도 했다. 그러나 요즘은 눈물을 흘리기보단 다음 생에 더

제인 177

좋은 환경과 좋은 사람에게서 자라 기쁘고 찬란하게 성장할 아이들의 모습을 그리는 일을 한다. 그건 하나의 기도였다. 신을 믿느냐고? 물론 그건 아니다. 그렇지만 이렇게 기도를 하면 정말 누군가 어디서 듣고 있는 기분이 들어서. 가끔 이따금씩 기도를 한다.

"-그리고 A 구역의 안, 카를, 또 헨리."

안과 카를. 그리고 헨리. 이외의 아이들 모두 생생하게 생김새가 선명하게 보이는 것 같다. 그 아이들의 미소나 귀엽고 순수한 행동 같은 것들이. 안이라면, 이야기를 많이 나눠보진 않았지만 전에 로드와 함께 산책을 나선 여자아이일 것이고, 카를이라면 로드에게 가장 먼저 나 다음으로 말을 걸어준, 기계학에 박식한 남자아이일 것이고, 헨리라면 나와 늘 함께 숨바꼭질을 하곤 했던….

"이상입니다."

"호명된 교육생들은 모두 설명해 드린 장소로 집합해 주십시오."

마지막 목소리는 L이었다.

벌써부터 아이들의 경악하고 기겁하고, 또 절망하는 얼굴과 목소리가 들리는 것만 같다. 어느새 떨고 있는 나를, 레오는 회색빛 담요로 감싸주었다. 온기가 체내에 머물러 금방 체온이 올라가는 감각이 느껴졌지만, 그럼에도 떨림은 멈추지 않았다. 그리고 얼마 뒤 또다시 안내방송이 들렸다.

"무사 귀가했습니다. 그럼, 다음 시험에 행운을 빌겠습니다."

L이었다. 또. 다음 시험에 행운을 빈다는 그 말은, 왠지 나를 향하는 것 같기도 해 소름이 돋았다.

그 소리가 들리고 나서야 나는 조금 가라앉았다. 왜? 지금에서야 완전히 그 아이들의 숨이 끊겼을 테고, 아까까지만 해도 그 아이들은 살아 있었을 텐데. 완전한 죽음을 맞은 사람은 아무것도 느끼지 못하니까, 고통도 슬픔도 느끼지 못하니까, 그렇게 되면 이 지옥에 사는 것을 더 이상 자각할 수 없게 되니까…?

사람은 참 모순적이고, 나도 참 지독하다.

"제인. 돌아가서 쉬자."

"응, 내일 아침 일찍 다시 올게. 될 수 있으면 로드와…."

"그래."

별다른 이야기를 나누지 못했다. 오늘 주어진 시간은 보다 많았고, 보다 더 많은 이야기를 나눌 수 있었을 것이다. 그러나 그러지 못했다. 아니, 그래선 안 될 것만 같았다. 이미 떠난 아이들의 온기가 아직 이곳에 존재할 텐데 우리끼리 탈출을 논하다니, 적어도 오늘은, 그래서는 안 되겠지.

그런 생각을 하며 A로 돌아갔다.

돌아가니 노아가 울고 있었다. 순간 노아도 알아버린 걸까, 심장이 덜컥 내려앉는 기분이 들었지만 그건 아닌 듯했다.

"안, 그 바보가!"

그 옆의 로드도 슬픈 얼굴을 하고 있었다. 어쩌면 조금 울었는지, 뺨에 눈물 자국이 희미했다. 아이들이 하는 얘기를 들어보니, 노아가 안을 좋아했더라고. 노아는 그렇게 한참을 침실에 엎드려 울었다. 그는 안을 더 볼 수 없다는 생각에 너무 속상하다고, 말했다. 나는 그 말에 아무런 대답도 해줄 수 없었다. 떠오르는 위로라곤, 다시 만날 수 있을 거야, 라는 말뿐이었으니.

"분명 신체 능력 평가에서 낙제를 받은 걸 거야. 걔는 운동하는 거 싫어하니까…. 아, 바보. 진짜! 어제 시험 잘 봤냐는 말에 잘 봤다고 대답해 놓고서…. 아, 그때 표정이 어땠더라…."

이런, 노아. 다시는 볼 수 없는 사람의 얼굴을 떠올리는 일은 그렇게나 힘들다는 사실을 이제 더 이상 알아채는 이가 없기를 바랐는데. …이것도 모순이겠지.

"내가 꼭 졸업해서 보러 가야겠어. 약속했어."

"…무슨 약속을 했어?"

"먼저 졸업하는 사람이 아이스크림 사주기. 이러려고 한 약속은 아니지만, 사주고 말 거야."

나는 머릿속에서 적절한 대답을 찾아 헤매봤지만, 결국 아무런 말도 해주지 못했다. 노아도 그런 내게 대답을 더 요구하지 않았다. 그저 의지에 가득 찬 표정으로 어딘가를 바라볼 뿐. 그리고 그곳은, 안이 썼던 침대였다.

이러다 정말 나까지 울어버릴 것 같아서, 그렇게 되면 이곳의 친구 또는 가까운 사이를 잃은 아이들을 더 이상 마주할 힘이 없어지니까, 나는 서둘러 침실을 빠져나왔다. 침실을 빠져나온 뒤 침실 방과 그 옆 휴식실을 잇는 벽에 기대어 잠시 허공을 바라본 채 생각에 잠겼다. 그러나 휴식실과 침실, 그 닫은 문틈 사이로 아이들의 울음소리가 들려오자, 결국 나도, 그 자리에 주저앉아 울어버렸다.

무기력해지고, 또 무력해지는 순간.

다음 날, 잠에서 깨었을 땐 이미 침실의 침대가 여럿 사라진 뒤였다. 침실뿐이 아니라 그 어느 곳에도 그 아이들의 흔적이 존재하지 않았다. 나는 어제 잠들기 전과 같은 표정을 하고 힘이 들어가지 않는 팔다리를 애써 움직이며 도서관으로 향했다. 그리고 도서관에 다다를 때야 떠올랐다. 레오에게 로드와 함께 오겠다고 한 말을 잊었구나.

"늦었네, 제인. 몸은 좀 어때?"

"미안. 로드가 아직 자고 있어서."

"괜찮아."

레오는 그렇게 말하며 어제 내게 둘러준 회색빛의 담요를 또다시 내 어깨에 걸쳐주며, 함께 3층 그 외곽 자리로 향했다. 그곳에는 여느 때처럼 레오가 읽는 그의 취향이 담겼거나, 또는 실용적인 내용을 담은 책들이 쌓여 있었다.

"레오, 책이 늘었네."

"…서두르려고."

"날짜는? 다시 잡은 거야?"

"12월 말. 한 달이나 앞당겼어. 아무래도 다음 시험이 시작되기 전에는… 진행할 수 있을 거야. 원래 57명이던 아이들이, 한순간에 35명으로 줄었으니 말이야. 더 시간이 없지."

나갈 수 있을 거야, 가 아닌 진행할 수 있을 거야, 구나.

"응, 나갈 수 있어."

"그래서 말인데…."

우리는 그 이후로도 많은 대화를 나누었다. 어제의 비통은 아직도 가슴 속 어딘가에 저리게 느껴지지만, 곧 이곳을 나가 진정한 미소를 보아도 마음이 아프지 않게 될 때를 상상하며 버텼다.

"내일이면 새로운 주가 시작돼. 수업도 재개될 거고."

"응, 다음 주 언젠가 날을 잡아 로드에게 말해봐야겠어."

"그렇게 알고 있을게."

─────── 그리고 다음 날. 예상대로 L은 다시 나를 불러 이른바 그가 말하는 디저트 타임을 가졌다. L도 이젠 내가 저항하지 않는 태도를 보이자, 혹시 몰라 문의 입구에 병풍처럼 세워둔 교원을 더 이상 들이지 않는 듯했다.

"제인, 시험을 아주 잘 봤더구나."

"네."

"최고점이라니. 자랑스러워."

그렇게 말하는 L의 표정, 그가 손에 쥐고 있는 찻잔이 곧 쇠붙이로 바뀌어 나를 찌를 것만 같은 표정이었다. 그야말로 위협적인 표정이었으나, 나는 이제 더 이상 그에게 겁을 먹거나 하지 않았다.

"오늘은 뭐죠?"

"오늘은 없단다. 대신, 실격자의 최고점을 축하하기 위해 선물을 준비했어."

L은 그렇게 말하며 평소와 같이 누군가에게 자신의 일을 시키지 않고 자리에서 일어서 직접 서랍에서 무언가를 꺼내 가져왔다. 그것은 붉은 보자기로 깔끔하게 포장되어 있는 직사각형에 가까운 상자였고, L은 그걸 내게 내밀며 열어보라 말했다.

"…네."

L이 말한 선물이라는 것은 이중으로 포장되어 있는 듯했다. 제일 먼저 보자기를 풀고 첫 번째 상자를 열면, 그다음에 그보다는 조금 크기가 작은 상자가 존재했다. 그곳에는 Jane, 내 이름이 보자기와 같은 붉은색으로 곱게 각인되어 있었다. 이윽고 그 상자를 열었을 때, 나는 그에게서 두려움이 완전히 사라졌다고 생각한 것을 재고하게 되었다.

"어떠니? 그중 어떤 선물이 가장 마음에 들지?"

상자 안에는 쇠붙이 연장이 3개 들어 있었다. 크기는 전부 비슷했지만, 아마 명칭이 다를 것 같았다. 모양새가 다르고 또 하나는 전투용으로 쓰는 물건이 아닌 것처럼 보이기도 했다. 그러나 똑같은 점은, 그 물건의 손잡이 부분에 리본이 장식되어 있다는 점이다. 맨 왼쪽, 누가 봐도 단검인 것을 알아차릴 것 같은 물건에는 붉은색 리본이, 그리고 바로 옆에는 칼날이 곡선형으로 꺾여 있는 물건이었는데, 칼날 끝이 마치 검보다는 빵칼 정도에나 가까운 모양으로 조금 깎여 있었다. 그 물건에는 노란색 리본이 묶여 있었고, 마지막으로 남은 하나는 전에 전투용 물건에 관심이 많은 어느 아이에게서 들은 적 있는, 이른바 수리검이라고 하는 것에는 파란색 리본이 장식되어 있었다.

셋의 색깔은 모두 은색이나 빛바랜 회색 정도였다.

내가 어떤 트라우마를 가진 줄 알고, 지금 쇠붙이들로 나를 위협하는 것이다. 이런 도발에 넘어가면 안 된다. 최대한 무표정을 유지하고, 손에 흐르는 땀을 모르게 닦아야 하며, 또 잦은 손 떨림이라도 감추어야 한다….

"꼭 골라야 하나요? 그 전에, 이런 걸 선물하는 이유가 뭐죠?"

"너도 그간 당하기만 해서 억울했을 것 아니니. 나를 향한 그 원망을 풀기 위한 의미라고 해둘까?"

"…그렇다면, 저는 이것으로 하겠어요."

그의 말도 안 되는 한마디에 대해서는 얘기할 것도 없다. 나는 붉은 리본이 장식된 그 단검을 골랐고, 내가 그 검을 가리키자 L은 직접 리본을 거두고 내게 검을 내밀었다. 그것도 손잡이 부분이 향하게 주는 것이 아니라, 칼날 부분이 나를 향하게.

"오늘은 이만하고 마치지. 내가 곧 봐야 할 업무가 있어서 말이야."

L은 그렇게 말하며 내가 펼쳐놓은 상자와 보자기 등을 쥐고 방을 먼저 나섰다. 나는 그 방에서 무엇이라도 도움이 되는 정보를 빼내어 볼까 생각도 했지만, 이내 고개를 들자마자 천장 구석진 곳에서 나를 향해 고개를 돌리는 감시카메라와 눈이 마주치게 됨으로써 곧 그런 생각은 넣어두고 그만 방을 나갔다.

나는 그 검을 눈앞에 두고 더 자세히 관찰했다. 예스러운 분위기가 조금 풍기는, 단정한 디자인이라기보다는 세련된 디자인에 가까운 외형이었다. 칼날은 곧게 직선으로 뻗어 있었고, 그 끝에는 끔찍하게도 뾰족한 칼날이 허공을 찌르고 있었다. 나는 그런 것을 보는 것만으로도 두려웠고 온몸에 소름이 돋는 것 같았지만, 나는 어쩌면 이것은 나의 트라우마를 이겨내기 위한 하나의 기회라고 여기며, 마음을 가다듬었다.

그리고 또 다음날도 L은 나를 자신의 방으로 불렀다. 그러나 그날도 여전히 내게 디저트를 내오지는 않았다. 매일 그는, 그가 매일같이 마시는 그 차가 든 찻잔을 모두 비우고 나서야 나를 1시간 가량 앉혀둔 자리로 시선을 주고 입을 열었다. 그가 먼저 말을 걸지 않는 이상, 나는 어떤 말을 해도 무시당했으며 어떤 행동을 하든 요 며칠 보이지 않았으나 다시 병풍처럼 세워진 그 교원에게 제지당했다.

"예상 도주일은?"

"뭐라고요?"

지금 이 자리에 나보다 더 표정의 변화를 잘 다루는 레오가 있었더라면 좋았을 텐데!

"레오와 여러 차례 걸친 회의 내용 말이다."

"웃기지 마세요."

"입을 열지 않을 것이니?"

"애초에 도주라니, 농락하는 건가요?"

"그래, 그럼 너희 딴에는 탈출이라는 단어를 쓰려나."

더 이상 입을 열면 조금이라도 내용이 유출될 것 같은 기분이었다. 그는 내가 고심해서 고른 철저함이 담긴 한마디에도 어떻게든 정보를 빼내어 가는 사람이니까.

"비가 오려나."

그는 방금까지 있었던 대화 주제와는 다르게, 돌연 압박적인 태도를 바꾸고 여유로운 얼굴을 하며 창밖을 바라보았다. 창밖은 정말 비가 올 것처럼 하늘이 우중충했고, 바람도 조금 부는 듯했다.

"제인, 너는 어떤 날이 좋지? 날씨 말이다."

"화창한 날."

"비가 오는 날은 싫은 거니?"

"네."

거짓말이다. 사실 화창한 날을 그렇게 좋아하는 편이 아니다. 나는, 비가 오는 날을 더 좋아한다. 가령 겨울이면 눈이 내리는 날 같은, 시야가 흐려지고 외출이 제한당하는 날 말이다. 기억은 희미해도 옛날부터 그랬던 것 같다. 화창한 날, 그 쨍쨍한 햇볕 아래에 서서 흐르는 상쾌한 공기를 마시다 보면 자꾸 이상을 갈망하게 되는데, 그때 나는 그런 기분을 그리 반기지 않았던 것 같다.

"그래. 말동무가 되어주어 고마워. 오늘 대화는 이쯤에서 마치자."

그의 한마디 한마디에는 정말이지, 내가 뭔가 말실수를 하지는 않았나 하고 방금의 대화를 곱씹게 만드는 데에 타고난 말투와 분위기가 배어 있다. 나는 분명 머릿속에서 생각을 여러 번 거치고 나온 철저함에 구속된 말을 내뱉었지만, 그의 방을 나선 지금까지도 그런 근심이 나를 감싸고 도니 말이다.

그리고 다시 침실로 돌아가던 중에, 로드를 마주쳤다. 방금까지 L과 있었던 탓에 표정에는 아직도 불쾌함이 묻어 있을 텐데, 로드는 그런 나를 보고도 미소 지어주었다. 날 가라앉혀주려는 그 미소를.

그랬기에 나도 그처럼 자조적인 미소를 지을 수밖에 없었다.

"요즘은 괜찮아, 로드?"

"네. 제인이 준 이 장갑 덕분에. 아, 아이들이 다들 잘 어울린다고 칭찬을 해줬어요."

"정말? 만든 보람이 있네."

"네⋯."

로드는 장갑을 낀 손을 모아 바라보며, 홍조를 띠고 정말 기뻐 보이는 웃음을 지었다. 그런 그의 표정에 요즘 들어 들었던 불안과 걱정 따위는 그저 꿈에 지나지 않는다는 것처럼 망각을 가장하고 나도 웃어 보였다.

어쩌면 지금은 조금 진심으로 행복할지도 모른다.

"⋯저, 제인. 제가 제인에게 못한 이야기가 너무 많아요."

"응? 어떤 이야기?"

말은 그렇게 했지만 지레짐작하고 있었다. 로드는 지금, 자신의 과거, 즉 트라우마에 대한 이야기를 하려고 하는구나.

"그날로부터의 과거 같은 이야기요. 이런 얘기를 하면 금방 침울해져서 하고 싶지 않았는데, 그래도 제인과는⋯."

확실히 로드의 말투에서 주저하고 있는 것이 느껴진다. 나는 그런 로드의 말에, 나는 어떤 말이든 네가 하는 것이라면 전부 기다리고 있다고 대답했다.

"응, 나한테는 털어놔도 돼."

"⋯제인, 그래도 저는 제인 덕에 많이 나아졌어요. 더 이상 그때와 같은 인간스럽지 않은 모습이 없어요."

로드가 무엇을 걱정하는지 알겠다. 그때의 자기 자신을, 스스로도 두려워하고 있는 것이다. 그때 자신을 주변인들이 어떻게 바라보았는지 로드가 가장 잘 아니까, 나조차도 그럴까 그는 두려운 것이겠지.

"응, 알지. 그리고 그 모든 게 로드의 잘못이 아니라는 것도. 네가 이상한 게 아니라는 것도, 물론 잘 알고 있어."

내 말을 마지막으로 로드는 자신의 이야기를 시작했다. 망설이는 것도 머지않아 마무리를 지었다. 나의 마지막 대답을 끝으로 나는 로드와의 그 대화에서 어떤 한마디도 하지 않았다. 그럴 틈이 없었고, 그만큼 로드는 자신의 이야기를 생각보다 잘 해내었다.

그가 어떤 시절을 보냈는지 모두 듣고 난 뒤에는, 그가 흘린 눈물을 말없이 닦아줄 뿐이었다. 'J'라는 이니셜이 각인된, 지금은 없는, 전에 만난 한 아이가 건네준 손수건을 그의 뺨을 쓸어주며 나는 그제야 입을 열었다.

"로드, 우리 정말 자유로워지자."

"…어떻게요, 제인. 저는 잘 모르겠어요. 자유란 것도, 솔직히 사치처럼 느껴져요. 애초에 자유라는 것은, 그런 건 전부 환상 동화에나 나오는 이야기 아닐까요?"

"그렇지 않아."

"그렇지만요. 우리는 이곳에서 지냄으로써 자유란 건 누리지 못해요. …전에 L이 해준 이야기예요."

"내가 그렇게 만들어 줄게. 내가 꼭 너를 지켜줄 거야, 내가 그렇게 다짐한 지는 사실 이제 곧 반년이 다 되어가."

아무런 근거도, 힘도 없는 한마디였지만 적어도 로드에게 조금의 환기라도 내어줄 수 있다면 그걸로 만족스러웠다. 이토록 의지만이 가득하고 무책임한 말을 내뱉는 스스로가 가끔, 아니 자주 조금씩 한심스러워지곤 했지만.

울다가 지쳐 잠들기에 가까워진 로드의 얼굴을, 나는 마지막으로 눈물을 닦아준 뒤 그의 머리를 내 무릎 위로 눕혔다. 그는 고통스러운 표정에, 애써 그렇지 않은 척하려는 얼굴이 적잖이 드러났지만 그것은 곧 로드가 완전히 잠에 빠진 후에 사라졌다.

그는 내 무릎에 머리를 누인 채로 한참 낮잠을 취했다. 나는 날이 개지 않아 햇빛이 하나도 들어오지 않는 그 창밖으로 끝이 보이지도 않는 풀숲을 바라보다가 이내 그만두었다. 그러곤 빛이라곤 침실의 인위적인 전등 빛만이 존재해 비추는 그의 노란 머리를 쓰다듬어 주며, 그의 이야기를 돌이켜 보는 일을 시작했다.

교원들은 로드에게 정말로 디저트를 먹는 노릇밖에 시키지 않았다. 다행스럽게도, 여러 약물 냄새가 무질서하게 공기를 어지럽히는 그 실험실에는 발을 들여본 적이 없는 듯했다. 그 실험실은 정말이지, 산소가 공급되지 않는 것처럼 답답했다. 주로 그곳에서는 그곳을 관리하는 교원들이 나를 딱딱한 침대 위에 올려둔 채 양 팔과 다리에 족쇄를 채우고, 심지어는 입마개까지 채운 뒤 그들의 입맛대로 나를 개조하는 것에 시도하곤 했다. 그곳은 주로 약물의 냄새를 풍겼지만 실제로 내게 약물을 투여하는 일은 잦지 않았으며 실험용 도구인지 의료용 기구인지 모를 것들을 내 머리에 씌우거나 팔다리에 채우고, 또는 혈자리나 혈관 등을 이용해 나를 망가트리곤 했다. 그때는 정말 그들의 바람과 목표대로 개조당하는 느낌이 강해 제 의지에 반해 행동하는 일이 없는 것에 가까웠다. 그러나 그런 것도 한때. 그들은 점점 갈수록 다양한 신체적, 정신적 반응을 보이지 않는 내게 흥미가 줄어들었고 따라서 강도가 점점 약해지는 것이 느껴졌다. 나는 비참하게도 그런 것에 희망을 느꼈다. 날이 갈수록 아픈 구석이 줄어들고 그들의 이상 추구 욕구일지도 모를 열망 어린 시선이 차츰 멎어드는 것을 느끼는 일. 정말, 그것이, 내게 유일한 구원이었다.

이 외에도 정말 갖은 수모를 겪었지만, 무어, 지금 가장 중요한 사실은 로드가 이 일을 당하지 않았다는 사실이겠지.

그런 생각을 하며 로드를 내려다보았을 때, 그는 평온한 표정으로 잠에 푹 빠져 있었다. 가끔씩 들려오는 약간의 앓는 소리, 그런 소리가 들릴 때면 나는 로드의 머리카락을 보다 더 부드럽고 애정 어리게 만져주곤 했다.

로드는 나보다 더 아팠을 것이다. 그는 지금 내가 겪는 증상보다 더한 것을 겪었으니 말이다. 그러면서 그는 사실 내가 디저트를 먹는 것 또한 눈치챘다고 말했다. 그러나 그렇게 말을 하면서도 지금 내가 디저트를 먹는다는 사실에, 로드는 미안해하는 표정을 짓곤 했다. 자신이 초래한 일이라고 여전히 그렇게 생각하는 모양이었지만, 그건 절대 로드의 잘못이 아니었다.

"많이 아팠지."

그렇게 중얼거리는 내 목소리에, 로드는 몸을 꿈틀댔다. 나는 그의 움츠러든 몸을 보곤, 옆에 이불을 그에게 사뿐히 덮어주었다. 그는 다시 평온한 표정을 지었다.

로드가 슬슬 마음을 열어주고 있는 것 같아 다행이었다. 저번에 내게 고백…하던 때만 해도 그렇다. 그 말을 고백이라고 하기엔 그렇지만, 자신의 마음을 솔직하게 털어놓는 일을 두고 다들 고백이라고 부르니까 말이다. 로드가, 이제 이렇게만 나아지면 좋겠다. 진짜 그의 모습을 찾아가고 있는 중이니까, 앞으로도 이렇게만 자랐으면 좋겠다.

　나의 마지막 바람이다.

16

제인

 요즘 따라 하늘이 개는 날이 없다. 매일 우중충하거나 폭우가 내리거나 하며 습하고 온도가 낮은 날뿐이었다. 아이들은 이런 날을 두고 외출을 제한당해 불만스러워했지만, 나로서는 이런 날을 싫어하는 편이 아니니 그저 그렇게 생각했다. 그리고 로드도, 이렇게 회색빛 하늘이 꽤나 마음에 든다고 말했다. 아마 나를 따라 한 말이겠지만.
 그러나 문제가 있다면 도서관에 가서 레오를 만나지 못하는 것이 문제였다. 레오에게 해야 할 이야기가 많다. L이 내게 심문과 비슷한 질문을 던졌다는 것도, 곧 우리에게 어떤 방식으로든 일이 일어나고야 말 것이라는 것도 전부 말을 해주어야 했다. 레오에게서 해결책과 대처법을 얻는 일만이 L과의 대면에서 내 두려움을 조금이라도 줄여주는 일이었으니 말이다.

"제인! 오늘 수업 없대."

"응? 왜?"

여느 때처럼 침대에 기대어 같은 자세로 창밖을 보고 있을 때, 나보다 다섯 살 어린 여자아이 사샤가 신난 표정으로 침실로 뛰어와 말했다.

"큰비가 내릴 것 같아서. 환기시킬 겸 그렇다네!"

"그렇구나. 사샤는 수업이 없어서 신난 모양이네."

"응! 당연하지. 자유다!"

사샤는 그렇게 말하며 복도를 방방 뛰어다니며 마주치는 족족 아이들에게 수업이 없다는 사실을 알리곤 했다. 그 모습을 보다가 다시 창밖으로 시선을 돌렸다. 그럴 때면 항상 로드와 눈이 마주쳤다. 로드는 창과 가장 가까운 자리였고, 나는 문과 가장 가까운 자리였기에 항상 서로가 바라보는 방향은 달랐지만 눈은 이따금씩 마주치곤 했다.

"제인은 오늘 뭐 할 거예요?"

그의 미소 띤 얼굴을 보며, 우리는 거리를 꽤나 두고 대화를 시작했다.

"글쎄, 뭐 할까? 로드는 뭐 하고 싶어?"

"저는 아직 정해둔 게 없어요."

외출이 아니라면 확실히 실내에서 놀거리는 적었다. 이 건물에는 기껏해야 아이들을 위한 놀이방, 작은 도서관 정도가 끝이었으니 말이다. 건물에 기본적으로 지어진 작은 도서관은 본 도서관보다는 규모가 비교될 정도로 작기 때문에, 필요로 하는 책도 가끔 없기 마련이었다. 그러니까 즉, 나나 로드처럼 이곳에서 어느 정도 나이가 많다 하는 아이들은 외출이 아니라면 실내에서 할 거리가 제한된다는 것이었다.

"오랜만에 어린아이들과 놀아줄까?"

"좋아요. 제인, 힘들지 않겠어요?"

"거뜬해."

시계는 아침 9시를 가리키고 있었다. 원래라면 수업이 시작되고도 남은 시간이었겠지만, 그러지 않았기에 아이들이 여전히 복도에서 이야기를 나누고 웃으며 떠들고 있었다. 나와 로드는 그 틈에 들어가 우리의 이름을 부르며 함께 놀자는 아이들과 함께 1층, 2층 등 차례대로 계단을 오르내리며 대화를 나누었다. 아이들은 이따금 밖으로 나가지 못하는 날이면 계단을 오르내리며 익숙한 풍경을 구경하는 일로 만족하곤 했다.

"제인은 꿈이 뭐야?"

"나, 글쎄. 뭐가 어울려?"

"에이. 제인은 최고점 받아서 뭐든 가능해!"

질문하는 아이는 벨, 그리고 최고점자라는 사실을 다시 한번 상기시켜 준 아이의 이름은 시몬이다. 둘 모두 나와 세 살 이상으로 차이가 나는 아이들이었다. 그리고 로드는 나와 아이들의 대화를 여전히 미소 띤 얼굴로 바라보고 있었다.

"제인은…. 교원 할 것 같아!"

하하, 그것참 표정 관리를 힘들게 하는 칭찬이네.

"정말?"

"응. 가르치는 것, 잘할 것 같아. 착하잖아, 그치?"

"응, 그치."

나를 사이에 두고 벨과 시몬은 서로 고개를 기웃대며 대화했다. 나는 그런 아이들의 머리를 양손으로 동시에 쓰다듬어 주며, 고맙다는 말로 진로를 주제로 한 대화를 끝마쳤다. 로드도 교원이라는 대답은 예상치 못했던 것인지, 드물게 이쪽을 바라보고 있지 않았다.

시계가 점점 12시의 끝을 가리키고 있을 때쯤, 교원 여럿이 흩어진 아이들을 찾으러 다니며 점심시간이라고 외쳤다. 우리는 그 소리를 3층에서 들었으며, 곧 1층 식당으로 내려가자마자, 이 시간대면 지친 얼굴을 하고 있던 아이들이 흥이 오른 표정으로 줄을 서고 있었다.

"우와. 오늘 점심은 양식이야!"

"오, 스테이크다, 스테이크!"

곧이어 점심 메뉴에 대해 도란도란 이야기하며 들뜬 아이들의 목소리가 들려왔다. 그 아이들은 항상 점심식사 시간 때면 항상 맨 앞줄을 차지하는 장난기 많은 아이들이었다.

"푸딩도 있어! 디저트가 꽤 많은데?"

그 말에 나는 잠시 심장 박동이 멈춘 것처럼, 어딘가로 쿵 떨어진 느낌이 들었다. 뒤이어 로드와 눈을 마주쳤을 때, 그는 여전히 입가에 미소를 잃지 않고 있었지만 눈은 나와 같은 눈을 하고 있었다.

"신난다!"

들뜬 아이들 사이, 우리만 그렇지 않은 표정을 지으며 서로를 바라보고 있었다.

"걱정 말렴, 아무것도 넣지 않았어."

나란히 서서 서로를 마주 보고 있었던 나와 로드의 등을, 누군가 가볍게 토닥이며 우리 머리 사이에 고개를 내민 채 작게 속삭이고 지나갔다. 온기가 오를 줄 모르는 그 차가운 손, 지겹도록 익숙한 목소리, 항상 균일한 농도의 향수 냄새. L이다.

갑작스럽다기보다는 순식간에 벌어진 일이라 나와 로드 둘 다 반응하는 것을 꽤나 늦추고 있었다. 표정이 굳어갈 쯤, L은 이미 저 멀리 식당 안으로 들어가고 있었다. 나는 그렇다고 치고, 로드는 L과 이런 식으로라도 직접적으로 부딪힌 적은 요즘 따라 없었기 때문에 이제 그도 더 이상 얼굴에 미소를 유지하는 일 따위는 버거워 보였다.

나는 그런 로드의 두 뺨을 양손으로 감싸안아 어루만져 주며, 그의 굳은 얼굴 근육을 이완시켜 주듯 그의 낮아지는 체온에 온기를 가해주었다. 한참 뒤, 줄을 선 아이들이 하나둘씩 식당 안으로 들어서고 나와 로드도 그 안을 들어설 때, 그제야 로드는 굳은 표정을 풀 수 있었다.

"맛있게 식사하자."

"…네."

이미 그의 입맛은 떨어진 뒤였겠지만.

모든 아이들이 배식을 마친 후, 우리는 흰 테이블에 둘러앉아 식사를 시작했다. 식사 시간은 제각각 달랐기에 가장 빠르게 10분 만에 식사를 끝내는 아이가 있는가 하면, 30분 이후에나 식사를 마치는 아이도 있었다. 나는 항상 로드에게 맞추다 보니 어느새 조금 느려져 있었지만, 오히려 그럴 때일수록 로드의 맛있게 먹는 모습을 많이 볼 수 있으니 만족스러웠었다. 그러나 오늘은 조금 달랐지만.

"로드, 입맛이 없으면 휴식실에서 군것질이나 좀 할까?"

"…그래도 되겠어요? 제인은요."

"나는 다 먹었는걸."

정말 깔끔하게 비워진 식판 위였다. 애초에 적은 양으로 받은 이유도 있었지만, 로드가 이리할 것을 염려하여 원래의 속도대로 먹은 이유도 있다. 흰 공간만이 남은 내 식판을 보자, 로드는 그제야 웃음기 있는 얼굴을 조금이라도 보여주며 함께 식당을 나서는 일에 동의했다. 그러나 그러자마자, 나는 금방 먹은 것을 모두 토해낼 수 있을 정도의 역겨운 얼굴을 마주해야 했다.

"벌써 식사를 마친 것이니?"

"네."

"제인, 만족스러운 식사였니?"

"…네."

"그래. 군것질, 너무 많이 하지는 말고."

우리가 그런 이야기를 나눌 때는 주변에 L이 없었던 것 같은데!

우리는, 내가 로드의 손목을 쥔 채 재빠르게 그의 시선 아래에서 벗어났다. 그제야 나는 숨을 조금 돌릴 수 있었다. 로드는 내가 있어서 애써 괜찮은 척을 해 보이는 것이 분명했다. 그의 손은 떨리고 있었고, 그의 표정은 어딘가 불안정해 보였으니 그 누구보다 잘 알 수 있었다. 우리는 휴식실을 안식처로 삼은 것처럼 그곳에 들어가 문과 가장 멀찍이 떨어진 자리에 앉았다. 내가 녹차를 내리고 그곳에 여럿 놓인 비스킷을 로드에게 건네고, 로드가 그것들을 한 두 입쯤 맛을 보았을 때, 그때가 되어서야 우리는 서로가 서로의 안정적인 얼굴을 마주할 수 있었다.

우리가 휴식실에서 나름의 수다를 떨고 있을 때, 식사를 마친 아이들이 하나둘 휴식실로 들어와 자리를 차지하기 시작했다. 휴식실은 생각보다 좁은 공간이었기 때문에, 사람 수 10명이면 정원이라고 할 수 있을 만큼이었다.

"어, 제인이다! 로드도 있네? 제이이인!"

사샤, 그 아이가 내게 달려와 곧장 품에 안겼다. 사샤는 정이 많고 온화하며, 또 어디서나 적극적인 스타일의 아이다. 나는 그런 사샤를 안아주며, 옆에서 흐뭇하게 웃고 있는 로드와 눈을 마주쳤다. 이윽고 사샤가 고개를 들고, 나를 바라보며 말했다.

"언니랑 오빠, L 님이 불러!"

"L이?"

"응. 방으로 오라고, 말해달래."

"그래, 알겠어."라며 대답하는 나의 표정을 아무래도 사샤가 이상하게 여기지 않았을까 싶다. 나는 로드와 휴식실을 나와, 4층에 있는 그의 방까지 손을 잡고 올라갔다. 괜찮아진 지 얼마나 됐다고 또, 그의 손이 다시 떨리기 시작했다.

이윽고 방에 다다르자 오렌지 색 머리를 높게 묶은 교원이, 그의 방에 들어가려는 우리를 멈춰 세웠다. 그 사람은 L과는 전혀 다른 분위기를 풍기는 발랄한 인상의 교원이었다. 키는 나보다 약간 더 컸으며, 나보다는 당연히 어른이겠지만 그중에서는 어린 축에 속해 보였다.

"잠시만! L 님이 지금 조금 바쁘셔서, 조금만 기다려 줄래?"

고개를 끄덕이며 명찰을 보았다. 명찰에는 M, 이라고 써 있었다. M은 처음부터 로드를 내 뒤에 세우고, 내가 앞장서며 무언가를 계속해서 경계하는 듯한 태세를 유지하자 우리를 의아하게 바라보았다. 그 표정이 뻔뻔스럽게 느껴졌고, 이대로 아무런 말도 걸지 않아 줬음 좋겠다고 속으로 되뇌었다.

"아하. 너희가 그 애들이구나! 레인과 로드?"

"저는 제인이고, 이 아이는 로드입니다."

"아하, 로드. 예쁜 이름이네! 나는 초급반 겸직 행정직 교원 M이야."

초급반이라면, 나이가 열 살 이하인 아이들만을 이루는 반, 즉 그룹을 뜻한다. 물론 이번 시험으로 인해 많은 아이들이 이곳을 떠나가, 이제 고작 두세 명 남짓밖에 남지 않았겠지만. 확실히 그녀는 어린아이들을 가르치고 있는 교원 같은 태가 났다. 아이들이 좋아하는 아기자기한 액세서리를 머리에 꽂고 있었고, L과는 달리 리폼된 정장 같은 것들, 경계라곤 갖추지 않고, 또 갖출 수도 없을 것 같은 느낌의 상대였다.

그건 그렇고, '그 애들'이라는 단어가 자꾸만 귓가에 맴돈다.

"저희를 아시나요?"

"유명하잖아. 이곳에서 제일 연장자기도 하고, 또 제일 똑똑하다며? 특히 로드, 너는 예부터 쭈욱 최고점자였다며, 이번을 빼놓고 말이지?"

과연 L이 그런 식으로만 말했을까. 그전에 한번 정정해야 할 것이 있다면, L은 그저 이 사람과 같이 행정직을 담당하는 교원임과 동시에 기술학이라는 수업 하나만 담당하는 교원인데, 그저 우리에게 관심과 그 이상의 것을 두는 것뿐이다. 보통 그 정도의 직무와 수업을 담당하는 교원이라면, 그들 중에서도 그저 평균에 지나지 않는 권위를 가졌을 텐데 어째서인지 지금껏 느낀바 이곳의 교원들은 모두 L이 최고직급자라는 것처럼 굴고 있었다. 나야 물론 이곳의 직급 체계까지는 꿰고 있지 못하지만, 그래도 이들 중에서도 어느 정도의 급이 나눠져 있을 것 아닌가?

"L… 님은 어떤 사람이죠?"

어차피 M이 우리에 대해 알고 있는 것이 말한 것 이상이라면, 이제 잃을 패도 없다. 특히 나는 말이다. M이나 또 다른 이름의 교원이 우리의 사정과 속내를 L처럼 꿰게 된다 해도 상관이 없을 것 같다. 만일 현재로써 모른다고 두어도, 언젠가 알게 될 것이니 말이다. 또, 이 질문은 그렇게까지 수상치 않지 않은가? 그야말로 리스크가 없는 질문이라 생각했다.

"L 님은, 글쎄. 멋진 분이시지! 엄청."

홍조를 띠며 말했다.

"L 님은….'

"들어와도 돼."

다시 질문을 하려 할 때, 그가, L이 방문을 열고 우리에게 웃으며 손짓했다. 저 싸늘한 웃음, 위선적이고 대외적인 웃음을 다시 보는 날이 오다니. 역겹기 짝이 없었다. 나는 여전히 로드의 손을 쥐고

안으로 들어가려는 찰나,

"제인, 먼저. 로드는 조금 기다리자."

손을 놓기 전 로드의 표정과, 놓은 후 로드의 표정을 보지 못한 것이 마음에 걸린 채로 나는 그를 따라 그의 방 안으로 들어갔다.

"제인. 내가 오늘 레오와 만나기로 했단다."

"뭐?"

"뭐? 는, 반말이고."

"그래서 그런데, 함께 가주지 않겠니?"

"…."

그는 나를 한자리에 세워두고, 자신의 방 이곳저곳을 걸으며 이야기를 시작했다. 들어보니, 레오와 자신이 만나 꼭 해야 할 이야기가 있는데, 그것을 나도 함께 들으면 좋겠다는 말이었다. 나로서는 거절할 이유가 없었고, 그럴 수도 없었다. 내가 대답하려는 찰나, 그는 그의 책상 앞에 서서 늘 마시던 그 이름 모를 차를 잔에 따랐다. 그 차가 주전자에서 흐르는 모습이, 별것도 아닌데 괜히 섬뜩해져 대답하려는 입을 멈추었다. 평소보다 색이 조금 더 진해진 것도 같았고 말이다.

"거절해도 좋아. 레오와 오랜만에 추억 돋는 이야기도 나눌 겸이니 말이다."

당신에게 추억이라면 레오에게는 재앙인 그것이겠지. 리지와 관련된 것.

"가겠습니다."

"한잔 마시렴."

그는 항상 자신이 마시던 찻잔과 같은 모양을 한 또 다른 찻잔을 꺼내고 주전자에서 액체를 따랐다. 액체라고 표현한 이유는, 그건 아무리 봐도 보통 차 같지가 않아서였다. 그가 내민 찻잔을 쥐고, 그것을 가까이서 보니 조금 걸쭉한 느낌도 들고. 특히나 붉은색이어서 그런지 피 같은 느낌이 강했다. 그러나 피는 아니었다. 피라기에는, 불투명했으니 말이다.

"그저 붉은 허브차일 뿐이야."

정말이었다. 맛도 정말 그저 평범한 차와 비슷했고, 몸에 별다른 이상도 나타나지 않았다. 물론 이 문제는 더 지켜봐야 할 테지만.

그러나 그 액체는 차라기엔 너무나 걸쭉했다. 목 넘김이 쉽지 않은 것은 고사하고, 찻잔에 입술을 올릴 때마다 내가 차를 마신다기보다, 그 액체가 되려 내 입술을 덮는 느낌이 강했다. 그래서 나는 입가에 묻은 그 액체를 잇달아 닦아내어야만 했기에 그 차를 마시는 것과 입가를 닦아내는 것은, 꽤나 번거로운 짓이었으며 동시에 조금은 더럽게 느껴지기도 했다.

"그런 눈으로 보지 말렴. 차에는 아무런 짓을 하지 않았거든. 이것 봐, 나도 지금 마시고 있잖아."

"어련하시죠."

나는 소매로 입가를 연신 닦고 그의 방을 나왔다. 방을 나서자, 아직도 문 옆에는 M이, 그리고 로드가 있었다. 그런데 로드가 나를 보자마자 표정이 확 안 좋아지는 것이 아닌가. 나는 문득 M이 그에게 무슨 짓이라도 했는가 싶었다.

"로드."

나는 로드의 그런 표정을 보며, 네게 무슨 일이 생기거든 내가 이 앞에 있을 테니, 걱정하지 말고 잘 다녀오라고 말했다. 그런데 로드는 표정이 여전히 안 좋은 채로, 내가 전에 건네준 이니셜이 쓰인 손수건으로 내 입가를 문질렀다. 아, 그제야 눈치챘다. 전부 닦인 게 아니구나.

나는 그 감촉에 뒤로 한 발짝 물러나 스스로 입가를 더 문질렀다. 그가 피를 싫어하는 것을 뻔히 알면서, 부주의했다. 물론 입가에 묻은 것의 정체는 피가 아니지만, 붉은색임과 동시에 걸쭉하니 충분히 오해할 수 있었다. 그러면서 걱정하지 말라며 말하는 꼴이라니, 스스로가 조금 우습게 느껴졌다.

"상처 더 벌어져요. 금방 다녀올게요."

상처가 아니라, 그가 건넨 차를 마신 것뿐이야.

라고 말하고 싶었지만, 그는 이미 L의 방 안에 들어가 있었고, 실은 상처가 났다는 것이 L이 건넨 정체 모를 액체를 마셨다는 사실보다 조금은 덜 걱정스럽게 느껴질 것 같아 망설이는 시간이 존재했던 것이 사실이다.

로드는 생각보다 그의 방에 그리 오래 머물지 않고 바로 나왔다. 그의 표정은 의외였다. 혹시나 L이 무어라 해서 속이 불편해지지는 않을까 싶었지만, 그건 로드의 이야기가 아니라 내 이야기에 가까운 것 같았다. 그는 나와서도 나를 걱정스러운 얼굴로 바라보고 있었다.

"다친 건 아닌 것 같은데…."

"응, 그런 건 아니야."

"가야지, 제인."

L이 자신의 방을 소등하고 그 문을 닫자, 그제야 M은 그 자리를 떠났다. 그녀는 떠나면서 우리에게 또 보자, 라며 활짝 웃으며 두 손을 흔들었지만 우리 중 누구도 그 인사에 답해주지 않았다.

L은 나의 손목을 부드럽게 감싸 쥐었다. 나는 오히려 그렇게 부드러운 압력이 더욱이 소름 끼쳤지만, 로드에게 인사 정도는 건네야 했기에 애써 미소를 지었다.

"다녀올게. 금방 다녀올 거야, 레오도 있다니까."

"…네."

L은 내 손목을 잡은 채로 계속해서 멀어졌기 때문에, 어느 정도 거리가 생긴 뒤에는 대답하는 로드의 표정이 보이지 않았다.

L이 갑자기 내게 어딘가로 이동하자고 제안할 때, 거짓으로 속이고 중간에 어딘가로 빠져 나를 죽인다거나 하는 의심을 해보지 않은 것은 아니다. 나도 반신반의한 생각으로 그와 함께 이동하고 있다. 그러나, 그는 웬일로 곧게 도서관으로 이동했다. 처음 혼자 걸었던 그 숲길을 지나 그곳에 다다르기까지, L은 우중충한 날씨 아래 내리는 폭우를 2인용의 검은 우산으로 막아주었다. 그의 드문 친절에 이질감이 들었다.

멀찍이서 도서관 아래 서 있는 남자아이가 보였다. 멀리서 봐도 키가 크고 말랐고, 특히나 오늘처럼 햇빛이 없는 날에는 머리가 흑색에 가까워 보였다. 레오가, 나와 L을 보고 천천히 우리 쪽으로 다가왔다.

"오랜만이구나, 레오."

그때 알았다. 원래 L은 레오와 단둘이 이야기할 생각조차 없었다는 것. 그는 처음부터 우리 둘에게 할 이야기가 따로 있었던 것이다. 레오도 같은 수법으로 꼬드겨 낸 것인지, 그의 표정이 썩 좋지 않아 보였다.

"어딜 가죠?"

"북쪽으로 가면 돼, 나를 따라오렴. 레오는 우산이 있으니, 제인과 먼저 앞장서도 되지? 길을 잃지 말고 잘 따라와야 한단다."

그렇게 말하는 그의 표정은, 우산에 반쯤 가려진 채라 보이지 않았다. 그가 말한 북쪽 어딘가로 향하는 길은 원래 존재하지 않는 길인 것처럼 조금 험난한 구석이 있었다. 좁은 통로를 지날 때, 주변이 우거진 나무들로 가득한 바람에 나는 자주 비틀댔다. 그럴 때마다, 내가 비틀댈 때마다, L은 얼음장 같은 손으로 내 팔을 잡아 부축해 주었다. 뒤에서 지켜보고 있을 레오의 얼굴이 상상이 갔다. 나조차도 흔치 않게 다정함을 연기하는 L의 태도에 의문이 가득한데 말이다. 더군다나 이곳에는 그의 본성을 아는 나와 레오뿐인데.

"곧 도착하니 조금만 더 걷자."

그는 그렇게 말하며 여전히 내 손으로 내 팔과 어깨를 감싼 채 나와 나란히 걸었다. 폭우 속에 우리는 더 이상 말을 하지 않았다. 점점 더 거칠게 내리는 비에 말을 해도 소리가 묻힐 것 같았기 때문도 있었다.

그의 말대로 조금만 더 걸어보니 오두막 같은 건물이 하나 시야에 들어왔다. 오두막이라기엔 조금 규모가 커 보였지만.

"들어가렴."

"여긴 뭐 하는 곳이죠?"

"들어가 보면 알게 될 것이야."

오두막의 문에 다다르고 나서야 L은 내게서 손을 떼었다. 나는 즉시 그의 우산 아래로부터 멀어져 레오와 가까이 섰고, 때문에 내 몸에는 약간의 빗물이 스며들었다. L은 그런 나와 레오를 번갈아 보며 의미심장한 그의 특유의 미소를 지어 보이며 오두막의 문을 열었다.

내부는 외부와 달리 화려하게 꾸며져 있었다. L의 방이 깔끔하고 현대적인 느낌이라면, 오두막의 내부는 화려하고 이국적인 느낌이 강한 곳이었다. 사치에 가까우리만치 말이다. 그리고 들어가자마자 정면을 바라보면 보이는 하나의 문이 또 하나 있었다. 내부 장식과 어울리지 않는 칙칙한 회색빛의 문. 그것 외에는 그저 찻집이나 장식품 매장을 연상케 하는 곳이었다.

"뭐 하자는 거죠?"

내가 물었다.

"이런, 안됐지만 오늘 디저트 타임은 없단다. 우리가 가야 할 곳은 이곳이 아니라 저 문 너머야."

그는 그렇게 말하며 굽 낮은 정장 구두 소리를 내며 정면에 보이는 문으로 향했다. 걸을 때마다 빗물이 스며든 그의 신발 자국이 호화스러운 바닥을 더럽혔다. 나와 레오 또한, 우산을 접고 그가 향하는 곳으로 따라갔다. 걸으면서 주변을 둘러보니 이곳에 나와 레오, 그리고 L 외에는 아무도 없었다. 그러나 왠지 자꾸 누군가 있는 것 같은 그 오싹한 느낌이 등줄기를 자극했다.

L이 그의 소매에서 열쇠를 꺼내어 문을 열었다. 그러자 그 안은, 방금까지 우리가 보았던 화려한 방과는 전혀 거리가 먼 방이 하나 있었다. 그곳은 검은색 또는 회색만을 사용한 방이었고, 아직 들어가 주변을 둘러보지 않은 나로서는 그저 평범하게만 느껴졌다. 아무런 장식품도 놓지 않은 텅 빈 방 같았다.

"이곳은 불쌍한 실격자 아이들이 가장 아끼는 물건을 보관해 둔 방이란다. 탈락한 아이들 전부의 물건이 이곳에 있지."

그렇게 말하며 레오를 바라봤다. 순간 레오의 표정이 살의가 가득하게 변하는 것을 느꼈다. 당장이라도 그 안을 헤집어 리지의 물건을 찾아내거나, 눈앞의 L을 때려죽일 것만 같은 표정. 레오에게서 쉽게 찾아볼 수 없는 이성 밖의 표정이었다.

L은 원하던 반응을 보기라도 한 것처럼 만족스러운 미소를 하며 안으로 들어갔다.

"어서 들어와."

"이곳에 온 이유가 뭐죠?"

"너희들이 아이들을 그리워하는 것 같아서 말이야."

"말도 안 되는 소리 말고!"

내가 한 물음에, L이 답하고 이어 레오가 소리쳤다. 그리워한다니, 당연한 말이지만 정말 그런 이유만으로 이곳에 데리고 왔을 거란 생각은 당연히 없다. 나는 오히려 이런 식으로 L이 뻔뻔하게 대답할 것을 예상했다.

"리지는 별과 달이 그려진 수첩을 정말 애정했지."

곧 안으로 완전히 들어간 L의 목소리가 서서히 작아졌다. 우리는 여전히 방에 발을 들이지 않았고, L은 직접 안으로 들어가 서랍을 뒤지는 소리를 내더니 다시 발걸음을 우리에게로 옮기는 듯했다.

이윽고 문턱 너머 우리 앞에 멈춰선 L이 들고 있는 것은, 별과 달이 그려진 작은 수첩이었다. 그것을 레오에게 내밀며 말했다.

"익숙한 수첩이지, 레오?"

"아, 아."

레오는 극악의 상황에서 이성을 잘 지키지 못한다. 이성을 지키는 것은, 언젠가부터 그의 신조 중 하나로 여겨지곤 했지만 격한 분노를 느낄 때면 여느 누가 그렇듯 레오조차도 잘 지켜내지 못했다.

레오의 분노 섞인 소리와 함께 그는 문턱을 넘어 L에게로 달려들었다. L은 수첩을 한 손에 쥐고 흔들고 있었고, 그 도발적이고 뻔뻔한 모습에 차마 레오는 참을 수 없었겠지. 레오는 그 수첩으로 손을 뻗었으나, 그가 손을 뻗은 것과 동시에 L이 수첩을 쥔 손을 뒤로 꺾었기 때문에, 결과적으로 레오의 손끝은 허공에서 맴돌았다.

"저런, 너무 격앙되어 버렸네. 하기야, 레오는 예전부터 이따금 격히 화를 내는 순간이 가끔 있었지."

"닥쳐…. 리지를 죽인 것도 당신이지?"

"그런 애들의 처분은 늘 내가 맡곤 하지."

"'그런 애?' 리지가 왜 그런 애지? 리지는!"

"알지, 그럼. 리지가 얼마나 참하고 예쁜 아이인지. 참하고 예쁜 실격자이지."

나는 레오의 등 뒤에서 그 모습을 보았다. 레오의 표정이 얼마나 흐트러졌을지 짐작이 간다. 또 그의 마음도, 보이지 않지만 얼마나 무너져 내리고 있을지 말이다. 가장 아끼던, 좋아하던, 그리고 자신을 살게 해준 사람의 유품이 눈앞에서 흔들거리고 있고, 또 그 사람을 죽인 자가 눈앞에서 그 사람의 이름을 거론하며 떵떵대고 있으니 말이다. 그리고 나조차도 이리 화가 치미는데 레오는 어떨까.

"레오를 비웃으려고 이리로 데리고 온 건가요!"

레오의 등 뒤에서 내가 소리쳤다. 그러자 L의 시선이 레오에게서 나로 향했다. 그는 여전히 눈가에 웃음을 띠고 있었고, 나는 그런 그의 눈을 보는 것이 여전히 소름 끼쳤다.

"비웃다니, 그러려는 게 아니란다. 너희가 재밌는 일을 꾸리려고 하길래, 내가 조언 정도 남겨주려고 하는 거지. 그렇게 보인다니 속상한걸."

그는 평소와 다르게 조금 흥분된 말투였다. 답지 않게 말이 길었다. 이 상황에 재미라도 느끼고 있는 것인지, 정말 상식 밖의 언동을 자아냈다.

나는 작은 조명이 밝혀주고 있는 그 방 안을 시선을 흔들거리며 살펴보았다. 내가 며칠 전까지만 해도 실제로 만지고 보았던 인형이나 장난감 같은 것들이 '전시'되어 있었다. 고급스러운 액자 틀 중앙에, 그 물건들이 하나하나 걸려 있었다. 섬뜩했다. 내가 아까 전부터 느꼈던 누군가가 있는 것만 같은 인기척은, 그 아이들의 혼이 담긴 물건에서부터 느낀 것이었나?

"이리 가져와…."

"이곳에는 아이들의 추억이 담긴 물건이 있는 곳이란다. 그 추억이 담긴 물건을 함부로 건넬 수는 없지. 그건 리지에 대한 예의가 아니니 말이다."

"씨-!"

"이런 짓을 왜 하는 거죠?"

레오의 얼굴은 한껏 붉어져 있었고, 그의 손 또한 열기에 가득 올라 있었다. 또 색이 바래져 있었다. 나는 꽉 쥔 레오의 주먹 위로 손을 포개어 그의 말을 멈추었다. 그의 주먹은 떨리고 있었다. 내가 멈추지 않았더라면 그 주먹이 어디로 향할지 몰랐다. 그렇게 되면 위험했다. 레오가 말이다.

"그 아이들을 추억하기 위해서지, 물론."

"웃기지 마세요…."

"너희들은 이런 가여운 아이들을 두고 이곳을 떠나고 싶은 거니?"

역시…. 어떻게든 우리의 심상을 흩트려 놓아서 탈출에 대한 계획을 허물게 하려는 마음이다. 우리는 일찍이 간파당한 것을 알고 있었기에 그렇게나 놀란 표정을 짓지는 않았다. 그럼에도 우리가 두려움과 공포의 표정을 띠고 있었던 이유는 이곳에서 무슨 일이 벌어져도 아무도 모른다는 사실 때문일 것이다.

"너희 셋, 그 외에 누가 있지?"

"없는데요."

"제인!"

레오가 내 입을 막으려는 듯 급히 고개를 돌려 나를 보았다. 하지만 레오, 어쩔 수 없어. 이 상황에서 거짓말을 해서 어떻게든 L의 관심이 탈출에 향하지 않게 둔다고 해도, 그건 그거대로 불리할 뿐이야. L은 그럴수록 더한 사람이니까 말이야…. 나는 그런 말을 속에 품고 애써 고개를 레오에게 돌리지 않은 채 묵묵하게 L을 바라보았다.

"그러니?"

"네."

"그렇지만 로드는 도주에 대해 모르는 듯하던데."

"…."

오기 전 레오와 나눈 대화는 그것이었나?

"너희 둘만 떠날 것은 아니잖니? 로드에겐 언제쯤 말해줄 것이지?"

"…곧…."

"제인!"

손 하나가 목을 움켜쥐었을 뿐인데 숨이 더 이상 쉬어지지 않는 느낌이 들었다. 대답을 내뱉자마자, 후회가 몰려왔다. 곧이라면, 곧이라고 했으면, 로드가 곧 알지 못하게 하기 위해 이 자리에서 나를 죽일 마음이 드는 건 당연한데 말이다. L이 뻗은 한 손으로 내 목을 쥐었고, 나는 점점 숨이 가빠졌다. 레오는 그런 L의 팔을 한껏 내리치고 또 L에게 그조차도 손을 뻗으려고 했지만, 그럴 때마다 그의 손아귀 힘은 점점 거세져 버리기만 하였다.

"컥…."

나는 두 손으로 내 목을 잡은 그의 손가락을 떼기 위해 안간힘을 썼다. 손톱으로 긁어도 보았지만, 소용이 없었다. 나는 결국 저항하는 척하며 소매에 손을 비집어 넣었다. 곧 그곳에서 나온 것은, 얼마 전 L이 건넨 '선물'이었다.

그 끝이 L의 얼굴이나 목 같은 부위에 닿지는 못했지만, 휘두름으로써 L의 팔에 자상을 남길 수 있었다. 그제야 그는 팔을 굽히며 손에 힘을 약간 뺐었고, 나는 그 틈을 타 빠져나올 수 있었다. 숨이 돌아오는 느낌, 정말 죽을 뻔한 느낌…. 지금껏 받은 위협과는 급이 다른 위협, 극도의 공포심을 느꼈다.

나는 칼자루를 떨리는 오른손에 여전히 꽉 붙든 채로, 팔을 굽혀 출혈을 살피는 L의 모습과 내 곁에서 한순간에 벌어진 이 상황을 보는 레오의 모습을 번갈아 보았다. 그도 나만큼이나 두려움을 느끼고 있는 것 같았다. 내가 그에게 괜찮으냐고 애써 입을 움직여 물었을 때, 그는 아무 말 않고 고개를 끄덕일 뿐이었다. 곧이어 레오는 압도되어 잠식된 표정과 모습으로, 목에 L의 손자국을 남긴 채 다리에 온 신경을 쏟아 기껏 몸을 지탱하고 있는 나와 달리, 상황을 빠르게 인식하고 상체의 방향을 내게로 돌렸고, 내게 무언가 말하려는 듯 입을 움직였다.

그러나 그는 입술을 움직이다가 말았다.

"제인. 집중해야지."

오른손에 낯선 감촉이 더 이상 느껴지지 않는다. 그 단단하고 소름 끼치는 감촉이, 느껴지지 않는다!

"솔직히 고민을 조금 많이 했어."

대체 어느 새로!

내가 방금까지만 해도 손에 들고 있던 검을, 이젠 그가 들고 있었다. 그는 왼손에 그 칼자루를 쥔 채, 칼날 끝에 묻은 자신의 피를 닦아냈다. 그러곤 시선을 나와 레오에게 둔 채로 말을 이었다.

"진짜 방해물은 누구일까…."

이윽고 우리 둘을 앞에 세워두고 상점의 물건이라도 고르는 것처럼 칼날 끝으로 우리를 한 번씩 번갈아 가리켰다.

이곳에서 나가야 한다.

나는 그런 L을 앞에 두고, 레오와 뒷걸음질 치는 체하며 손을 뒷짐 져 문고리를 움켜잡았다.

"뛰어, 레오."

그렇게 말하며 그의 손을 맞잡음과 동시에 문고리를 잡아 내렸을 때.

"아무래도 행동파 쪽이 맞겠지?"

그는 그렇게 말하며 칼날을 레오에게로 비틀었다.

─── 바닥으로 멈출 줄을 모르는 핏방울이 떨어지고 있다. 꽉 잡은 손과 꼬옥 껴안은 그 품 안에서 그의 온기가 느껴진다. 나의 왼손이 아직도 그의 손을 맞잡은 채였고, 나의 오른손은 그의 젖은 머리카락을 움켜쥔 채였다. 나의 모든 신경의 방향이 그를 향해 있었으나, 딱 하나, 나의 고개는 그의 어깨 너머를 바라보고 있었다. 그랬기에 그의 표정은 알 수 없었다.

"…제, 인."

복부 한가운데에서 느껴지는 서늘한 칼날의 한기. 그러나 곧 따뜻한 액체가 그 위를 모조리 덮어 적신다. 항상 차고 사늘하게만 느껴졌던 그 쇠붙이의 끝이, 마지막 순간에서야 따뜻하게 느껴진다.

"역시 행동파 쪽이 맞았네."

그는 그렇게 말하며 칼끝을 더 깊숙이, 욱여넣었다.

"컥…."

입가에서 피가 흘러나온다. 아까 느꼈던 그 정체 모를 액체의 감촉과 흡사하게 느껴졌다.

"눈물겨워라."

L이 등 뒤에서 말했다.

처음부터 레오를 찌를 생각 따윈 없었구나.

레오의 손길이 내 등을 타고 올라온다. 이윽고 그도 내 머리를 움켜쥐었고, 나의 사라지는 온기를 가두듯 품에 따스하게 안아주었다. 곧 힘을 모두 잃은 내가 주저앉듯 바닥으로 내려앉자, 그는 나와 동시에 그 자리에 주저앉아 나를 받아 안았다.
눈이 마주쳤고, 마침내 그의 표정이 보였다.
이렇게 눈이 마주쳐 버리면, 그가 더 상심할 텐데.

레오가 전에 내게 말한 적이 있지, 너는 리지와 어딘가 닮았다고. 그 말을 들었을 때는 처음 느끼는 신선한 다른 유의 충격과 함께 또 뭐라도 해야 할 것 같은 기분에 약간 부담을 느끼기도 했었지. 곱씹어 생각해 보면 레오 너는 나를 그만큼 소중하게 여기고 있다는 의미였을 텐데, 그 말이 너에게는 그 어떤 말보다 고맙다는 의미였을 텐데, 그 후에 나는, 그 당시 부담을 느낀 스스로가 부끄러워졌어. 그때 내가 무작정 놀란 표정만 지어서 미안해. 그 의미를 알고 난 뒤에, 나는 엄청 기뻤어. 견줄 수 없는 삶의 이유를 너에게 주었다며, 내가. 그런 뜻이었겠지. 미안해, 레오.
내가 너를 더 괴롭게 만들었어. 내 죽음이 또 얼마나 너에게 고통스러울까….
돌이켜 보니 나는, 꽤나 많은 이들에게 손길을 건네고 있었다. 이리 많은 사람들의 이름이 죽어가면서도 뇌리에 스치는 것을 보니. 또 그런 이들에게 느끼는 걱정이 죽음에 대한 두려움보다 앞서는 것을 보니.
레오는 어떡하지, 로드는 어떡하지, 또 다른 아이들은? 그 아이들이 울 때면 누가 달래주지, 로드라면 할 수 있으려나, 로드는 가끔 그런 아이들의 투정과 애교 섞인 울음소리를 귀여워하기도 했으니까. 하지만…. 그 전에 로드가 괜찮으려나….

"미안해."

정리되지 않은 말들이라도 하고 싶었지만 그럴 기운이 없었다. 눈앞은 점점 흐려져만 갔으나 언제까지나 내 시선은 레오의 얼굴에 향해 있었다.

그의 품 안에 누운 나의 팔 끝으로 느껴지는 그의 심장 소리. 레오의 심장은 점점 변칙적으로 빠르게 뛰기 시작한다. 그에 비해 나의 심장 박동은 점점 느려져만 가지만.

하하. 이렇게 보니,

우리는 한 번도 정상적인 심장 박동을 가져본 적이 없구나.

언제나 두려워해야 했고 또 경각심을 가져야만 했지. 찰나의 해방감조차 허락되지 않았기에 나는, 아니, 너와 나는 언제나 무언가에 발목이 잡힌 채 시달려야만 했어. "우리 언젠간 함께 이 억겁의 끝을 맛볼 수 있겠지?" 그런 무책임한 말을 해서 미안해.

하지만 영원한 고통이란 건 없어, 레오….

그리고 또, '언젠간'이라는 단어 말이야, 그건 내게 줄곧 회피로부터 기인된 합리화였지. 하지만 그 회피, 절망으로부터의 도피라면 어떨까…. 고개만 돌리는 것이 아닌, 시선의 방향을, 손과 발의 방향을 돌리는 것이라면 어떨까….

그렇게 되면,

너라면….

우리들을 옭아매는 그것을 뿌리쳐 줄 수 있겠지?

하지만 그럼에도 그런 말을 했다는 것에 책임을 지진 못할 것이다. 나는 지금 이렇게 스러져가니….

그는 저물어 가는 나의 숨을 놓칠 수 없다는 듯이 출혈하는 나의 복부를 두 손으로 꾹 눌러 막았다. 그는 우는 얼굴을 하고 어떻게든 지혈을 하려 애써봤지만, 이미 크게 자리한 그 상처는 막을 수 없었다.

레오,

우리는 처음부터 L의 손아귀 안이었어. 이곳에 나와 레오만을 데리고 온 것도, 네가 한동안 계획을 다듬고 실천하지 못하게 하기 위해 그 에너지를 잡아먹기 위함이었을 거야. 하필 유품이 존재하는 방 안으로 데리고 온 것도 '선물'을 이곳에 '전시'할 수 있도록 하기 위한 것이겠지. 그리고 이곳, 어두운색이 주로 쓰여 잘 보이진 않지만 군데군데 핏자국이 있어. 화려함은 눈속임, 이미 교원들은 이런 방법으로 눈엣가시를 제거한 경험이 있을 수 있다. 이제 늘 그랬듯 L은 보고할 거야. 제인을 교원 상해죄로 현장 처분했다고. 그 뒤에 그들은 장애물을 처리했다고 생각하며 자축하겠지. 많고 많은 물건 중 하필 검, 칼날이 특징인 물건을 준 이유는 단순히 나를 위협하기 위함이 아니라, 이런 식으로 자신을 해치게 하기 위함…. 그으래, 그의 계획은 완전하고도 치밀해.

그건 그 전에 그가 완벽에 가까운….

인정하기 싫지만 그는 정말 그런 사람이기 때문이겠지….

하지만, 레오, 사람은 완벽할 필요 없어….

그리고 그건 너도 마찬가지인걸.
"레오. 로드. 살아."
레오, 너는 꼭 살아야 해. 리지의 마지막 부탁이 나의 마지막 부탁이 되어버릴 줄은 몰랐네. 로드에게도 전해줄래? 로드와 너는 꼭 살아야 해. 제발, 부탁이야.

원래의 말은 이것이었으나, 전부 담을 수 없었다.

그는 내 머리를 자신의 무릎에 대고 안은 자세로 나를 내려다보고 있었다. 얼굴까지 흘러내린 머리카락이, 전에 비해 너무나 짧았기에 내 표정을 전부 가려주지는 못했다. 그가 마지막으로 볼 내 얼굴이 고통에 몸부림치는 얼굴이라니, 그 모습을 계속 보게 둘 수는 없었다. 나는 짧아진 머리카락에 대해 처음으로 애도와 비슷한 안타까움 감정을 느꼈다.

그리고 그런 현실에 대한 하찮은 감정을 마지막으로,

나는 죽음을 완벽하게 받아들일 준비를 끝냈다.

17

런

 제인이 죽었다. 그때 그렇게 제인을 혼자 보냈으면 안 되었다. 적어도 함께 뒤쫓아 갈걸. 입구 앞을 지키는 교원들의 만류를 뿌리쳐서라도 뛰어갈걸!

 그렇게 떠난 후 제인은 몇 시간 후 돌아왔다. 당장 달려가고 싶었지만 나는 그저, 교원들의 경고에 입구보다는 멀찍이 서서 돌아오는 제인과 L을 볼 뿐이었다. L의 품 안에 제인이 안겨 있다는 사실만으로 핏대가 서서 차마 제인이 왜 회색빛 수건에 감싸져 있는지는 추측할 새가 없었다. 그러나 이내 L이 입구에서 그곳을 지키던 교원들과 이야기를 나누는 소리가 들렸다. 정확히 뭐라 하는지는 몰랐지만, L은 곧장 건물로 들어오지 않고 방향을 꺾어 어딘가로 갔다. 제인과 함께.

 그것을 보고 문득 제인이 위험하다는 생각이 들어 그들이 있는 방향으로 뛰어갔다.

 "제인!"

 "로드, 위험해."

 그러나 입구에 다다랐을 때 여전히 그곳을 지키던 교원이 나를 막았다. 그의 명찰에는 Y라고 적혀 있었다.

 "제인은 어디로 가죠?"

 "…어머, 로드. 저 아이와 친해?"

 Y는 단발머리 여성이었다. A 건물에서 지내는 교원은 아닌 것 같았던 게, 익숙한 사람이 아니어서다. Y의 물음에 고개를 끄덕이자 Y는 한참 고민하다가 입을 열었다. 그리고, 나는 그 자리에서 헛웃음을 쳤다. 거짓말일 테니까!

 "제인이라는 아이는 방침의 이유로 탈락당했어."

 "아쉽겠네…. 친한 친구가 먼저 이곳을 떠나게 되었으니…."

 ….

 거짓말이네! 날 놀라게 하려고 하는 L의 소행이 분명하지?

 제인이 갑자기, 이렇게 쉽게 죽을 리가 없잖아. 아까까지만 해도 내 손을 잡아줬었는데, 그 온기가 아직 여기 있는데?

 그러나 그 온기 묻은 장갑을 낀 손 위 손가락을 보았을 때, 왠지 낯선 촉감이 그 위를 덮는 기분이었다. 더 이상 제인이 아닌 사람의 온기가 그 위에 있는 기분, 그러니까, 그녀의 온기가 느껴지지 않는 기분!

거짓말.

그럼, 그 회색 수건이, 시신을 덮는 용도의 수건이었단 거지.

그럼, 제인과 L이 이동한 곳은 처분을 위한 어느 공간이었다는 거지.

그럼, 아까 그 말이 마지막 말이었단 거지.

그럼, 제인….

제, 제인….

제….

죽었다….

….

L이 제인과 이동하기 전 나에게 해주었던 말이 있다.

"레오와는 얼마나 가까워졌니?"

나는 대답하지 않았다.

"질투가 나지는 않아? 제인과 레오가 가까운 사이니 말이야."

"아니요."

사실 아직 조금, 그 둘이 붙어 있는 모습을 보면 그때 느꼈던 마음속 응어리가 지지 않고 옅게 남아 있는 기분이 들긴 한다. 하지만 그렇다고 그 감정을 질투라고 부를 만큼의 정도는 아니다.

"그렇구나. 로드, 너는 항상 좋은 감정을 느끼며 지내야 해. 알겠지?"

그때 당시, 나는 L의 말을 잘 이해하지 못했다. 그저 또 뻔한 허튼소리겠거니 생각하며 그의 방을 나섰었는데. 설마 그때 그 말이,

제인을 죽이겠다는 암시적 예고였나. 무슨 그런 모순이 다 있지? 내가 그렇게 살지 못하는 게 누구 때문인데!

그날 밤 자정까지 제인은 결코 돌아오지 않았다. 그 전에 교원 몇이 제인의 물건과 침대를 정리해 갔지만 나는 제인을 기다렸다. 그녀는 돌아올 테니까, 그녀는 돌아와 내 손을 맞잡아 주고 걱정시켜 미안하다며 웃음을 보일 테니까. 빠르고도 이른 이별, 그런 얘기는 전부 허상의 이야기고 현실의 이치와는 전혀 무관하다는 사실을 상기시켜 줄 테니까. 기약 없는 영원이라도 속삭여 주길, 내가 그렇게 빌 거니까!

그러나 그런 일은 없었다. 나는 잠에 들지 못했고, 그날뿐 아니라 그다음 날, 그리고 그다음 주에도 그랬다. 나는 밥도 먹지 않았다. 식음을 전폐했고, 아이들이 가끔 내게 와 뭐라 말하던 소리가 들리던데, 귓가에 제대로 전해지지 못해 대답할 수도 없었다. 수업도 물론 듣지 않았다. 수업을 듣지 않는 나를 어떻게든 듣게 하기 위해 교원 여럿이 내 팔다리를 강제로 움직이게 하던 때도 있었는데, 내가 정말 미친 듯이 웃으며 땅바닥에 엎어져 그대로 비명 섞인 울음을 보이니까 곧 물러서더라. 그 후에도 나는 제인이 머물던 자리를 바라볼 뿐, 그 이상 하지 않았다.

그런 나를 두고 가끔 교원들이 와 내 팔에 주삿바늘을 꽂았다. 저항하지 않았다. 그가 먹지도 않고 자지도 않는 나를 위한 약이라고 말했으니. 제인을 느끼려면 살아 있어야 했으니 경계도 저항도 없이 그저 체내로 들어오는 약물을 받아들였다. 그 후 나는 아이들과 함께 지내는 공용 침실이 아닌 다른 곳으로 옮겨졌다. A 구역이 아닌 곳의 침실로 말이다. 그곳은 나밖에 없었다. 교원 중 누구는 나를 위한 회복용 침실이라며 말했고, 그 말에 나는 코웃음을 치며 그 사람의 머리를 쥐어뜯었다. 들어오면서 봤는데, 여기 정신병동이라며.

하루 중 두어 번 흰색을 몸에 완전히 뒤집어쓴 교원이 들어와 약물을 주삿바늘로 투여했다. 그 외에 내게는 아무것도 주어지지 않았다. 그도 그럴 것이, 음식을 내오면 그것을 전부 그 사람의 얼굴에 던졌으니까, 그렇다고 책을 내오면 그곳 빈칸의 어느 곳에 검은 머리 붉은 눈을 한 여자만 잔뜩 그려냈으니까.

내게 있는 물건이라곤, 이제는 내 몸의 일부가 되어버린 검은 반장갑과 그리고 10월 28일 교원 중 누군가 건네준 'J'라는 이니셜이 박힌 손수건 하나. 그 외 아무것도 없다. 나를 이루는 것은 그것들과 신체적인 일부들뿐이었다.

그뿐.

그럴 뿐.

이제 의미 없는 것들뿐이었다. 내게 존재하는 그 2개를 제외하고는, 모든 것들도 그렇지만, 이제 살아 있는 것 자체에 내게 의미는 없었다. 그렇게 느꼈던 것은 10월 27일 제인이 죽은 뒤로부터 정확히 3주가 지났을 무렵, 열이 40도까지 끓고 사지가 찢기는 듯한 고통에 다시금 놓였을 때였다. 전에는 아파서 발버둥이라도 쳤던 것 같지만, 이젠 그렇지 않았다. 심지어 그렇게 된 지 이틀 만에 교원의 발견으로 치료에 들어간 것이니.

어쨌든 그렇게 3주가 넘고 한 달이 가까워지는 시간 동안 난 완전히 피폐해진 채로 살았다. 가끔은 창문 너머 아래를 보았는데, 얼핏 보아도 5층 남짓 되어 보이는 높이라 그대로 뛰어내릴까도 싶었다. 그날 이후 처음 느껴보는 충동이었다. 만약 창문이 개폐가 되는 구조였다면, 그랬으리라.

그곳에는 달력이 하나 걸려 있었는데, 내가 처음 그 달력 빈칸에 그들이 느끼기에 쓸모없는 것들을 채워 넣으니 그들이 자주 달력을 갈아주기도 했다. 채워 넣는 일은 내게는 하나의 허망과 그리움을 달래는 수단이었지만, 아무리 채워도 결국 다시 빈칸으로 돌아가는 꼴이 여전해서 이미 그만둔 지 조금 되었다. 하여튼 그 달력에 빨간 엑스가 그어지면서 결국 표면에 11월이라는 글자가 12월로 바뀌었다.

나는 여전히 잠을 이루지 못하고 음식을 삼키지 못한다. 물론 중간에 두어 번씩 눈을 떴는데 해가 밝아 방 안이 밝아지고, 그런 적은 있었다. 내 의지로 잠을 잔 것은 아니고 아마 실신에 가까웠던 것 같다.

오늘은 12월 3일이네.

시계 분침이 12를 가리켰다. 빨간 엑스를 긋는 일은 매일 아침 9시에 교원이 기계적으로 들어와서 하는 일이기에 아직 달력은 2일이라고 말하고 있었다. 그리고 창밖은 밤이라고 말하고 있었고, 또 차가운 한기가 꽉 닫힌 문틈 새로 조금씩 들어오는 것이 겨울이라고 말하고 있었다. 누구의 말소리도 들리지 않는 고요한 이 병원 시설의 건물의 병동은 내가 환자라고 말하고 있었고, 장갑을 낀 손 위에 누구의 손도 겹쳐지지 않은 것은 내가 혼자라고 말하고 있었다.

나는 캄캄한 겨울밤의 환자이자 혼자였다.

하지만 이곳의 방은 전등을 켜고 있어 캄캄하지 않았고, 난로를 틀어놔 추운 기색이 없었으며, 나는 절대 아프거나 미친 사람이 아니다. 낯선 그들의 주장을 하나씩 반박할 근거가 있었지만 딱 하나 그럴 수 없었던 것은, 내가 혼자라는 주장이었다.

그런 사실로부터의 감정이 겨울바람처럼 차갑고 혹하게 나를 강타하는 기분이 들었다. 이내 외로움과 공허함이 나를 덮치기 시작했다. 익숙한 느낌이었다. 이럴 때면 나는 제인을 구체적으로 묘사하는 일로 이겨내곤 했다. 오늘도,

낡고 뜯어 반쯤 헐거워진 손을 감싼 처음 선물 받은 재질 그대로의 온전함을 갖추고 있는 장갑을 어루만지며 제인을 떠올렸다. 긴 검은 생머리… 아니, 턱선까지 오는 짧은 단발의 검은 머리에, 처음 보는 채도의 강렬하다 싶을 정도의 붉은 눈과, 그 눈을 자주 가리는 같은 검은색의 앞머리. 앞머리가 그렇게 길어질 때면 서툰 솜씨로 내가 자주 그 머리를 잘라주곤 했었다. 처음엔 미용에는 솜씨가 없다며 나를 놀리던 제인이, 두세 번 뒤에는 꽤나 마음에 들었는지 늘었다며 나를 칭찬해 주었었다. 나보다는 12cm 작은 키와, 키에 비해 적게 나가는 몸무게, 왼쪽 팔에 점이 하나 있었으며 다리에도 마찬가지로 같은 쪽에 같은 크기의 점이 있었다. 알고 보니 그건 주삿바늘로 인해 생긴 것이었더라. 그 외에도 제인의 몸에는 흉터가 많았다. 이를테면 오른쪽 쇄골 무언가를 꿰맨 자국이라든지 말이다. 그런 걸 볼 때마다 내가 무슨 감정을 느꼈는지!

…누구는 웃을 때 보조개가 생기는 사람이 귀엽고 사랑스러운 것이라고 했던 것 같은데, 글쎄다. 제인은 보조개가 없어도 귀엽고 사랑스러웠다. 특히 시원하게 올라가는 입꼬리나, 휘어지는 눈꼬리 사이로 보이는 그 맑은 눈동자가 정말 사람을 기분 좋게 만들어 줬었다. 보조개가 취향이라던 사람이 누구더라. 그 애도 제인의 눈과 비슷한 색의 머리를 하고 있었던 것 같은데.

…모르겠다.

그리고, 또 제인은 가끔….

웃는 사람의 슬픔을 보여주었다. 그녀가 내가 무엇인가를 알아채기를 원치 않는 것 같아, 그대로 속아줄 때가 많아서 제인은 아직도 잘 감추었다고 생각하겠지만 나는 익숙하기에 정확히 그녀의 웃음 특징을 알기 때문에, 그녀가 조금이라도 진심이 아닌 찰나면 분명히 알 수 있었다. 묘사를 해보자면 말이다, 올라간 입꼬리가 조금이라도 떨린다든지, 휘어지는 눈가의 틈 사이로 보이는 붉은색이 평소보다 적게 보이거나 많이 보인다든지 하는 것으로 알 수 있었다.

그것 외에도 그녀는 자주 거짓말을 했다. 나중이 되어서는 내게 진실을 모두 말하고, 지나서는 항상 진실만을 말하려고 하는 것 같았지만 글쎄, 나는 다 알고 있다니까…. 당신에 대해서는 내가 제일 잘 알아, 그럴 수밖에 없어….

당신은 항상 내게 모든 걸 다 말해주려 했겠지? 그러나 그러지 못할 때면 당신은 일말의 자책을 느끼기도 했어, 그치? 왜냐면 당신의 무의식 속 나는 불쌍한 아이니까. 자신처럼 되지 않게 하려고 당신은 늘 애썼어. 나 대신 디저트를 먹게 되었을 때도 당신은, 미안함을 느끼는 나를 걱정해 주었고 그 나의 걱정하는 마음 때문에 아픈 자신의 모습을 들키고 싶지 않아 했잖아. 얼마나 힘든 일인데, 그게, 내가 겪어봤으니 아는데, 그건 사람의 의지로 가능한 일이 아니잖아.

지금은 어때, 제인. 아직도 그래? 자신처럼 되지 않게 해주고 싶어?

나를 아프지 않게 해주고 싶고, 조금의 상처라도 생기지 않게 해주고 싶고, 울지 않게 해주고 싶고, 조금의 피라도 보여주지 않고 싶어? 늘 내가 웃었으면 좋겠고, 환영 속 나처럼 수다스러운 아이로 컸으면 좋겠지?

그럼 죽지나 말든가!

….

…아아. 탓하게 된다.

미친놈….

네가 누구를 탓해….

"아아, 아…."

더 이상 나올 눈물도 없을 것 같았는데, 또 다른 감정이 생겨버리니 이렇게 나오긴 한다. 이런, 나는 오늘도 또 울다가 실신하여 밤을 그저 보내겠구나.

"로드."

"아아아…."

누가 들어온 것 같은데.

"고개를 들어."

차갑고, 서늘하고. 익숙하고.

L!

"로드, 대체…."

L이 저런 모습이었던가.

청색이 약간씩 드러나는 검은 머리, 비슷한 색의 눈, 완벽한 남성상에 가까운 얼굴. 아닌 것 같은데, 내가 또렷이 기억하는 나의 원수 그 사람은, 이보다는 긴 머리에 눈은 잘 모르겠고, 정장 차림이었던 듯싶은데. 이 사람은 턱 끝까지 오는 목티를 입고 있잖아.

"로드, 알아보겠어?"

"뭐…."

"레오."

아.

그제야 어렴풋이 기억났다. 수치에 가까운 부끄러움을 느끼며 제인에게 고백에 가까운 토로를 했을 때, 이 사람이 있었기에 그럴 수 있었었지. 그리고 또, 마음속 어딘가에서 이 사람을 향한 고마움이 삐죽 자신감을 드러내는 것 같기도.

무엇보다 내가 떠올리는 제인의 옆에 늘 있던 이 사람. 그동안 기억을 못 해 꽤 애를 먹었던 것도 같다.

"…여긴 어떻게."

"뭐, 어떻게든 왔어. 그보다 이거. 시간이 없어."

레오는 내게 공책 하나를 내밀었다. 검은색 가죽이 덮인 공책이었다. 내게 내민 그 공책을 얼떨결에 받아 다시 보니, 공책보다는 일기장에 가까워 보이기도 했다.

"제인의 거야. 아직 교원들도 이 존재를 몰라. 내가 갖고 있던 거거든. 읽어. 그 애가 허락했어. 무슨 일이 있으면 이걸 너에게 전해달라고. 이제 너도 정신을 차려야지. 아니, 그 일기장 보면 정신이 차려질 거야. 힘들겠지만."

뭐, 뭐라고. 내가 무슨 생각이라도 하기 전에 그는 어려운 말을 잔뜩 뱉었다. 빠르게 지나간 말을 뒤늦게 곱씹으며 그제야 생각했다. 내가 방금 엄청난 걸 들었구나. 제인의 일기장, 아니, 그 전에 제인에게 일기장이 있었다는 것. 그리고 그걸 레오가 가지고 있었다는 것. 그 뒤에는 무슨 일이 있으면 이라는 말. 하나하나가 충격이고 타격이었지만 지금 이 상황이 비현실에 가까워 채 느끼지 못했던 것 같다.

그의 말을 간단히라도 이해하고 나서야, 내 기억 속의 레오와 어긋나는 점이 몇 있다는 것을 인지했다. 원래 이 사람이 이렇게 말을 길게 했던가, 조금 흥분되었다고 느껴질 정도로 빠르고 강한 말투였다. 그리고 짙은 눈 밑의 다크서클과 퀭한 분위기, 흐트러진 머리카락과 생기가 없는 눈. 겨우 떠올린 레오의 외형과 특징에 대해 어긋나는 점이었다.

이 사람도… 힘들었구나.

"…네."

그때 밖에서 인기척이 들렸다. 나는 알아채지 못했지만, 레오의 몸이 움츠러들고 살짝 떠는 것으로 알아챘다. 황급히 나는 손에 든 일기장을 이불 밑으로 감추었고 레오는 내게 한 발짝 떨어져 방의 문을 먼저 열었다.

"어서 나와야지, 레오!"
"죄송합니다."

어떤 방법을 써서 이곳까지 오게 된 건지 모를 그가 눈 깜짝할 새에 일기장을 쥐여주고 또 눈 깜짝할 새에 사라졌다. 문이 다시 닫히자 나는 그제야 이불을 들추고 제인의 일기장을 바라봤다.

처음에는 바라보는 일만, 다음에는 그 위로 눈물을 떨어트리는 일, 그리고 그걸 꼭 안으며 이미 달아난 온기라도 애써 느껴보려는 일. 그런 의식에 비슷한 것들을 마친 뒤에야 나는 일기장을 열어볼 수 있었다.

일단 검은 표지를 넘기고 나면, 12개월 기록이 한도인 종잇장이 여러 겹 존재했다. 맨 첫 24면은 일정이나 기록을 짧게 옮겨 적는 달력의 형식이었고, 그 뒤로 넘어가서야 정말 하루하루 제인이 느낀 기분이나 제인에게 있었던 일 등을 알 수 있었다. 우선 나는 달력의 형식을 갖춘 처음 24면은 속독으로 넘겼다. 크게 눈길을 끄는 대목도 없었을뿐더러, 그곳에 적혀 있는 것은 기껏해야 누구의 생일, 시험의 날짜 같은 것이었기 때문이었다.

그 뒤부터는 꼼꼼하게 읽기 시작했다. 그러나 특이하게 첫 장 1월에서는 크게 그렇다 할 것을 찾아볼 수 없었다. 나는 1월 첫 주에만 그런 줄 알았기에 빠르게 8면을 전부 넘겼지만 1월이 끝나가도 아무런 기록이 없는 것은 확실했다. 그리고 그것은 6월까지 계속되었다. 일기장을 6월부터 쓰기 시작했던 것은 아니었던 게, 작은 일정은 그 앞장에 표시가 되어 있었기 때문이다. 나는 의아했지만 우선 그 부분은 넘긴 채 기록이 존재하는 부분을 계속 읽었다.

6월 24일

로드 그 아이. 노란 머리에 초록색 눈을 한 남자아이, 열일곱 살.
여름밤 날 호숫가
웃는 얼굴을 볼 수 있기를.

6월 25일

로드. 첫 만남 후 처음 대화를 시도해 보았다.
원래는 말이 많고 적극적인 성격인 듯하다. 대화가 이어졌다.
끝없는 고통을 짊어지고 있을 로드에게….
내가 꼭 본래의 너를 찾을 수 있게 만들어 줄게.
(로드가 좋아하는 것은 녹차)

6월 30일

추측은 곧 확신으로,
로드는 첫날보다 괜찮아졌다.
나 또한 원래부터 A 구역의 사람이었던 것처럼
꽤나 적응을 해가는 중.
아픈 기억은 잊어버리자.
이겨내는 로드를 보며, 나도 힘내야지.

7월 1일

그 애가 또다시 호숫가로 나섰다.
나는 그를 건물 입구에 다다르기 전에 멈춰 세웠다.

다행히 잠에서 깨는 것 같았고
함께 다시 위로 올라갔다.
아무에게도 들키지 않은 듯하다.

7월 4일
그가 낮잠을 잤다.
그러나 악몽을 꾸는 듯 앓는 소리를 냈다.
확인해 보니 열이 40도까지 오르고 있었다.
주변에 교원이 없어 결국은 내가 처치해 주었다.
로드는 시간이 얼마 지나지 않아 열이 내렸고, 얼굴에도 평온이 돌아왔다.
다행이었다. 무슨 꿈을 꾸는 걸까,
아마 이 세상 가장 어둡고 깊은 것과 싸우고 있는 것이겠지.

7월 5일
호숫가. 문턱에서 깨울 수 있었음.

7월 6일
로드와 꽤나 긴 대화를 나눴다.
그가 듣는 수업에 대해 들을 수 있었다.
그리고 또, 메이에게 들으니 로드는 계속 최고점자였다고 했다.
너는 타고났구나.

7월 8일

로드가 다시 울었다….

─────── 그 뒷장을 넘기려는 순간. 누군가 문을 두드리고 들어왔다. 나는 아직 대답도 않았는데!

"로드, 레오가 다녀가 놀랐지? 미안. 아프다고 해서 잠깐 같이 와 본 것뿐인데, 친한 친구가 있다며 갑자기 이쪽으로 뛰어오더니 말이야."

아까 들어와 레오를 쫓아내다시피 한 교원이었다. 명찰은 자세히 보이지 않았다. 머리를 단정하게 하나로 낮게 묶은 여자였다. 낯익지 않은 사람이었고, 또 두 손을 모으고 있었기에 꽤나 공손해 보인다는 생각이 들었다. 그 사람은 문턱 너머에 서서 더 다가오지 않고 그렇게 말을 걸었다.

나는 고개를 끄덕였고, 그 사람은 말을 이었다. 이불 속에서 움켜잡은 일기장이 손 떨림에 이불과 서로 부딪혀 소리가 날 것만 같아 마음을 졸였다. 그 덕분에 그 사람이 뭐라 말하는지 제대로 듣지도 못했다.

"미안해. 안정을 취해야지, 이제."

그 사람은 아차 싶은 말투로 그 말을 마지막으로 문을 닫았다. 자신 때문에 내가 휴식을 제대로 취하지 못한 것 같아 미안해한다는 말이었다. 이곳 사람답지 않게 친절한 말투라고 생각했다.

그 사람이 나간 뒤에 다시 이불 속에서 일기장을 꺼내려는 찰나. 어딘가에서 비춰오는 붉은색 작은 빛이 시야에 들어왔다. 아주 작은 빛이었지만 분명했다. 이곳에서 보지 못한 것이었기에 예민해진 시각은 출처를 찾기 위해 정면과 양면을 번갈아 주시했다.

그러던 중 다시 한번 정면에서 빛이 나를 비추었다. 아주 작은 광선. 그건 문고리 바로 아래 부착된 검은 장치에서부터 발사되는 빛이었다. 몇 초 간격으로 일정하게 깜빡이기에 바로 찾아낼 수 없었던 듯싶었다. 머지않아 그것을 똑바로 쳐다보다가 알아챘다. 어딘가에서 듣고 본 적 있는 장치, 감시카메라였다. 방금 다녀간 그 여자가 문을 여닫는 척하며 붙여놓은 것이구나.

나는 한숨에 떼야겠다는 생각이 들어 이불을 걷어치우기까지 했지만, 딱 거기에서 그만두었다. 나를 멈추게 한 것은 또다시 그들이 들어와 부착할 미래를 감지했기 때문이 아니었다. 정신을 차려야 한다는 레오의 한마디가 뇌리에 스쳤기 때문이었다. 확실히 이 상황에서, 뻔한 그들의 저의를 알아채고서도 카메라를 떼버린다는 것은 현명하지 못한 대처가 확실했기에 나는 멈추었다. 그의 한마디와 제인의 일기장은 이미 나를 깨우기에 충분한 도구였으며, 지금까지 꿈을 꾸듯 환영을 보듯 멍한 나의 정신을 번뜩이게 할 하나의 동기가 되어주기도 했다. 아직 온전히 돌아온 것이 아니라는 것을 느끼지만, 그런 사실을 느끼는 것 자체로도 나는 이미 돌아오고 있는 것이었다.

그러니 지금 당장 해야 할 일은 카메라를 떼는 일도, 일기장을 펼쳐 보는 일도 아니다. 그저 평소처럼 멍하니 허공을 바라보며 누군가를 떠올리고 있다가 서서히 차츰 나아지는 태도를 보여주는 것이다. 그것만이 가장 안전한 최선책이라 떠올렸다. 내가 만약 내일까지도 이런 정신을 유지할 수 있다면 말이다.

  그렇게 나는, 검은 머리 붉은 눈을 다시 떠올렸다.

18

란

 마침내 12월 5일에 빨간 엑스가 그어졌다. 12월 6일이 된 것이다. 그렇다면 오늘 내가 해야 할 일은 밥을 먹는 일이다. 3일로부터 나는 3일 간격으로 준비해 둔 계획이 있었다. 그건 갑작스레 나아진 모습을 보이면 분명 무언가를 준비하고 있다고 생각할 테니, 나는 레오의 방문으로 정신을 차렸다, 라는 것만 우선적으로 보여주기 위함이었다.
 먼저 6일에는 식음 전폐를 그만두기로 했다. 그래서 빨간 엑스를 긋는 그 교원을 바라보며 말했다.
 "배고파요."
 그러자 그 흰옷을 입은 교원은 눈을 번뜩이며 내게 되물었다. 정말 배고픈 것이 맞느냐고. 나는 그 물음에 고개를 끄덕였으며 그들은 왜인지 모르겠지만, 기쁜 표정을 하며 금방 음식을 가져오겠다고 말하며 방을 나섰다.

물론 정말로 배가 고픈 것은 아니었다. 그저 하나의 방법이자 수단일 뿐이었다.

그 교원은 머지않아 빵과 샐러드를 간단히 준비해 왔다. 쟁반 비슷한 큰 크기의 접시에 담은 음식을, 책상을 먼저 침대 위에 올려둔 뒤 그것을 위로 올렸다. 정말 오랜만에 맡아보는 음식 냄새였다. 갓 구운 빵 냄새가 코끝을 스쳤고 초록색 샐러드가 싱싱해 보였다. 하지만 식욕을 자극시키지는 않았기에, 나는 그저 수저로 그것들을 집어넣고, 삼키는 일만 반복했을 뿐이다. 내가 그것들을 '먹는' 사이 음식을 내온 교원은 마치 희귀한 물건을 발견한 사람 같은 표정으로 지켜보고 있었다.

"체할 것 같아요."

"어떡해, 천천히 먹어."

"…지켜보고 있어서."

"아, 아. 미안해! 그럼, 맛있는 식사가 되기를."

그때 그 사람의 얼굴을 처음 보았다. 갈색 머리의 전체적으로 동그란 외형을 가진 남자. 그의 옷에는 Q라는 명찰이 부착되어 있었다. Q는 서둘러 방을 빠져나갔으나, 어딘가로 걸어가는 소리는 들리지 않았다. 아직도 문 앞에서 내 소리를 엿듣고 있는 것이었다.

부담스럽거나 하진 않았다. 그저 내가 처한 상황이 스스로도 불행하다고 새삼스레 느꼈을 뿐. 바로 눈앞에서 밥을 먹는 과정을 지켜보다니 말이다. 그것도 '신기함'에 가까운 표정을 하고. 안 그래도 나를 지켜보는 불특정의 누군가가 있을 텐데, 둘 그 이상은 조금 험난하지 않나?

내가 드디어 음식을 모조리 삼키고 그릇 위에 수저를 올려놓았다. 그러고 나서 아직도 문밖에서 나의 소리를 감지하고 있을 교원을 향해 입을 열려고 할 때, 그는 마치 이미 무슨 말이라도 들은 것처럼 반사적으로 문을 열고 들어왔다. 순간 소름이 돋았다. 그리고 Q의 눈은 마치 희귀한 무언가를 본 사람처럼 둥글게 빛나 있었다. 내가 한동안 식사를 거절했으니 대놓고 나의 앞에서 그런 표정을 짓는 것과 소리로만 감지해 식사를 끝냈다는 것을 알아채는 것 정도는 이해해 줄 수 있겠지만, 솔직히 꺼림칙하기를 넘어 기이하게 느껴졌음은 사실이다.

"다 먹은 거지?"

"…네."

"수고했어! 그럼 가져갈게."

마치 이제 한 살 된 어린 아기를 달래는 것 같은 말투였다. 그 수고했다는 말, 들어본 적이 있는데 그때는 이처럼 기분이 나쁘지는 않았던 것 같다. Q는 그릇을 수거해 갔고, 나가는 마지막까지 그 동그란 눈으로 나를 구경하듯 쳐다보며 나갔다. 그 눈이 사라진 뒤에는, 카메라가 나를 바라보고 있었고 나는 또다시 새삼스럽게 가증스러움을 느꼈다.

나는 그런 감정을 뒤로하고 이제부터 내가 해야 할 일을 머릿속에 나열해 보았다. 우선 제인의 일기를 읽어야 한다. 그러나 이 상황에서 일기장의 끄트머리라도 보였다간 금세 빼앗기게 되고 말

테다. 읽어야 할 곳은 우선 이곳은 아니다. 그러니 이곳을 빠져나가야 한다. 탈출하는 것은 불가능하고, 자연스럽게 그들이 정신병동에서 나를 꺼내주기까지를 기다려야 한다. 예상 퇴원일은 아마도 12월 중순쯤이 되지 않을까 싶다. 오늘은 밥을 먹는 것을 시도했으니, 다음은 잠을 자는 것이다. 그다음은 독서, 그리고 극한의 시도는 산책쯤 되겠다. 내가 퇴원하는 그날까지 일기장 속 그녀의 온기가 사라져 있지 않기를.

그리하여 오늘 12월 6일, 식사를 마쳤다.

또 12월 9일, 10일로 넘어가는 밤에 잠을 잤다. 물론 진정한 숙면은 아니고, 30분 내외로 잠깐 눈을 감은 것 정도였다. 어쨌든 자연스러워야 하니.

그리고 12월 11일, 3일 간격 변외로 30분 늘려 1시간 눈을 감고 누워 있었다.

12월 13일. 오늘은 14일로 넘어가는 날 밤 동안에 눈을 감고 누워 있었다.

12월 15일. 책을 읽었고. Q는 장하다는 말과 함께 나의 머리를 쓰다듬었다.

12월 16일. 이상하게 눈을 뜨니 아침이었다. 정말로 잠을 잔 것이다. 15일에서 16일로 넘어가는 그날 밤. 이상하게 잠이 온다는 느낌도 들지 않았는데 어느새 눈을 떠보니 나는 잠에 들고 깬 이후였다. 분명하지 않지만 그건 나가야 한다는 의지가 만든 억지의 피곤일지도.

그리고 마침내 12월 20일. 산책은 입 밖으로 꺼내지도 않았는데 Q가 아쉬운 표정으로 19일 빨간 엑스를 그으며 말했다.
"이제 다시 A 구역으로 돌아갈 시간이야."

퇴원하는 과정은 생각보다도 더 빠르게 진행되었다. Q의 그 말을 시작으로 어렴풋이 30분 정도 뒤 나는 그 건물을 빠져나갈 수 있었다. 이곳에 들어올 때만 해도 나는 침대에 몸을 누인 채로 짊어져 오듯 왔는데, 나갈 때는 제 두 발로 나갈 수 있었다. 나는 나가자마자 두 달가량을 보낸 건물의 외관을 두 눈에 똑바로 담았다. 때 묻지 않은 새하얀 색의 정사각형 형태의 건물이었다. 창문은 작은 크기로 일정한 간격을 두고 스물 몇 개쯤. 그중 개폐가 가능한 창문은 하나도 없었고, 맨 위층 창문은 철창으로 막아두기까지 했다.
Q는 며칠 전 이곳에 나 말고 누군가 있느냐는 질문에 그렇다고 대답했지만, 두 달가량 지낸 내 소감으로는 위층에서도 아래층에서도, 그리고 옆방에서도 사람이 있다면 당연하게 들려야 할 기본적인 소음 같은 것조차 들리지 않았다. 그런 점을 두고 나는 벽이 두꺼워 방음이 잘되는 것일까도 추측해 보았지만, 지금 관찰하건

대 창문이 존재하는 간격은 그리 크지가 않다. 그렇다면 벽이 두꺼운 것은 아니다. 나는 새하얀 외벽을 바라보면서 정말 이곳에 나 말고 누군가 있기는 했을까 생각했다.

그리고 나는 외투 안에 느껴지는 입체의, 둥근 모서리가 존재하는 물건의 여부를 재차 확인하기 위해 더듬어 보았다. 확실히 느낀 후에야 나는 그 건물을 등지고 Q를 따라 걷기 시작했다. 혹여나 건물을 나오면서 Q가 외투에 든 것을 알려고 하지는 않을까 싶었지만, 두꺼운 외투 덕에 그 존재는 꽤나 잘 감추어진 것인지 Q는 일기장에 대해서는 약간도 모르는 표정이었다.

"생각보다 네가 빨리 회복해서 다행이야."

"네."

길을 따라 걷던 중 Q가 말했다. 그가 듣기에 그리 반갑지만은 않은 말을 하기에 나는 고막에 두꺼운 것을 덮어씌우기라도 한 듯이 그의 말을 귀담아듣지 않고 있었다. 그저 처음 이곳에 옮겨질 때까지만 해도 낙엽이 채우던 거리를 이제는 수북이 쌓인 눈이 채우고 있으니 그 모습을 바라볼 뿐이었다.

"넌 정말 귀한 아이야. 특별한 아이고."

"네."

"알지? 나도 L 님이 그렇게까지 관심을 두시는 아이는 처음이라고."

"…네."

그런 얘기는 생소해서 아무리 기계적인 대답이라도 조금 시간이 걸렸다.

"네가 우리를 해방시켜 주겠구나…."

로드 243

"…네?"

꽤나 신선한 이야기를 들어서인지, 고막에 덧씌운 무언가가 사라지는 느낌이었다. 오히려 뒤이어 하는 그의 말을 아주 잘 경청하게 되었다.

"당연한 거 아니야? 설마, 겸손하기까지 한 것이라니!"

"네, 뭐라고요?"

잘못 들은 줄 알았다. 무슨 해방? 이 사람이 무슨 말을 하는지 전혀 알 수 없었다. 가정까지도 불가했다.

"모르고 있는 건 아니지?"

"모르는데요."

내 대답에 Q가 뒤를 돌아 나를 보았다. 그의 표정은 지금껏 나를 보던 신기함이 묻어 있던 것과는 조금 달랐다. 물론 그 표정은 언제까지나 존재했지만, 그 위에 충격이 덧대어진 표정이었다.

"뭐? 정말? L 님이 말해주지 않은 거야? 하지만 너는 알고 있다며."

"뭘 알고 뭘 몰라요?"

슬슬 그의 화법에 진절머리가 날 때쯤. 그가 발걸음을 멈추었다. 눈이 수북이 쌓인 길 한복판, 주변에는 앙상한 나뭇가지 위 쌓인 눈이 약간씩 떨어지고 있었다. 눈이 내리고 있지는 않았지만 안개가 낀 것처럼 주변이 흐려서 그 앞길도, 지금껏 걸어온 길도 제대로 보이지 않았다.

"이곳이 교육원이 아니라는 사실을! 너는 알고 있다며?"

그는 무슨 제 앞에 관객이라도 놓인 것처럼, 쇼를 하기라도 하는 것처럼 팔을 작게 뻗어 그 손바닥을 하늘과 나 사이를 향해 비스듬히 펼쳐 보였다.
"그…렇죠."
"그런데 그건 모르는 거야?"
"그니까, 그게 뭔,"
"네가 신이라는 사실을!"

─────── 순간 이 사람이 미친 줄 알았다. 정신병동이라고 쓰인 곳에 있어야 할 사람은 내가 아니라 이 사람이 아닌가? 그러나 그런 생각을 하는 것도 잠시. Q의 표정은 생각보다 진지해졌으며 쇼를 하듯 뻗은 두 팔도 거두고 나를 보며 다시 입을 열었다.

"너는 신이잖아, 완전하고 완벽한 적격자!"

"…무슨 소리예요."

"정말 모르는 눈치구나! 하지만 걱정하지 마. 나는 L 님처럼 감출 생각이 없어. 내가 신을 보려고, 그러니까 너를 보려고 얼마나 오래 기다려 왔는데! 처음 볼 때부터 알아챘어. 넌 어딘가 다르다는 것을! 자, 다시 걷자. 걸으면서 모든 걸 말해줄게."

그는 그렇게 말하며 걸음을 다시 옮겼고, 나는 얼떨결에 그 걸음을 따라갔다. 그는 그리고 정말 모든 것을 이야기해 주었다. 나는 내가 아는 진실이 전부가 아니었다는 것을, 그 누구도 아니고 이곳의 교원을 통해 알게 될 줄은 몰랐다. 그러니까 그의 말을 요약하자면, 이곳은 적격자와 실격자를 기준으로 두어 신을 배양하는 곳이라고 한다. 그리고 적격자가 나이며, 유일하다고 한다. 어처구니가 없었다.

"내가 이곳에 근무한 지 어언 17년…. 근무하는 동안에는 못 볼

줄 알았는데 봤구나! 너, 이곳의 마지막 신을 배양한 것이 언제이고 누구인지 아니?"

"모르죠…."

나는 멍한 표정으로 대답했을 것이다. 방금 내 귀로 직접 들은 말을 이해하기도 바쁜데, 이 사람의 한껏 흥분한 말 따위 들을 정신이 없었으니 말이다.

"때는 20년 전…. 있지, 너와 아주 가까운 곳에도 있어! 한번 맞춰볼래?"

나는 더 이상 그 미친 소리에 대꾸해 주지 않았다. 내가 대답하지 않아도 Q는 알아서 척척 모든 것을 말해주고 대답해 줬으니 말이다.

"그건 바로 L 님이야!"

순간 구역질이 났다.

웃기지 마.

내가 그딴 사람과 같은 취급이라고?

"그분은 정말 유명하셨지, 내가 얼마나 존경하…."

"우욱…."

괴로움은 미루어 두고, 올라오는 이 역겨운 감정부터 어떻게 해봐야 하는데!

"이런, 로드!"

길바닥에 한쪽 무릎을 대고 앉은 채로 나는 올라오는 역겨움을 두 손으로 꾹 눌러 참아냈다. 이런 걸 뭐라 정의할 수 있을까? 절망, 좌절, 분노, 허무, 증오…. 아마 그 어떤 단어로도 지금 내 마음을 정의할 수 없겠지. 기껏 살아 있는 내게 붙여진 이름이 그 사람과 같은 이름이라고. 내가 겪어온 모든 고통 끝 존재하는 게 그 사람과 같은 취급이라고. 내 삶의 점수가 그 사람과 같은…!

아니, 그 전에 그 사람이 신?

신씩이나 돼? 그렇다면 신이 뭔데. 당신들이 말하는 신이란 건 뭔데? 거짓말이지? 어떻게 신이라는 단어 하나만으로 사람의 세상을 좁아지게 할 수 있어? 내가 제인을 만나서부터 매일같이 했던 마지막 희망이 되어달란 그 말. 신을 향해 했다고 생각했던 때가 있었는데, 사실 그게 L을 향한…. 무슨 그런 모순이 있지? 아니지, 내가 지금 뭘 생각하는 거야. 애초부터 L 그 인간은 신이 아닐 텐데!

"그 사람은 신이 아니죠…."

"무슨 소리야. L 님은 모두가 인정하는-."

"아니라고!"

나는 그렇게 말하며 앉은 채로 손에 쥐었던 눈을 그의 얼굴에 뿌렸다. 곧 녹아 액체가 되어 그의 얼굴을 적실 때까지, 그는 아무 말도 하지 않았다. 이윽고 하얀 눈이 물로 녹아 거두어질 때. 나는 Q가 시린 눈을 맞고도 눈 하나 감지 않았음을 알아채고 소름이 돋았다. 꽉 쥔 주먹 속 만들어진 눈 뭉치에는 나무껍질이라든지 먼지라든지 여러 이물질이 있었을 테고, 그것이 전부 눈에 들어갔을 텐데. 그는 공포스러울 정도로 두 눈을 똑바로 뜨고 나를 바라보고 있었다.

"…."

"…미, 미쳤어."

"로드."

"너는 정말, 정말 완벽해! 너는, 너는 더할 나위 없는 적격자야. 완벽해…."

그는 그렇게 말하며 비정상적으로 얼굴을 붉혔다. 나는 그대로 완전히 주저앉은 채로 뒤로 약간 물러섰다. 그건 미쳐버린 듯한 그로부터 멀어지기 위한 하나의 방어가 되기도 했다.

"전에도 이렇게 L 님이 내게 눈 뭉치를 던진 적 있어……. 그때는 내가 신입이었을 때인데, 의도치 않게 그분의 분노를 사버리고 말았지. 그분은 너무도 고매하셔서, 아이들과 눈싸움하는 것을 핑계로 돌과 가시를 넣은 눈 뭉치를 내게 던졌어! 그때는 그분의 걸음조차 무의식에 쫓을 때여서, 어느새 정신을 차려보니 나와 L 님 둘 뿐이었지. 너무너무 아팠지만 솔직히…."

"…."

"황홀했어!"

그는 그렇게 탄성을 내뱉듯 말하며 자신의 젖은 이마를 거두어 무언가를 보여주었다. 나는 새어 나오는 숨소리조차 두 손으로 막아버린 채로 그것을 보았고, 그것은 정말 깊게 파인 상처의 흉터였다. 흉터가 진하게 남은 것을 보니 출혈의 정도가 심상치 않았음이 분명하다. 그런데도 황홀했다고?

"그러니까 너는, 너는 정말 대체할 수 없어. 그 누구도! 너는 완벽한 적격자이자 신이고, 또 L 님인 거야. …하, 대단해!"

그는 홍조보다 더한 색감의 열기를 띠고 있었다. 섬뜩하리만치 그 모습이 기이하게 느껴졌다. 당장이라도 그 사람으로부터 도망쳐야 할 것 같은 분위기였지만, 겨울의 추위와 그가 내뿜는 광분에 발이 묶여 움직여지지 않았다.

"내가 너무 흥분했지, 로드. 몸은 괜찮은 거야? 저런, 많이 놀랐구나! 하긴, 받아들일 때까지는 시간이 필요한 법이야. 그럼 혼자서 생각할 시간을 줄게, 갈 때까지는 조용히 걷자!"

그는 그렇게 말하며 숙인 상체를 들어 올리고 내게 손을 내밀었다. 나는 곧바로 그 손을 잡지 못했다. 이내 막은 두 손이 호흡까지 불안정하게 만들어 버렸다는 사실을 자각하고 나서야 혼자서 땅을 짚고 일어섰다.

내가 일어난 모습을 보고 그는 나름대로의 미소를 지으며 다시 뒤돌아 걸음을 옮겼다. 나는 또 한참을 망설이다가 그 뒤를 따라 걸었다. 나는, 그의 뒷모습조차 보는 것이 힘들어서 나는 바닥만을 보고 걸었다. 그러다가 마침 고개를 들면 그가 한껏 흥분된 얼굴로 웃으며 내 눈앞에 있을 것만 같을 예감이 들기도 했다.

손을 떼었는데도 불안정한 호흡과 함께 나는 서늘한 바람이 부는 추위 가득한 거리를 걸었다. 스스로를 안정시키려 애쓰며 한참을 걸었을 때, 그제야 나는 모순적이게도 흐릿하게 보이는 익숙한 건물에 안식을 느낄 수 있었다.

나는 앞서 걸어가는 그를 제치고 그곳으로 있는 힘껏 달렸다. 그렇게 되면 숨이 차 호흡이 가빠질 것은 물론이고, 몇십 분 전부터 몰려오던 두통도 심해질 것이며, 이 역겨움은 L을 마주한 뒤 극에

달해버릴 것이 분명했지만, 미치광이를 길잡이로 두고 걷는 것만큼 사람을 불안정하게 만드는 일은 또 없다고 느꼈기에 그랬다.

참, 새로운 걸 많이 배워가네, 그래!

나는 그 속도를 유지하고 건물의 입구까지 다다르는 것에 성공했다. 나는 그가 나를 따라오는지의 여부도 확인하지 않고 그대로 침실까지 달려가 침대에 안착했다. 퍼런 얼굴을 하고 들어오는 나를 이상하게 여기는 아이들의 시선이 차가운 내 몸을 찔러댔지만 개의치 않았다. 그대로 이불을 덮어쓰고 한동안 하얀 색감 외에 아무것도 시야에 들여보내지 않을 터였다.

아마 한동안 그러고 있었을 테다. 시간은 곧 중간 휴식 시간을 향해 다가갔고, 나는 여전히 이불 속에서 어떤 생각에 잠겨 있었다. 외투를 여전히 벗지 않은 채, 외투 주머니에 넣은 제인의 일기장의 존재를 반복적으로 확인하며.

그러다, 방문 밖에서부터 들리는 아이들의 수다 소리와 창문 밖에서부터 들리는 술래잡기 하는 아이들의 웃음소리를 들으니 무언가 번뜩이며 생각이 났다. 나는 꼭 감고 있던 두 눈을 뜨며 머릿속 떠오르는 생각들 속 하나만 꼽아보았다. 지금이 몇 시지!

그제야 이불을 걷고 시계를 보았다. 오랜만에 환한 빛을 시야에 담자니 눈에 무리가 가서, 시계 분침까지 집중하는 데에 꽤나 시간이 걸렸다. 그리고 알게 되었다. 지금은 1시 11분…. 중간 휴식 시간이 끝나기까지 19분밖에 남지 않았다. 레오. 그 사람을 보러 가야 해. 도서관으로!

어쩌면 내가 아이들의 소란스러운 소리로부터 그 사람을 떠올린 것은, 역설적인 향수 작용 중 하나이겠지. 나는 그런 생각이 들자마자 곧장 자리에서 일어섰다. 외투 지퍼를 끝까지 잠가 올린 채, 나는 침실 문턱을 건넜다. 그러자 휘청거리는 자신의 불안한 걸음걸이가 느껴졌다. 아직 충격이 전부 가시지 않아 제대로 몸을 가눌 수 있을 정도가 아니었다.

그러나 이곳에서 미룰 수 있는 일 따위 없다. 오늘이 아니면 어쩌면 다시 찾아오지 못할 기회, 또 보지 못할⋯ 수 있는 사람들만이 이곳에 있기에. 나는 이제 그 사실을 알기에 무거운 몸을 이끌며 무사히 입구까지 걸음을 옮겼다.

쌓인 눈은 아침보다는 확실히 녹아 있었고, 하늘은 아직도 개어 있지 않았다. Q를 비롯한 다른 교원들은 야외에 있지는 않은 듯했고, 나는 곧장 나 있는 길을 찾아 도서관으로 향했다. 그러나 중간에 길이 끊겨 있었다. 아직도 녹지 않은 눈의 두께는 높았고, 심지어 완전한 그늘 지대에서는 무릎까지 모두 담가야 걸을까 말까 한 정도였다. 그러나 멈추지 않았다.

"⋯하아⋯."

왔다.

도서관이 보였다. 저 3층 외곽 그 자리에 레오가 있다. 그렇게 확신하며 나는 도서관 3층까지의 계단을 안간힘으로 올랐다. 추위에 얼어버린 손발이 이제 제대로 쓰이지도 않아 신체는 이미 불능의 상태였다.

내가 왼쪽, 그가 항상 위치해 있는 공간으로의 모퉁이를 돌려 할 때.

상체를 반쯤 숙인 내 머리가 누군가의 가슴팍을 세게 쳤다. 부딪힌 것 보다, 친 것에 가까울 정도의 타격감이었다.

"아, 죄송⋯."

"로드!"

내 또래답지 않게 낮은 목소리. 그 소리가 들리고 나서야, 그제야 몸에서 힘을 뺄 수 있었다.

"왜 하필 이런 날에."

레오는 그대로 나를 부축하고 그의 자리까지 안내해 주었다. 그가 매일 앉아 있던 여러 겹의 담요가 쌓인 자리, 이제는 내가 그곳에 앉은 채 있다. 그는 또 끊임없이 나오는 담요를 내게 걸쳐준 뒤 창문 사이로 약간의 한기라도 들어오지 않게끔 하기 위해 재차 잠금을 확인하며 문을 모두 닫았다.

"오늘 퇴원한 거야?"

"네."

"그럼 오늘은 좀 쉬지."

"할 말이 있어요."

그 말에 레오도 한쪽 무릎을 바닥에 대고 나와 눈높이를 맞춰주었다. 아마 그 사람은 내가 무슨 말을 할지 반쯤 예상하고 있는 것 같았다. 입이 간질거리는 것같아 보이는 게, 마치 미리 할 말을 준비하고 있는 사람 같았으니 말이다.

"⋯제가 신인가요?"

표정 변화 하나 없이 나를 보고 있었다.

"⋯대답해 봐요! 알 것 같은데. 아니, 알고 있잖아요?"

그러나 아무리 재촉해도 그는 쉽사리 입을 열지 않았다. 내가, 그가 예상했던 말과 다른 말을 꺼낸 것은 아닐 테다. 그렇다면 그 목 끝까지 차오른 것만 같은 말을 하지 않는 이유는 뭔데!

"어서. 아니라고 해, 아니잖아."

"왜 그렇게까지 부정하는 거야?"

"부정하는 게 아니야!"

"너는 이곳에서 그들의 신이야. 그렇게 되어버릴 거야."

역겨워.

이곳에서의 기준에서 가장 좋은 수치를 달성했다고 신이라는 호칭을 부여해 주는 거, 알겠는데. 이곳이 뭔데 그런 호칭을 멋대로 부여해 주는 거야? 그렇게 잘난 곳도 아니잖아, 대단한 곳도 아니고! 그저 Q 같은 미치광이들이 모인 곳일 뿐이지.

"탁월하게 높은 지능, 완벽함에 가까운 인간성, 절대적인 선함, 타의적인 태도, 그 외에도 신체 능력 등 긍정적으로 평가할 수 있는 부분에서 최대치를 받은 이들을 적격자라 해. 네가 그런 사람인 거야."

레오가 말했다.

"그렇다면 L은, 그 사람은 그 조건을 모두 충족해서 신이라 불리는 건가? 하지만 그 사람에게 인간성과 선함, 타의적 태도는 대체 어디서 발견할 수 있는 건데? 잘못됐잖아. 그렇다면 그 사람은 신이 아닌 거지!"

"…누가 그 사람더러 신이래."

"당신도 역시 아니라고 생각하지? 거봐, 모순덩어리야…."

레오는 L이 20년 전 나와 같은 평가를 받은 사실을 모르고 있었던 것인지, 그의 이름을 꺼내자마자 그의 표정이 곧장 싸늘해졌다. 이윽고 발화점을 예측하지도 못할 만큼 깊은 분노를 느끼는 표정을 지었고, 그 모습에 나조차도 몸을 움츠렸다.
　"중간 휴식 시간 종료 5분 전입니다."
　안내 방송이 울렸고, 나는 자리에서 천천히 일어났다.
　"…이만…."
　레오는 그 자리에 계속 같은 자세로 있었다. 내가 문에 다다르고 뒤를 돌아봤을 때까지 여전히.
　레오에게 가면 무언가를 알아낼 수 있을까 생각했지만, 생각보다 승산이 있는 대화는 아니었다. 기껏해야 얻은 정보라고는 그 대단하신 적격자의 기준뿐이었다.
　그렇다면 내가 유일한 단서를 찾을 수 있는 곳은,
　제인의 일기장뿐이다.

─── 건물에 도착하자마자 침실로 향해 일기장을 펼쳤다. 물론 펼치기 전에 주변을 둘러본 뒤 아무도 없는 것을 확인했고, 그 붉은 얇고 작은 광선이 나를 비추지도 않는지까지 확인했다.

나는 회복이라는 사유로 한동안 수업을 듣지 않기로 했기에 요며칠간은 제인의 일기장을 끝까지 정독할 수 있으리라.

마지막으로 읽은 곳은 7월 8일. 뒷장으로 넘겼다.

7월 9일
로드가 울었지만, 오늘은 양호.
확실히 회복이 빠른 아이다.
모두 그만큼의 용기가 있기 때문이겠지.

…

7월 18일
진.
도서관 그 남자애.

7월 19일

레오와 만남.

그에게선 알 수 없는 나무껍질의 향기가 난다.

자주 아프다고 함. 피아노를 잘 치는 듯. 책을 좋아하는 것 같음.

…

리지, 그의 동생, A 구역의 탈락자….

그치만 레오 너는 살아야지.

내 욕심이지만.

7월 20일

로드가 내게 서운한 마음이 있어 보인다.

미안해!

7월 22일

도서관.

7월 23일

로드가 눈에 띄게 달라졌다.

.

.

.

그 뒤로 8월 중순까지 비슷한 흐름이었다. 딱히 눈에 띌 만한 이야기가 없었기에, 나는 두어 번씩만 반복으로 읽은 뒤 넘겼다.

8월 19일
디저트 딸기 크레이프.
로드.

8월 20일
오늘도.
두통과 복통.

8월 22일
생크림 케이크.
착란 증상….

8월 23일
여기는 교육원.
나는 제인.
로드 레오 그리고 L.
밤에 나가지 말 것.
아침에 일어날 것.

8월 25일

그치만 로드 너는 아니어서 다행이야.

그리고 그 옆에 메모지가 붙어 있었다.

에스레이폰 두통 복통 등 통증 유발.
와이솔 환각 환청 유발.
페리듐 수면 유발.
랩 일시적 시력 청력 등 증가.
…

그리고 작은 글씨로 적힌 문장.

'약물명, 증상 순서. 도서관 자료 이용. 레오와 함께. 불일치 가능성 존재'

    나 또한 제인과 비슷한 약물이 담긴 디저트를 먹었을 것이다. 그런데 제인은 그것을 곧이곧대로 받아들이는 것이 아니라, 상황을 조금이라도 타개할 방법을 찾고 있었다니. 이 눈물의 의미는, 과거 자신을 향한 회의감과 제인을 향한 그리움일 것이겠지.
    그리고 마침내 시험 때, 그 일기를 찾아낼 수 있었다.

9월 8일
시험.

…의 죽음.
약물 부작용으로 인한 집중력 강화
최고점자….
머리가 잘린 이유는….

이상하게도 누구의 죽음인지, 그것을 밝혀놓지 않았다. 그러나 예전에 제인과의 대화에서 시험 때 자신 때문에 목숨을 잃었다고 한 B 구역의 아이가 있다고 들은 것, 어렴풋이 기억나는 것도 같다. 그때조차도 제인은 그 말을 하면서 괴로워했는데, 일기는 당일에 쓰는 것이니 이때도 괴로움에 힘들어서 그런 것이겠지.

9월 10일
디저트가 끊긴 지 3일째.
로드가 신의 적격자라고, 레오에게서 들었다.
아무쪼록 그 애는 여러모로 탁월함을 갖춘 아이이긴 하다.
그러나 '신의 적격자'라는 말이 조금 웃기지 않나?

9월 1?일
L에게서 단검을 받았다.
붉은 리본 장식의 은색 단검.
.
.
.

10월 20일

그동안 일기를 잘 쓰지 못했다. 마지막 일기가 10월 1일.

특별히 무슨 일이 있었던 것은 아니다.

디저트 타임 9월 중순부터 재개.

10월 23일

로드, 그렇지만 나는 너를 믿어! 오늘도 사샤에게 책을 읽어준 것을 보았어.

시몬에게도 그렇고 말이야. 어제까지만 해도 침울해 보였는데 정말 다행이지, 역시 너는.

10월 25일

로드,

너는 신이 아니야.

그 이후로 일기가 끊겼다.

19

무제; 그들로부터

　로드는 그 일기의 마지막 대목을 보고 놀랄 수밖에 없었다. 그 일기장은, 상황에 중심이 될 만한 이야기보단 전혀 관련 없는 이야기들의 일기가 눈에 띄게 많은 일기장이었다. 그러나 중간중간 그의 눈길을 끌어 네다섯 번씩이나 읽게 만드는 구절만 로드는 머릿속에서 되새기며 각인시켜 왔는데, 그중 로드는 10월 25일 그 일기도 기록도 아닌 구절만은 열 번으로도 모자랄 만큼 많은 횟수로 머릿속에 각인시켰다.

　너는 신이 아니야.

　마치 모든 것을 알고 있는 사람처럼, 제인은 언젠가 이런 문구를 일기장에 남겼다. 마치 언젠가 로드가 이 일기장을 자신이 없는 새에 펼치게 될 것이라는 미래를 미리 예측이라도 한 것처럼, 그 전날 기록의 문구와는 전혀 조화롭지 않은 문장이기도 했다.

지금 로드에게서 가장 필요한 의문을 해결하는 일을 그 누구도 아닌 제인이 해준 것이다. 심지어 살아있지도 않은 사람이 말이다. 로드는 한동안 아무도 없는 침실에서 그 페이지를 펼친 채 그 구절을 향해 소리 없이 울부짖었다. 로드는 속으로 안심했다. 나는 신이 아니야. 그래, 나는 신이 아니지. 라는 말을 곱씹으면서 말이다. 어쩌면 그는 자신의 주변인들을 지키지 못한 죄책감이, 신의 적격자라는 사실이 있었기에 더 강하게 와닿아 그를 괴롭혔던 것은 아닐까? 그는 그러다가 제인이 나를 단순히 위로하기 위해 한 말은 아닐까 걱정하기도 했지만, 그 걱정은 아주 잠깐 존재했다 곧 사라졌다. 왜냐하면 로드의 기억 속 제인은 자신에게만큼은 표면적인 위로는 하지 않는 사람이었기 때문이다. 그랬기에 로드는 그 구절에 자신의 모든 것을 쏟아낼 수 있었다. 이를테면 증오, 미련, 아픔, 원망, 근심, 염려 같은 부정적인 것들을 말이다. 물론 그중 여럿은 제인은 향한 애틋한 감정이기도 하고, 또 여럿은 L을 향한 혐오의 감정이기도 했다.

물론 그 구절에 모든 신뢰를 쏟기에는 조금 이른 감이 있었다. 하지만 로드는 알면서도 그 구절은 충분히 자신을 구원해 줄 수 있다고 믿었다. 마치 처음 본 제인에게 온 마음을 주었던 것처럼. 그러니까, 이제 그 누가 로드에게 신이라고 하여도 로드는 그 사실을 귓등으로만 듣고 넘길 수 있으리라.

로드는 아이들의 수업 시간이 끝나고 저녁 식사 시간이 찾아오는 저녁 7시까지 그렇게 울고만 있었다. 수업이 끝난 아이들이 돌아왔을 때 로드는 이불을 뒤집어쓰고 뜬 눈으로 여전히 질리지 않는 그 구절만을 바라보고 있으면서, 아이들에게는 자는 척을 해 보였다. 아이들은 로드를 건드리지 않았다. 오히려 자는 로드를 위해 들어왔다가 다시 나가기도 했다.

그는, 오랜만에 피곤함을 느꼈다. 현재 시각은 7시가 확실하고, 심지어 완전히 달이 떠오르지도 않았다. 그러나 오랜만에 그는 진정한 피곤함을 느꼈다. 그건 그동안 등에 짊어지고 있던 무거운 짐을 내려놓은 것 같은 후련함을 무의식에 느끼고 있었기 때문이었다.

로드는, 일기장 그 구절에 책갈피를 달아놓은 뒤 외투 안주머니에 다시 비집어 넣어 보관했다. 그리고 나서 잠에 들었다. 로드는 꽤나 오랜 시간 깊은 잠을 잘 수 있었다. 아이들의 저녁 식사 후 수업이 끝나고 나서도, 아이들 또한 잠에 드는 시간인 10시까지도 그는 내내 잠만 자고 있었다. 그런 깊은 잠 속에서 로드는 여러 번 꿈을 꾸었다. 그 꿈은, 옛날 자신이 제인을 처음 만나고 나서부터 창문을 바라보며 기도했던 자신을 지켜보는 내용의 꿈이었다. 로드는 그런 자신을 먼발치에서 바라보았다. 기도를 하는 그의 눈은 희망과 기대감으로 가득 차 있었다. 지금 자신의 눈은 공허와 허망뿐인데. 그 눈을 보며 꿈속의 로드는 중얼거렸다.

"나는, 내가 저 때도 지금과 같은 눈을 하고 있는 줄 알았어."

로드는 그렇게 말하며 고개를 돌렸다. 고개를 돌린 곳에는 제인이 있었다.

하이얀 원피스를 입고 있었다. 그 옷은 언젠가 그녀의 옷장에서 본 적이 있었기에 제인의 옷이 분명했지만 제인이 절대로 입지는 않던 옷이었다. 이유는 아직까지도 모른다. 추측하건대 아마 제인은 하얀색을 싫어했기 때문이 아닐까.

"제인."

"로드, 오랜만이야. 그동안 많이 애썼나 보네."

"나는 이제 어떻게 해야 해요?"

"로드는 어떻게 하고 싶어?"

제인의 그 물음에 로드는 한참을 망설였다. 망설이는 동안에는 다시금 기도하는 자신의 모습을 바라보았다. 그렇게 바라보고 있다가 로드는 몸을 움찔거렸다. 방금까지만 해도 기도를 하던 자신이, 어느새 여름의 풀숲을 걷고 있는 모습으로 바뀌었기 때문이었다. 그뿐이 아니었다. 풀숲을 산책하는가 하면, 제인과 시원한 선풍기 바람을 맞으며 과일을 먹기도 하고, 여전히 시선은 제인을 향한 채 다른 아이들에게 둘러싸여 그들의 책을 읽어주기도 했다. 그 외에도 자신이 보낸 수많은 시간이 고작 1분 남짓의 시간으로 흘러간 느낌이었다.

"보여?"

"…네."

"넌 네가 원하는 것 뭐든지 될 수 있어."

"그게 수다쟁이든, 과묵한 사람이든, 낙천적인 사람이든. 그렇게 무엇이든지 될 수 있는 사람에게, 찰나의 절망과 애통이란 장애물이 되지도 않아."

"저는 그런 사람이 아니에요."

"보인다며, 로드. 저기에서 웃고 있는 네가."

"네가 나아질 수 있었던 건 내가 있었기 때문이 아니야. 그만큼 너의 의지가 강했다는 것을 의미하는 거지. 무의식 속 너는 수다쟁이에 감정이 풍부하고, 밝은 사람이 되고 싶어 했으니까."

"사람은 네 말대로 모순덩어리고, 완전한 존재가 아니야. 가끔은 이것을 원했다가, 또 가끔은 저것을 원하면서 원래 바랐던 것을 까맣게 잊기도 해. 그렇기에 사람은 무엇이든 될 수 있는 거야. 너도 물론, 마찬가지고. 지금도 너는 무언가를 바라고 있지 않아? 그 안에서, 무언가를 열망하고 있잖아."

"그것이 뭐라던?"

로드는 장갑을 낀 두 손으로 주먹을 꽉 쥐었다. 제인의 말이 모두 끝나고, 이제 대답하려 그가 입술을 움직일 때. 그는 잠에서 깨었다. 잠에서 깬 그는 방금 있었던 일이 꿈이라는 사실을 자각하는 데에 꽤 오랜 시간이 걸렸다. 여전히 방에는 아무도 없었다. 그리고 여전히 외투 속 두꺼운 일기장의 무게가 느껴졌다.
그리고 그 안, 더 깊숙한 곳에 그 어떤 것보다 무거운 무게의 이야기가 하나 있었다.
이곳에서 나가고 싶어. 제인을 보고 싶어. 아프고 싶지 않아. 힘들고 싶지도 않아.

그런 것들 뒤에, 가장 두터운 말 하나.

L을 죽이고 싶어….
내 손으로, 나만의 계획으로, 직접.

그리고 그는 달력을 보았다.
2205년 1월 1일이었다.

20
무제; 그들로부터

그는 열흘에 가까운 날을 잠으로만 때웠다. 물론 며칠은 깨지 않는 유일한 적격자를 걱정한 교원들이 와서 그가 숨을 쉬고 있는지 검사하기도 했다. 그러나 당연히 로드는 숨을 쉬고 있었다. 그는 그저 단순히 잠을 잔 것뿐이니까 말이다. 교원들 중 몇은 저러다가 식물인간 상태라도 되는 것 아니냐고 했지만, 그럴 때마다 L은 그저 내버려두라고만 지시했기에 그들도 그 말을 따를 수밖에 없었다.

그리고 마침내 로드가 잠에서 깨었을 때. 그는 제일 먼저 열흘간의 꿈을 정리하는 일을 시작했다. 물론 머릿속으로만 정리하기에는 까다로웠다. 솔직히 따져보자면, 생생하게 남은 정도의 꿈은 첫날 제인을 만난 것뿐이었고 그 밖의 꿈들은 흐릿하게 떠오르는 것뿐이었다. 그래서 로드는 외투 속, 자신과 함께 열흘을 잔 일기장을 꺼냈다.

그리고 그 물론 첫 24면은 천천히 넘겼고, 그 뒷장부터 지긋이 바라보았다. 2204년 1월이라 쓰여 있었다. 그는 잠시 고민하다가 2204의 4에 엑스 표시를 긋고, 5로 고쳐놓았다. 그리고 우측 상단 이름을 적는 칸에 'Jane'이라는 이름을 바라보았다.

그는 결코 그곳에 엑스 표시를 긋지는 않았다. 그저 그 이름이 적힌 바로 아래에 자신의 이름을 적을 뿐. Lord, 라고 말이다.

그리고 1월 1일 칸에 그간 꿈 이야기를 정리했다.

그중 가장 진한 글씨로 많은 분량으로 적혀 있던 것은 당연하게도 첫날의 꿈이었고, 그다음 나열된 이야기는 그리 흥미로운 이야기처럼 보이지는 않았다. 굳이 꼽아보자면 제인과 레오가 장갑을 만드는 모습을 지켜보았다든지, 제인이 L에게 험한 짓을 당하는 모습을 지켜보았다든지. 극악의 상황에서는 제인이 죽는 모습까지 꿈에 그려지곤 했다. 하지만 그럴 때마다 로드는 할 수 있는 일이라곤 바라보는 것뿐이었기에 그는 자주 극심한 괴로움을 느끼곤 했다.

그러다 아흐레에서 열흘로 넘어가는 그 밤에, 그는 드디어 자신의 의지대로 행동할 수 있는 꿈을 꿀 수 있게 되었다고 적어놓았다. 그건 그가 가장 바라고 바라던 일이었다. L을 죽이는 것, 말이다. 지금껏 자신과 제인을 힘들게 한 만큼 그의 배로 L을 잔인하게 살해하는 모습이 선명했다고, 그렇게 감상을 적기도 했다.

그리고 그 옆에 조금 더 큰 글씨로 문장 하나를 더 적었다.

<- 목표

그 뒤 로드는 우선 자리에서 일어났다. 오랜 긴 잠을 자고 난 뒤라 두통이 극심했고 어지럼증 또한 고사했지만 꾹 참고 일어나, 화장실로 향해 세수를 마쳤다. 그런 다음 아직 깨지 않은 아이들 사이를 사뿐히 걸어 다니며 그들을 보았다. 본 것보다는, 관찰하는 것에 가까울 만큼 말이다.

정신병동으로 옮겨졌을 때보다 아이들이 더 적어지거나 많아진 것 같지는 않았다. 하지만 이것은 그에게 안심을 가져다주진 못했다. 그의 목표는 궁극적으로 L을 살해하는 것이지만, 그러려면 우선 이곳의 아이들부터 어떻게 해야 하는 것이었다. 그는 문득 일기장에 적혀 있던 내용을 떠올렸다. 레오의 탈출 계획. 그것은 제인의 필체로 쓰이지 않은 유일한 페이지였다. 그랬기에 로드는 그때 그저 가볍게 넘겼다. 그에게 우선순위는 제인이 쓴 것이었으니 말이다. 하지만 지금에서야 그 문구가 뇌리에 스쳤다. 그는 다시 일기장을 펼쳐보았다. 그리고 정확히 기억하는 제인의 필체가 아닌 부분, 그곳을 열어보았다.

리지의, 레오와 리지, 아니, 레오의 탈출 계획

탈출구는 오직 하나, A 구역에 근접해 있는 중앙 구역 교장실이다. 교장실은 탈출구, 즉 그들이 교육원 밖으로 이동할 때 사용하는 통로가 하나 있다. 그 통로는 열쇠나 지문으로 열리지만, 이는 불가능에 가깝기 때문에 다른 방법을 이용할 것이다. 따라서 먼저 해야 할 것은 근접하는 일.

  남쪽이든 동쪽이든 우선 달려라. 그럼 울타리 하나가 보일 것인데, 그곳에 가서 내가 미리 세운 대책을 따라 하여 대비하라. 그럼 그곳에 전기가 통하는 경비가 발동될 것이고, 그 경비 신호를 알아챈 이들이 그곳으로 몰릴 것이다. 그 틈을 타 중앙 구역으로 달리면 된다.

  그다음은 교장실 안으로 들어갈 방법.

  그 방법은-

최종 작성일 2204년 10월 10일

  그 내용을 마지막으로 더 이상 쓰인 것이 없다. 아마 제인의 일기장이 아니라 레오가 따로 가지고 있는 공책이 있다면, 그곳에 나머지 내용이 존재할지도 모르겠다. 로드는 그렇게 생각했다. 그리고 그는 그 전에 탈출 계획이란 것이 있었다는 사실에 놀람을 금치 못했다.

  그리고 그다음은, 제인과 레오가 언제 이런 계획을 세웠는지에 대해 생각했다. 제인이 그때 모두 말해주겠다고 한 것은 거짓말이었구나. 그러나 분명 거짓말이라는 사실을 알아챘는데도, 로드는 그 어느 때처럼 제인이 밉지가 않았다. 되려 고마웠다. 로드 스스로도 안 것이다, 지금 아닌 다른 때에 일찍 알았더라면 현재만큼의 위안을 받지 못했으리란 것을.

  이제 자신이 해야 할 일은 단 한 가지뿐이었다. 제인과 레오의 과거 계획을 바탕으로 자신의 힘으로 L을 죽이는 것. 그러고 나서, 레오의 원래 계획대로 이곳을 탈출하는 것. 이 길이 가장 이상적인 길이겠지만, 분명 순탄하지는 않을 것이다.

때문에 로드는 이 길을 조금이라도 여유롭게 만들어야 한다. 그는 여전히 내키지는 않지만, 제인이 그랬던 것처럼 이제 매일같이 도서관을 가야 했다. 그래야 할 이유가 생긴 것이다.

2205년 1월 1일. 도서관 방문 일지
레오를 만났다.

먼저 그는, 계획의 나머지 같은 것은 없다고 했다. 제인이 죽고 나서 자신조차도 더 이상 기력이 없어져 계획을 짜는 일 따위 그만두고 싶었다고. 레오는 그렇게 말하면서, 이제 내가 있으니 다시 계획을 다듬어보자고 말했다.

먼저 그는 계획에 대해 설명해 주었다. 설명하면서도 몇 번씩이나 '리지'라는 이름을 강조했다. 내게 제인 같은 존재일까, 그만큼 레오에게 소중했던 존재일까. 리지라는 아이는.

그리고 그가 아는 한 이곳의 교원들의 특징에 대해서도. 레오가 말하기를, A 구역의 L을 제외하면 그렇게까지 강력한 적수는 사실상 이곳에 존재하지 않는다고 말했다. 이곳의 사람들도 어쨌든 간에 인간이니까, 라며 말이다.

그러나 레오도 아직 교장에 대해서는 모른다고 한다.

오늘은 이것으로 끝.

1월 2일
탈출 일자 변경.

1월 31일에서, 2월 19일로 변경되었다.

그리고 한 가지 의문점. 레오는 어떻게 이곳의 시설을 잘 파악하고 있는 거지?

1월 3일

질문에 대한 답을 들었다.

"내가 도서관 몇 년씩 오면서, 이런 것 정도도 몰랐으면 헛수고지. 그리고 B 구역의 사람들은 대체로 멍청해. 잘 돌려서 말하면, 정보를 얻는 것만큼 쉬운 게 없다. 알고 보면 이들만큼 불완전한 인간들이 또 없지. …그리고, 리지의 공도 크고."

1월 4일

그가 입을 열었다. 제인이 어떻게 죽었는지.

그런 말을 하는 레오의 표정이 꽤나 험악했다.

그리고 북쪽으로 걷다 보면 오두막 하나가 있는데, 그곳에 아이들의 유품이 존재한다고 했다.

아마 이제는 제인의 것도 있겠지.

1월 5일

오늘로부터 수업에 다시 들어갔다.

그리고, 중간 휴식 때 L이 나를 호출하는 바람에 오늘은 도서관을 갈 수 없었다. L은 별다른 말 없이 가벼운 안부를 물었다. 나는 목 끝까지 올라오는 분노를 애써 참으며 겨우 대답했던 것 같다.

입 다물라고, 말이다.

이후에도 로드는 자신의 감정을 비롯한 하루 동안 있었던 일에 대해 기록을 남겼을 것이다. 그러다 가끔, 기록하는 일조차 다음 날로 미룰 정도로 견디기 힘든 하루를 보내면 로드는, 그의 나름대로 위안을 얻기 위한 하나의 의식을 치렀다. 그것은 대단한 것은 아니었지만, 일기장에 제인을 그리는 것이다. 기록한 날 칸에, 조금의 공백이라도 허용하지 않는 것처럼 꽉 채워서 말이다.

1월 20일
L과 대화를 나누었다.
그는 한동안 제인의 이름을 꺼내지 않다가, 오늘 다시 그녀의 이름을 꺼냈다. 제인이 마지막으로 뭐라고 한 줄 아느냐고, 말이다. 그 말에 나는 알면서도 대답하지 못했다. 레오에게 들은바, 제인의 유언은 우리더러 꼭 살아남으라는 것이었다고 했다.
내가 대답하지 않자 L이 말했다. "제인의 유언껏 살아남으려면, 적어도 내 눈밖에 드는 일은 하지 않아야지, 로드. 레오와 함께 또다시 재밌는 일을 꾸미고 있는 것 같던데, 그렇지 않니?"
협박이었다.
화도 나지 않았다. 그저 살의를 굳게 참을 뿐.
(그 양옆, 위, 아래에 제인의 초상이 가득하다)

로드가 기록한 것처럼, 그는 실제로도 L과의 대화에서 그렇게 화를 내지 않았다. 분노를 느끼기는 하였지만, 주체할 수 없을 정도의 분노를 느끼지는 않은 것이었다. 로드에게는 확실한 강점이 있다면 그것이었다. 바로, 한계치를 넘어섰을 때의 분노를 억누를 수 있는 것. 사실 억누른다기보다는, 로드는 그 이상을 넘어선 분노는 느끼지 않는다는 표현이 어울린다. 그때가 되어서 로드는 (殺)살의, 살기, 살심 따위를 느낄 뿐이었다. 이 성격과 반대되는 사람이 그의 곁에 하나 있기도 하다. 그건, 레오다. 레오는 평소에 이성적이고 냉정한 성격을 가졌지만, 한계치를 넘어서면 그 안에 있는 모든 감정이 전부 분노 따위의 격양된 감정으로 바뀌어 버린다. 따라서 서로의 감정적 공백을 채워줄 수 있는 둘이 함께 움직인다면, 그만큼 좋은 편이 없을 것이라고, 전에 제인이 말한 적 있다.

그런 점에서 로드는 자신이 L을 죽일 수 있을 것이라고 더더욱 확신했다. 그가 이룰 수 있다고 확신하는 몇 안 되는 목표들 중 하나였다.

"제인이 그렇게 말했으니까…."

그는 여전히 떠올렸다. **너는 신이 아니야.** 그 말은, 꿈속 제인이 이미 말했던 것처럼 우리는 불완전한 인간이므로 무엇이든 할 수 있고, 또 될 수 있다는 의미를 담고 있었다. 동시에 로드에게 안식을 주며 말이다.

로드는 날이 갈수록 나름의 준비를 마쳤다. 레오 또한, 로드의 목표를 아주 잘 알았기에 그를 돕는 일을 망설이지 않았다. 우선 로드는 L보다 덩치와 체격의 측면에서 불리하다. 그랬기에 로드는 자주 레오의 소개로 체능에 뛰어난 아이들과 함께 운동을 하고, 그들에게서 나름의 훈련을 받았다. 이때 레오는 몸이 허약해서 함께 하지 못하는 것이 한이라고, 그렇게 농담하기도 했다.

그렇게 로드는 그야말로 만반의 준비를 했다.

그리고 그런 준비를 하는 로드를, L은 가끔 창문 너머를 바라보고는 했다. 늘 그랬듯 붉은 허브 티가 담긴 찻잔을 손에 쥐고, 입가에 희미한 미소를 띤 채, 여유롭게 바라보았다. 말하자면 L은 로드의 계획을 진작에 파악했으리라. 하지만 이에 대해 아무런 대처도 할 수 없었던 이유는, 그가 하나뿐인 적격자이기 때문이었다.

따라서 L은 자신을 살해하려는 그의 계획을 알고도, 그중에서도 가장 나약한 말의 힘을 쓰는 것 외에는 달리 할 수 있는 것이 없었다. 제인에게 했던 것처럼, 대놓고 칼로 위협한다든가, 다른 목숨을 이용해서 정신을 해친다거나, 나아가 육체를 해치는 일까지 하기에는 L도 그에 따른 대가가 주어질 것이기에 쉽사리 그러지 못했다. 그 점에서는 이 교육원에 충실한 태도를 보이는 L의 신조가 관여했다. 윗사람의 말을 절대적으로 따르는 것, 그는 교장의 지시를 따르고 있었다. 교장 또한 그런 L의 충심을 마음에 들어 했기에, 예술가가 영감이라도 받은 것마냥 교장은 L의 신조일 뿐인 것을 이 교육원의 교원 방침으로 정하기도 했다.

윗사람의 지시에는 절대적으로 복종하는 것.

그렇다면 L이 그렇게까지 충성에 필사적인 이유는 무엇일까?

지금부터 만인의 천적 L의 이야기를 간단히 해보겠다.

먼저 L은 전에 Q가 언급했듯, 20년 전 이곳 교육원의 적격자가 확실하다. 20년 전에도 이곳의 교장은 같았으며 다른 점이 있다면 이곳의 교원들뿐, 교육원의 목적이나 배양 방식, 처분 방식 등에서는 크게 다를 부분이 없었다.

L이, 교원들로부터 적격자로서의 확신을 가지게 된 나이는 무려 아홉 살이었다. 로드가 그들로부터 확신을 얻은 나이에서 여덟 살이나 어린 나이였다. 그렇게 어린 나이에서부터 적격자로 인정받은 L은, 당연히 다른 아이들과는 다른 대접을 받아왔다. 아홉 살의 L은 그 대접이 처음부터 너무나도 마음에 들었다. 다른 아이들에게는 소량의 고기를, 자신에게는 대량의 고기를 주고, 다른 아이들이 수업에 제한을 받을 때 자신은 자유로운 수강이 가능했으니 말이다. 그때부터 L은 학구열이나 경쟁심이 또래에 비해 높은 편이었기에, L은 자신의 삶과 처지에 매우 만족스러워하곤 했다.

그런 L은 주변의 누군가가 처분당할 때도 심경의 변화라곤 느끼지 못했다. 오히려 경쟁자가 줄었다는 사실에 기뻐하던 L이었다. 이쯤 되면 눈치를 챘겠지만, L 또한 교육원의 진실을 아는 아이였다. 그것도 아홉 살보다 훨씬 어린 나이에 말이다. 이 부분에 대해서는 로드, 레오, 제인, 리지, 그 네 아이처럼 어린 나이에 진실을 깨달았단 사실이 하나의 공통점이다. 하지만 차이점이 있다면, 이곳의 모든 사실을 L은 마치 레오와 리지처럼 혼자서 알아냈다는 것이었다. 그러나 또 이 부분에서도 차이점을 둘 수 있다. L은, 이곳이 저들만의 기준에서의 신을 배양하는 곳이라는 진실을 즐겼다는 점이다.

그는 심지어 사실을 알고 나서부터 자신이 신이라고, 적격자는 자신 뿐이라며 확신하기도 했다. 그야말로 어려서부터 남들과는 비정상적인 방향으로 다르게 뻗어가는 아이였다. 그런 아이는 몇 십 년이 지나서도, 여전했다. 여전히 자신이라는 존재에 자신감과 자존감이 충만했고, 지능이 뛰어나며 모든 면에서 탁월함을 보여주는 사람이었다. 나이가 들면서 바뀐 점이 있다면 어릴 때보다 냉정하며 엄격한 사람이 되었다는 것 정도였다.

하지만 이쯤에서 드는 의문이 하나 있을 것이다.

적격자의 조건, 그러니까 이곳이 말하는 신의 조건은 절대적인 선함, 완벽함에 가까운 인간성 등이 존재한다. 하지만 그 누가 보기에도 L은 그 조건에 충족함과는 거리가 먼 사람이다. 이 부분에 대해서는, 열일곱 살 L이 직접 교장으로부터 들은 말을 빌리겠다.

"너는 정말 유일한 아이다. 뛰어난 완벽함을 가졌어. 너 같은 아이가 이곳에 있다는 사실이 내게는 매우 행운처럼 느껴지는구나. 하지만, 레이븐(Raven: L의 본명). 너도 적격자의 기준을 알지? 타의적인 사람, 그것을 우리는 꽤 중요시해. 따라서 꽤 고민이 되는구나…."

그 말을 듣고 L은 잠시 고민했다. 그는 예부터 교장의 말이라면 잘 따랐다. 그가 L을 아주 예뻐해 주었기 때문에, 또 그가 자신에게 가장 많은 지원을 해주니 말이다. 그렇다고 L은 교장을 신임하고 존경하는 것은 아니었다. L이 느끼기에, 그의 말은 항상 틀린 부분이 있었다.

예를 들자면 지금처럼, L 자신을 타의적인 사람이 아니라고 말하는 상황에서 말이다. L은 자신이 느끼기에 이미 타의적인 사람이었다. 인간성이랄 것은 말할 것도 없고, 선함 따위도 자주 베풀었다고 생각했다. 왜냐하면 그는 자주 풀숲의 쓰레기를 줍고 다녔으니까. 그는 자주 넘어지는 아이들을 잡아주었으니 말이다.

하지만 교장은 알고 있었다. 그 모든 타의적인 행동, 사실 L이 대외적으로 보여주기 위해 행한 것들이라는 것을. 그것들 전부 선이 아니라 위선이라는 것을.

그래서 L은 고민했다.

'어떻게 그걸 보여줘? 이보다 더 선함이 어딨다고?'

그래서 L이 결정한 하나의 방안.

바로 진정한 인간성의 영역 중 하나를 마음에 지니는 것이다.

그게, 바로 충성심이었다.

L에게 있어 선심과 배려심보다 더 쓸모 있는 것은 충성심이었다. 또한 자신은 이미 교장을 어느 정도 따르고 있으니, 이 마음이 충성심으로 넘어가는 것은 시간문제라고도 생각했다. 그리하여 L은 충성심을 가지기 위해 한동안 꽤나 애를 썼다. 교장과 함께하는 시간을 늘렸고, 그의 이해되지 않는 언동을 이해하려 애썼다. 그렇게 하다 보니 L은 자신의 탁월한 지능이 교장 따위에게 따라가는 것 같은 기분이 들어 불쾌하기도 했지만, 그는 크게 괘의치 않았다. 그때 L에게 가장 중요한 것은 자신에게 딱 맞는 신이라는 칭호니까.

그렇게 그는 점점 교장에게 신임을 얻었다. 가끔은, 교장과 비슷한 말투를 구사하는 것으로 교장의 모순적인 뿌듯함을 얻어내기도 하였다. 예를 들면, '-구나', '-렴' 같은, 교장 나이대, 즉 중년의 여성들이 자주 사용할 만한 말투를 구사하며 말이다.

그렇게 해서 L은 원하는 칭호를 얻었고, 원하는 지위를 얻었다.

이것이 바로, L이 지난 20여 년간 살아온 방법이었다.

그랬으니 다시 현재 시점으로 넘어온 지금, L은 교장의 지시를 따를 수밖에 없었고 그가 원하는 대로 로드를 적격자로 키워낼 수밖에 없었다.

그러면서 L은 생각했다. 이 교육원의 역사 흐름을 절대로 멈추게 두지 않겠다고 말이다. 또한 확신했다. 자신보다 뛰어난 이는 이제 절대 존재할 수 없으니, 이 일에 대해서 자신은 승리하고 말 것이리라고.

그렇다면 로드는 L이 자신을 간파하고 있다는 사실을 알아챘을까?

때는 로드가 B 구역과 도서관을 잇는 길에서, 로드가 B 구역의 어린아이들과 체력을 다지고 있을 때였다.

로드가 왕복 100m를 열 번 정도 반복하다가, 멈추었다. 이에 B 구역의 아이들이 체력이 그것밖에 안 되냐며, 야유하며 농담과 장난을 던졌다. 로드는 멋쩍은 웃음을 지으며 숨을 몰아 내쉰 뒤 레오가 앉아 있는 큰 바위로 향했다.

"그러게 아침부터 무리하지 말라니까."

"…저도 이렇게 힘들 줄은 몰랐거든요."

"하하, 저래봐도 카이스는 이곳 최고점자야."

"레오가 아니라요?"

레오는 책을 한 손에 든 채, 시원한 청색의 올림머리를 한 키가 크고 체격이 좋은 남자아이를 향해 말했다. 그 아이는 이제 겨우 12세였지만, 모두가 인정할 만큼 운동 하나에는 재능이 출중한 아이였다. 그 아이의 이름이 카이스였다.

"예술과 체육 부문으로 나뉘어 있거든."

레오는 그렇게 말하며 바위 한편에 올려둔 물병을 로드에게 건넸다. 로드는 살짝 망설이다가, 받아 들고 눈 깜짝할 새에 750ml 물병의 반을 비웠다.

"…그래도 이렇게 해야 그 사람과 비등해질 수 있는 것이겠죠."

"이미 알고 있을걸, 그 사람은."

"그게 무슨 소리예요?"

L이 눈치채고 있다는 말을 먼저 꺼낸 것은 다름 아닌 레오였다. 레오의 시선은 여전히 카이스와 그의 친구들이 함께 원반 던지기를 하며 노는 풍경을 바라보고 있었다.

"모르는 쪽이 이상하지. 그 남자라면."

로드는 작게 고개를 끄덕이며 수긍했다.

"그리고 요즘 말도 잘 안 건다며."

레오가 말하자, 로드가 이에 대해서도 고개를 끄덕였다.

"어디까지 하나 지켜보는 셈인 거지."

로드는 잠시 고민했다. 만약 L이 본격적으로 제지하려 나서면 어떡하지, 에 대한 고민을 말이다. 그러나 레오는 잠시 로드의 표정을 보더니, 로드가 말하지 않았는데도 그에 대한 대답을 레오가 건넸다.

"어쩔 수 없지. 계속 나아가는 수밖에. 그 사람이 전혀 예상치 못할 방향으로 말이야."

─────── 그러니 결과적으로 그들은 심증뿐이었다. 하지만 심증으로도 충분히 반박적인 태도를 가질 수 있었다. L이라면 모를 리가 없다는 그 말이, 그 어떤 물증보다도 기세 있는 말이었기 때문이었다.

날짜는 점점 2월 중순을 달려가고 있었다. 즉, 다음 시험에 가까워지고 있었다.

9월 이후 다섯 달에 가까운 시간 동안 아무런 시험을 치르지 않은 이유는, 로드 때문이었다. 불안정한 로드의 상태를 아주 잘 알았기 때문이었다. 그들의 입장에서는 어서 빨리 다음 시험을 치르고 탈락자들을 배척해 내어, 로드 혼자 남게 하는 것이 이득이었지만, 유일한 적격자의 상태 때문에 그러지 못했던 것이다.

하지만 지금은 어떤가? 로드의 상태가 최상에 가까워지고 있지 않은가.

하나의 목표를 보고 달리는 사람의 열망 어린 눈은 귀한 것이다. 또 그 목표를 위해 몸과 마음을 단련하는 사람을 과연, 예전처럼 정신병자라고 취급할 수 있는 것일까?

그럴 수 없겠지! 그럴 수 없으니까, 그들은 곧 시험을 개최할 것이다.

여기까지는 로드와 레오 모두 예상하고 있는 일이었다. 하지만 하나 그러지 못한 일이 있다면, L이 로드에게 시험의 사실을 알려주었다는 것이었다.

"왜 자꾸 불러내는지, 불만이지?"

"네."

"너에게 알려줄 아주 중요한 정보가 있단다."

마주 앉은 로드와 L. 장소는 제인이 자주 방문해야 했던 L의 방이었다. 그때와 달라진 것 하나 없이 여전히 기이할 정도로 깨끗한 방이다. 로드도 그렇게 생각했다. L은, 과거 제인이 자주 앉았던 자신의 바로 앞자리에 있는 로드를 보며 말했다.

"곧 시험을 치를 예정이야."

로드는 대답하지 않았다.

"2월 14일."

그들의 계획은 2월 19일. 5일의 차이밖에 나지 않는다. 하지만 그렇다고 해서 그들의 계획에 무리가 가는 것은 아니었다. 탈출일자보다 앞선다고 해서, 흐트러질 계획이 아니었으니 말이다.

"…등등의 정보도, 알아두면 미리 준비하는 데에 도움이 되겠지. 그렇지, 로드?"

"알려주는 이유는."

"그야 네가 시험을 잘 치렀으면 하는 마음에서지."

"진짜 이유."

"그런 걸 내가 알려줄 것 같니?"

L의 눈꼬리가 옅게 휘었다. 그러나 그의 눈빛은 서늘하게 변해

있었다. 찻잔으로 하관의 일부를 조금 가린 채 있었다. 아마 그 찻잔 뒤로 그가 웃고 있을지도 모른다. 로드는 한참 그의 가증스러움을 목격하고 있다가, 인내의 끝에 도달했다는 듯, 이내 자리에서 일어났다.

"일어서도 된다고 하지 않았는데."

"네."

로드는 그렇게 말하며 언행 불일치의 태도로 그의 방을 나섰다.

평소 같았으면, 나선 뒤 급격하게 산소의 농도가 낮아지는 느낌을 느꼈을 로드지만 이제는 조금 달랐다. 그 이유는 로드가 극복해서인지, 그의 한계치를 넘은 분노를 느껴서인지 아무도 모른다. 그저 장갑에 손톱자국을 남기지 않을 만큼의 억센 주먹을 쥘 뿐.

로드는 곧장 침실로 향했다. 그리고 침대 밑 서랍을 열었다. 그곳 왼쪽 세 번째 칸에 일기장이 있었기 때문이었다. 로드는 전에 레오가 알려준 방법대로, 서랍에 이중 구조의 칸을 만들어 두었다. 그는 능숙한 손길로 빠르게 일기장을 꺼내 그곳에 방금 있었던 일을 옮겨적고,

2월 14일. 그 날짜에 붉은 색연필로 엑스 표시를 남겨두었다.

시험 날까지 4일.

21

무제; 그들로부터

 4일이 지나는 데까진 그리 오래 걸리지 않았다. 100시간도 채 안 되는 그 짧은 시간은 로드와 레오의 불안을 진정시켜 주기에 충분하지 않은 시간이기도 했다. 그들을 결국 온전한 평정까지는 갖지 못한 채 시험 당일 아침 해를 맞을 수밖에 없었다.
 로드는 일어나 시계를 바라보았다. 일어나보니 시침은 8, 분침은 7을 가리키고 있었다. 8시 35분이었다. 로드는 시계가 없었더라면, 암막 커튼이 꼼꼼하게 쳐진 덕에 아침인 줄도 몰랐을 것이다.
 그는 L이 말해준 시험에 대한 정보를 다시 한번 되새김질해 보았다. 시험의 교과목은 저번과 크게 다를 것이 없지만, 난이도는 확연하게 올라갔을 것이라고 했다. 그러면서 걱정 말라며, "너는 적격자라고 하니 말이야."라고 했다.

시험 때는 평소보다 늦게 기상 종이 치기 때문에, 아직까지 아이들은 깊은 잠에 빠져 있었다. 평소 같았으면 로드는 그 사이를 조용히 빠져나와 나름의 준비를 했겠지만, 오늘은 달랐다. 로드는 자신의 옆 침대에 누워 자는 노아를 깨웠다.

"으음…. 뭐야! 나, 나 늦잠이야?"

　노아가 당황한 목소리와 함께 상체를 벌떡 일으키며 말했다.

"아니. 그런 게 아니야."

"뭐야! 로드, 놀랐잖아!"

"미안해. 내가 방금 악몽을 꿔서 그런데, 혹시 화장실 한번 같이 가줄래?"

"뭐? 하하! 좋아, 이 내가 함께 가주지!"

　노아는 처음에는 어이가 없다는 얼굴을 했지만, 이내 진지해진 로드의 얼굴을 보고 부끄러움을 들키지 않으려 애쓴다는 생각을 가졌다. 그러곤 침대에서 일어나 로드의 손을 잡고 함께 침실을 나가, 화장실까지 가주었다. 노아는 티 내지 않았지만 로드도 아직 애구나! 라며, 속으로 엄청나게 웃었을 것이다.

"하아암. 요 앞에 있을게."

　노아는 화장실 입구 앞에서 걸음을 멈추었다. 하품을 크게 하며 문을 등진 채 로드가 들어갔다가 나오기를 기다리는 자세를 취했다. 그러나 로드는 그런 노아의 손목을 잡고 같이 화장실 안으로 들어갔다. 노아는 함께 간다기보다, 빨려들어 간다는 느낌이었기에 당황할 새도 없었을 것이다.

"뭐야! 내가 앞에서 기다리는 편이 낫지 않겠어?"

"미안, 노아. 악몽은 핑계야. 말해줄 비밀이 하나 있어."

로드는 곧장 화장실의 문을 닫고 주변을 살폈다. 아무도 없고 창문조차 닫혀 있는 것을 확인한 후에, 무릎을 굽혀 노아와 눈높이를 맞추고 작은 목소리로 속삭였다. 로드가 말할 비밀이라는 것을, 노아는 조용히 듣고만 있었다.

이내 로드가 할 말은 끝났다는 듯 가까이 둔 고개를 떼고 거리를 두었다. 방금까지도 하품을 하며 잠에서 덜 깬 표정을 하고 있던 노아의 얼굴이, 마치 깨어난 지 서너 시간은 된 사람처럼 역동적인 표정으로 바뀌어 있었다.

그러나 노아의 역동적인 표정은 곧 평정을 찾았다.

"좋아, 그렇게만 하면 되는 거지? 맡겨!"

그리곤 입꼬리를 시원하게 올리며, 익숙한 장난스러운 웃음을 지어 보였다.

"부탁해. 말했듯 비밀이야, 노아. 시작 전까진 너만 알고 있어야 해."

"웅! 당연하지! 애들을 깜짝 놀래켜 보자구!"

그리고 마침내 시험이 시작되었다.

시험 첫 시간은 저번과 다를 것 없었다. 똑같은 공간에서 똑같은 시험, 문제만 다르게 출제되었다. 하지만 하나 다를 것이 있다면, 아이들을 탈락시키는 방식 정도였다.

"첫 번째 시험이 끝났습니다. 시험에서 낙제점을 받은 교육생분들은 즉시 A 구역으로 이동해 주십시오. B, C 구역의 교육생분들도 마찬가지입니다. A 구역으로 집합해 주시길 바랍니다."

원래 탈락 여부는 시험이 모두 끝난 뒤 점수를 합산하고 알려준다. 그런데 이번 시험은, 문제 하나로도 탈락의 여부가 결정될 수 있는 시험이었다. 즉, 지금 첫 번째 문제를 마친 아이들 중 화면에 탈락 문구가 뜬 아이들이 있다면, 더 시험을 치르지도 못하고 즉시 탈락이라는 것이었다. 다행히 로드의 문제 창에는 통과라는 문구가 보였다. 하지만 그렇지 않은 아이들도 있었는지, 로드의 옆방에서 긴 탄식 소리가 들려왔다. 로드와 레오는 직감했다. 이 모든 게 L의 책략 중 하나일 것이라고 말이다. 이렇게 된다면, A, B, C 구역의 아이들을 한데 모아놓고 치르는 이 시험에서의 탈락자는 엄청날 것이다.

"…."

로드는 자신의 앞에 놓인 화면을 뚫어져라 응시했다. 초록색 글씨로 창을 가득 채운 Pass, 라는 글씨를 한참 바라보았다. 사방이 막힌 그 작은 방에서 로드가 할 수 있는 일은 없었다.

"아, 이런!"

이렇게 되면 로드의 계획이 틀어질지도 모르는 일이었다. 아이들 중 일부 또는 전부가 시험 도중에 탈락한다는 점은 그에게서 가장 큰 변수였던 것이다. L이 로드에게 알려주지 않은 단 하나의 사실 때문에 지금, 로드의 머릿속이 하얗게 번져가고 있다. 그리고 그런 것은 레오도 마찬가지였다.

"머리를 쓰는 문제는 앞으로 총 5개….."

레오가 중얼거렸다. 레오는 총 7문제 중 2개를 맞혔다. 아직까지 말이다. 즉각 탈락이라는 사실에 레오는, 솔직히 적잖이 불안을 느꼈다. 그는 난이도가 저번보다 훨 어려워진 것을 체감하며 문제를 하나하나 풀어냈다. 제한 시간은 여전히 3초였고, 레오는 거의 모든 문제를 타이머 0에 가까워질 때쯤 정답을 누르곤 했다.

"…하아."

그리고 마침내 화면에 뜬 All Pass, 라는 글자를 보고 나서야 숨을 돌릴 수 있었다.

하지만 곧,

"다음 시험은 신체 능력 평가 시험입니다. 교육생분들께서는 모두 교원의 안내를 따라 이동해 주십시오."

시끄럽게 방 안을 채우는 안내 방송에 레오는 조금 겁을 먹을 수밖에 없었다. 레오에게 있어서 가장 약점인 부분이 바로 체력 부분이었으니 말이다.

레오가 근심에 대해 스스로를 달래고 있을 때였다. 그는 아직 안정을 찾지도 못했는데 교원이 뒤에서 문을 열고 들어와 그를 밖으로 안내했다. 그는 감정을 숨기지도 못하고 교원의 걸음을 따라 다음 시험장으로 이동할 뿐이었다.

"레오."

"로드."

"괜찮겠어요?"

"모르지, 그건."

레오의 입가는 올라가 있었지만 모순적이게도 그는 식은땀을 흘리고 있었다. 레오는 턱 끝까지 올라와 덮는 목티가 슬슬 답답하게도 느껴질 참이었다. 어쩔 수 없이 그는 목티 사이로 손을 비집어 넣어 그 틈으로 겨울의 차가운 바람을 조금 들여보냈다. 그러고는 로드에게 다가가 그의 팔을 다른 손으로 툭툭 두드리며 응원 비슷한 위로를 해주었다.

"살아야지."

"…네."

별것 아닌 말이었지만 임펙트 있는 한마디였다.

레오가 멀어지고 한참 뒤, 시험을 시작한다는 안내 방송이 울렸다. 레오가 지나간 뒤 로드는 한참을 그렇게 서 있다가 안내 방송이 울린 뒤에야 정신을 차리고 주변을 둘러보았다. 로드는 우선 통과한 아이들의 대략적인 수를 파악하기 시작했다. 아주 소수였다. 기껏해야 10명 남짓 되어 보이는 수였다. 그러다, 그 아이들 사이에 빨간 머리 키가 작은 남자애가 로드를 향해 손을 흔드는 것을 발견했다. 노아였다.

로드는 그 손 인사에 간단히 목례한 뒤 자신이 서 있는 이 시험장의 구조 또한 파악해 보기 시작했다. 천장이 유리로 막혀 있는 꽤 큰 규모의 지하실이었다. 그 천장을 올려다보니, 마침 눈이 내리고 있었다. 하이얀 하늘이 보였고, 이내 하이얀 눈이 천장을 덮고 있었다. 그것과 반전되게 내부는 가짜 꽃과 풀을 장식해 놓아 아주 푸릇푸릇했다.

"그럼, 두 번째 시험을 시작합니다."

두 번째 시험을 알리는 목소리의 주인공은 L이었다. 지하실 내 어딘가에서, 마이크를 사용해 아이들에게 알렸다. 끈기의 정도를 평가하는 요소가 조금 반영된 시험이었다. 있는 힘껏 체력을 발휘해 몇 km 떨어진 곳의 쪽지를 제일 먼저 찾아내고, 그 쪽지를 자신의 고유 구역으로 가져가야 했다. 이곳의 시험치고 유치하고 난해한 편이었다. 하지만 체력이 조금이라도 좋지 못한 아이들을 가려내기에는 제격이었다.

"쪽지에는 주어진 펜으로 자신의 이름을 적습니다. 그럼, 시작합니다."

그 말을 끝으로 또 다른 목소리가 3초를 세었다. 그리고, 시작되었다. 시험 시간은 총 13분이었다. 역시, 이곳의 시험치고 꽤나 많은 시간을 주는 것이었다. 로드는 우선 아이들이 향하는 방향으로 함께 뛰었다. 자신의 앞에는 노아와 카이스가 보였다. 그리고 다른 아이들은 자신의 뒤에 있었다. 로드는 앞서가는 그 아이들을 따라 계속해서 뛰었다. 그러다 아마 3분쯤 뛰어왔을까, 주변에 더 이상 교원이 보이지 않을 때쯤 노아가 걸음을 멈췄다. 노아는 여전히 사방을 주시하는 태도로, 상의 안에 작게 볼록 튀어나온 무언가를 꺼내 자신의 한 발짝 앞에 있는 카이스에게 던지며 말했다.

"잘 부탁한다!"

그건, 얇은 두께의 검은 로브였다.

"맡겨둬!"

로브를 받은 카이스가 그것을 들고 전력을 다해 뛰기 시작했다. 카이스가 시야에 더 보이지 않을 때까지 그를 바라보던 노아가, 이

내 고개를 돌리고 뒤에서 숨을 고르고 있는 로드에게 엄지를 내밀며 웃어 보였다.

"잘했지? 들킬까 봐, 배까지 잡고 뛰었어!"

"그래, 잘했네."

그들이 급히 수정한 계획이었다.

"이제 우린 이만."

로드의 말을 마지막으로 노아와 로드는, 지금껏 뛰어온 길을 되돌아 걸어갔다.

온 길의 20% 정도를 되돌아 걸었을 때, 그곳에 레오가 있었다. 심지어 여유롭게 벽에 기댄 채로 그들을 기다리고 있었다는 식으로 말이다. 그리고 곧, 로드와 노아를 발견한 레오도 지금껏 온 길을 되돌아 걸어갔다.

"그나저나 로드 체력 좋다!"

"고마워. 노아도 이제 슬슬 체력을 아껴둬."

"응!"

노아의 표정은 오히려 이 상황을 즐기는 표정이었다. 또한 레오의 표정도 그러했다. 편안하게 입꼬리를 올리고 이 상황의 끝을 기다리는 듯한 표정. 그들이 반쯤 되돌아갔을 때, 출발 지점에서 멀지 않은 곳에 나머지 아이들이 기다리고 있었다.

그들은 출발 지점에 있는 교원의 시야에 들어오지 않는 곳에서 나른히 누군가를 기다리는 듯한 자세를 취하고 있었다. 목숨을 두고 벌이는 시험 위에 놓인 사람들이라기엔, 아주 여유로워 보였다.

노아가 다른 아이들과 소곤소곤 수다를 떨고 있을 때쯤, 이 좁은 지하통로를 가득 채우는 엄청난 소음이 울려 퍼졌다. 그것은 경보음이었다.

"남쪽 부근에서 교육생 감지, 감지 신호입니다."

경보음이 울리자마자 레오와 로드를 포함한 그곳의 아이들이 기다렸다는 듯이 자리에서 일어났다. 그리고 그런 그들이 향한 곳은, 처음 출발 지점이었다.

"뭘까?"

"뛰…어?"

"뛰자!"

레오의 물음에 로드가 반문했고, 노아가 대답했다. 아이들은 출발 지점을 향해 달리기 시작했고, 도착하는 데에 그리 오래 걸리지 않았다. 그곳에는 아무도 없었다. 몇 분 전까지만 해도 이곳을 지키고 있던 교원들이, 경보음에 뛰쳐나간 것이다.

그들보다 조금 뒤늦게 도착한 레오가 노아에게 두 번 접은 작은 종이를 내밀었다. 그 종이에는 간단하게나마 이 교육원의 지리가 담겨 있었다. 레오는 그것을 노아에게 내밀며 말했다.

"이걸 가지고, 최대한 빠르게 이 빨간 곳으로 달려."

"네!"

레오의 말에 노아가 힘차게 대답했다. 그리고 곧 노아를 포함한 어린아이들이 지하실을 빠져나갔다. 밖은 눈이 내려 길이 미끄러울 수 있다는 레오의 외침에, 노아는 문제없다고 한껏 들뜬 목소리로 소리쳤다.

"생각보다 협조적이네. 어떻게 꼬드긴 거야?"

레오가 물었다.

"이번 시험의 진짜 의도를 알고 있다고요."

"좋네."

그들은 그런 대화를 나누며 천천히 지하실을 빠져나와 지상으로 향했다. 레오는 여전히 숨이 차 '허억'대고 있었다. 로드는 그런 레오를 보며, 정말 얼마나 허약한 것인지 가늠도 안 간다고 생각했다.

그들의 계획을 요약해 보자면 이러했다.

아침부터 로드가 노아를 화장실로 불러낸 이유는 간단했다. 바로 오늘 있을 탈출을 위한 것이었다. 완벽한 탈출은 아니더라도, 로드는 오늘이 바로 L의 기일이리라 생각하고 있었으니, 일단 무엇이라도 실행해 봐야 했다.

그리하여 노아에게 전한 로드의 '비밀'은, "사실 오늘 있을 운동 신경 평가 시험은, 그들이 알려주는 방식으로 진행되는 게 아니야. 오히려 네가 얼마나 눈치가 있느냐를 보는 거지. 진짜 시험 내용은, 특정 구역으로 가장 빨리 접근한 사람이 이기는 시험이야. 그렇다고 혼자 가면 안 돼. 우리 다 같이 가야 해. 즉, 동시에 협력의 정도를 보는 셈인 거지. …나도 몰래 들은 거야."라는 내용이었다. 그 내용을 전해 들은 노아는 신체 능력 평가 시험 전에 아이들에게 알렸다. 물론 아이들은 처음에는 믿지 않는 눈치였지만, 로드와 레오의 이름을 대니 조금은 믿는 눈치였다.

그래서 다시 지금, 아이들은 레오가 준 지도 속 빨간 동그라미가 쳐진 곳으로 이동하고 있을 테다. 그곳이 바로 중앙 구역인 셈이다.

"근데 왜 전에 세운 계획은 기각했죠?"

제인의 일기장에서 로드가 보았던, 그의 기존 계획, 그러니까 그와 리지의 계획을 말하는 것이었다.

"인원수가 많잖아. 그리고 울타리, 카이스도 그 멀리까지 가긴 힘들 거야. 그래도 어느 정도 카이스가 이동했으니 교원들이 검은 로브를 발견하고 경보음을 울렸겠지."

그는 그렇게 말하며 카이스를 자랑스럽게 여긴다는 미소를 지었다.

"그리고 그들은 어린아이일수록 방심할걸. 카이스라는 사실을 모르니 저들도 지금쯤, 빠른 달리기와 좋은 체력에 놀라고 있을 거야."

레오의 말대로였다.

카이스의 이동 경로는, 우선 지하실을 빠져나와 지상으로 올라가는 것이었다. 원래 시험의 내용대로라면, 카이스의 구역인 B 구역으로 이름이 적힌 쪽지를 가지고 가야 했지만 카이스는 그러지 않았다. 노아가 부탁했던 대로 남쪽으로 달린 것이다. 남쪽에는 A 구역이 있었고, 말했듯 A 구역 근처에는 중앙 구역이 있다. 그러나 그 건물을 모두 지나 어느 정도 달리다 보면 울타리에서 조금 더 떨어진 곳을 지키는 경비가 있는데, 아마 카이스가 이 경비에게 모습을 들켜 경보음이 울려 퍼진 것일 테다. 하지만 경비라 해도 한낮 교원일 뿐. 이곳의 교원들 중 그나마 체력이 우수한 교원이라면 체육 교과목을 담당하는 교원들이 유일할 텐데, 지금 그들은 두 번째 시험 평가를 위해 종착 지점인 A, B, C 구역에 있을 테니 말이다.

그러니 당연히 경비를 담당하는 교원들은 카이스를 달리기로 따라잡을 수 없을 테지.

카이스는 지금 중앙 구역으로 이어지는 남쪽의 어느 길을 달리고 있을 테다. 그리고 노아를 포함한 다른 아이들도, 그 뒤를 잇는 레오와 로드도 중앙 구역에 근접해 가고 있었다.

"그다음은 어쩔 거예요?"

"아, 얘기를 안 해줬나? 그다음은 간단해. 중앙 구역에 몰린 아이들을 잡기 위한 교원을 뒤로 몰래 A 구역에 불을 지르는 거지."

"하지만 눈이 와서 금세 꺼질 텐데요."

"알아. 하지만 화학 약품으로 인한 폭발이라면 어떨까?"

레오는 그렇게 말하며 주머니에서 무언가를 꺼냈다. 그건 500ml도 채 안 되는 병에 담긴 물약처럼 보이는 액체였다. 그리고 레오는 이것을, 먼저 불을 낸 곳에 던져 화재 그다음 단계인 폭발을 일으킬 생각인 듯싶었다.

로드는 조금은 당황한 듯 그를 보며 말했다.

"이런 건 어떻게 받아 오는 거예요?"

"말했잖아? 그 사람 아닌 다른 이들은 적수가 아니라고. 공부를 목적으로 약품 좀 보고 싶다고 하면 그만이야. 그리고 말인데, L 외에는 우리가 진실을 안다는 사실을 모르는 모양이야."

"저도 알고 있었어요. 하지만 왜일까요? L이 말을 하지 않을 이유는 없잖아요."

"글쎄. 자기 손으로 처리할 수 있다는 근자감일지도 모르지. 또는 상황이 소란스러워지는 것을 싫어한다거나."

로드는 고개를 끄덕였다. 공감하는 듯했다.

그런 이야기를 나누며 둘은 눈길을 걸었다. 둘은 빠른 이동을 위해 중도에 조금 속도를 내서 뛰기도 하였다. 이제 곧 눈이 점점 쌓이고 쌓여, 어느덧 발등까지 와닿을 때가 되었다. 그럴 때가 되니 슬슬 눈앞에 건물의 형상이 드러났다. A 구역이었다.

"불을 먼저 지르게요?"

"그래. 지금쯤 모습을 들켰을지도 모르니. 눈길을 끌어야지."

레오는 그렇게 말하며 약품을 다시 집어 들었다.

그는 그러면서 붉은 유리가 둘러진 약품 병에서, 또 다른 붉은 눈을 가진 누군가를 떠올리는 듯 잠시 회상에 잠겼다. 그 붉은 눈이 여기까지 올 수 있도록 도와준 제인일지, 아니면 지금까지 살아올 수 있도록 해준 리지일지는. 아무도 모르는 사실이었다.

그리고 마침내 붉은 유리병 너머로 하얀 액체가 손 떨림에 함께 흔들거리는 모습을 마주하고 나서야 그는 걸음을 옮기기 시작했다.

"거의 다 왔."

로드가 A 구역에 다다르고 문을 열었을 때. 둘은 순간적으로 몸을 굳힐 수밖에 없었다. 로드는 눈 앞에 펼쳐진 풍경으로부터 두 발짝 뒷걸음질했고, 레오는 손에 든 약품을 재빨리 주머니로 다시 비집어 넣었다.

"늦었구나."

"…어떻게,"

L이었다. A 구역으로 들어가는 문을 열자마자, L이 있었다.

"잠깐, 그렇다면…!"

"둘은 같은 생각을 하고 있는 것 같구나. 실격자들이 어디 있는지 궁금하니?"

L은 그렇게 말하며 입구에서 가장 멀찍이 떨어진 방으로 걸어갔다. 그 방은 A 구역에서 지내는 로드조차도 한 번도 관심을 가져본 적이 없는 방이었다. 방문에 '창고용' 이라고 써 있었기 때문이었다. L은 그 방으로 다가가 문을 열었다.

그리고 펼쳐지는 문 안의 풍경. 둘은 경악을 금치 못했다. 그곳에 펼쳐진 풍경은 정말이지, 지금껏 그들이 시야에 담은 것 중 가장 충격적인 광경이었을지도 모른다. 두 사람은 그 자리에서 넋을 잃고 말없이 문 안으로부터 펼쳐진 그 광경을 바라보았다.

"간과한 사실이 있어."

L은 그렇게 말하며 천천히 그 방 안으로 발을 들였다.

"내가 처음부터 A에 있었다는 사실 말이야."

L이 계속해서 말을 이었다.

"이곳에 와서 뭘 할 계획이었지? 그 전에, 너희는 정말 아이들을 중앙 구역으로 도주시킬 계획이었니? 그렇다면 실망이구나. 확실히 경보음 때문에 경비가 허술해진 것은 맞아. 하지만,"

"하지만, 하지만 왜? 당신은 지하실에서 처분실로 간 것이잖아!"

로드가 한껏 격앙된 목소리로 말했다.

"지하실에서 걸음을 옮긴 것은 맞지. 하지만 간과하고 있는 게 있단다. 이곳에 처분 구역이라는 곳은 따로 없어. 처분실로 쓰이는 곳이, 교장실이니 말이다."

"그치만 그때 제, 제인을 그쪽으로 데려가지 않았잖아!"
"뻔한 눈속임에 속다니."

로드는 기억을 되짚어보고 말했다. 분명 그때 제인이 죽은 날, 제인은 L의 품에 안긴 채 교장실이 있는 중앙 구역의 방향으로 이동하지는 않았다. 중앙 구역과 반대되는 방향으로 이동했었기에, 로드는 그것을 보고 처분실의 장소를 추측했던 것이었지만, 결과적으로 그것은 L의 눈속임이었다.

"…아."

로드가 짧게 탄식했다.

"중앙 구역으로 이동해서 무얼 하려고 했을까? 실격자들의 모습을 먼저 보여주고, 방심시키려고나 했을까. 그런 다음 결정타를 날리려고? -이 일은 레오가 주도한 것이지? 그렇다면 너희의 패인은, 레오의 멍청함이 되겠구나."

L은 그렇게 말하며 창고용이라고 적힌 방의 문을 더 활짝 열었다. 그제야 레오와 로드의 눈에 완전하게 그 풍경이 담겼다. 몇 분 전까지만 해도 자신들과 함께 이야기를 나누었던, 그 아이들 전원의 시체가 말이다! 로드는 구역질을 손으로 막아내며 참았다. 그리고 그 시체의 수를 겨우 세어보았고, 정말 기가 막히게도 8구였다. 아이들의 시체에 저항의 흔적은 없어 보였다. 물론, 눈물을 흘린 자국도 말이다. 되려 깔끔한 칼집만이 그들의 몸에 존재했다. 하지만 그중 카이스는 마지막까지 저항했는지, 그의 시체에만 상흔이 많이 남아 있었다.

"…."

"안 됐지, 정말. 하지만 어린아이들을 먼저 보낸 부분은 칭찬해. 너희들 예상대로 정말 중앙 구역의 멍청한 것들이 이 애들의 실수라 생각해 건들이진 않았었거든."

L은 아이들의 시체를 바라보며 말했다. 그렇게 말했지만, 전혀 슬퍼하거나 안타까워하는 기색이 없었다.

"…뛰어, 레오!"

로드는 식은땀을 흘리며 레오에게 소리쳤다. 레오는 로드와 달리 아직 상황에 대한 이해도 채 마치지 못한 것 같았지만, 그의 고함에 굳은 팔다리를 움직여 겨우 어딘가로 뛰어가는 듯했다. 그런 레오를 L이 막아서지 못하게 하기 위해, 로드는 있는 힘껏 그의 팔다리를 어떻게든 구속하려 애썼다. 맨몸으로 말이다.

로드가 두 손으로 그의 왼팔을 있는 힘껏 잡아당겼다. 그 힘에 L이 로드와 함께 바닥으로 넘어졌고, 그 틈을 타 L의 시야에서 레오가 완전히 사라질 수 있었다. 레오가 어디로 향하는지 로드는 알고 있었다.

그 둘은 이 상황에 대해 예측해 본 적이 없어 회의라곤 해본 적이 없다. 그러나 서로 어렴풋이 알고 있던 것이다. 이 상황에서 어떻게 행동해야 할지를. 안타까운 현실이지만, 어쩌면 둘은 이런 경악을 금치 못하는 절망적인 상황을 너무 자주 겪어본 것이 아닐까 싶다.

"레오가 어디를 갈까?"

자신의 왼팔이 로드에게 안기다시피 구속된 L이, 아직도 바닥에 몸을 댄 채 입을 열었다. 그의 태도는 아직도 여유만만해 보였다. 로드는 그런 모습에 분노가 절로 솟구쳐 더욱 세게 그 팔을 잡아당겼다.

"안타깝지만 팔이 그리 쉽게 뽑히지는 않는단다."

"으, 윽……."

로드가 고통스러운 소리를 내며 애를 썼다. 그것은 그의 감정에서부터 우러나오는 신음이기도 했고, 중간에 소리가 조금 높아진다면 그것은 동시에 기합이었다. 그제야 조금, L에게 치명타를 남길 수 있었다. 팔이 당겨지는 것에 대한 통증을 조금이라도 느낀 L이 금세 자신에게 유리한 자세로 바꾸었다.

"교장님께서 너를 죽이지는 말라 하셔서. 다치게 두지도 말라 하시고 말이야."

로드는 이를 악물었다.

"하지만, 이건 예외의 상황인 거겠지?"

L은 그렇게 말하며 로드에게 발길질을 했다. L의 발차기가 그의 복부를 여러 차례 가격했지만, 로드는 그 통증을 이를 더 악물어가며 참았다. 레오가 무슨 일이라도 벌일 시간을 벌어야 했기 때문이었다. 로드는 점점 더 격해져 가는 싸움에, 그도 발을 L에게로 뻗어보았다. 하지만 닿지 않았다. L은 가볍게 그 발을 오른손으로 잡아서 떼어냈다.

"애쓰는구나. 너도, 참."

결국 퍽, 소리를 내며 로드가 L로부터 나가떨어졌다. L은 로드의 몸 군데군데에 작은 멍 정도 내어버린 것 같아, 추후에 있을 상사의 사자후가 벌써부터 귀찮아졌다. 그는 그런 표정을 하며 레오가 뛰어 올라간 계단을 따라 오르기 시작했다.

"…."

로드는 복부를 찢는 듯한 통증에 겨우 몸을 일으켰다. 통증을 어떻게든 견디려 입술을 하도 깨문 탓에 입가에 피가 흥건했다. 하지만 그는 겨우 그런 통증에 주저하지 않고 또 다른 계단을 통해 층을 오르기 시작했다. 로드는 예상하건대, 레오가 4층에 있을 것이라 생각했다.

"허, 억…."

로드가 숨을 내쉬며 한 층, 한 층을 올랐다. 그러다 2층에서 3층으로 올라가는 그 계단에서 레오를 마주쳤다.

"로드!"

"…된 거예요?"

"그래. 어렵지 않게 찾아냈어. 네 예상대로야. 이곳에 교육원의 경비를 모두 관리하는 곳이 있었어."

"…열쇠는?"

"열쇠는 없고, 인력이 감시하는 모양이었나 봐. 애들 같은 경우에 비슷한 모양으로 따낼 수도 있으니까. 그런데 지금은 이곳에 아무도 없으니. 그런데 너, 괜찮아? 아니지, 우선 이것부터 입어."

레오는 다급하게 그에게 로브를 내밀었다. 회색빛의 모자가 달린 외형이었다. 레오는 로드의 말대로 그 옷을 받아 입었다. 그들은 로브의 역할 그 자체로, 정말 모습을 온전히 감출 수 있었다.

"도망쳐야 해, 어서. 곧 이곳으로 교원 전원이 모일 거야."

레오는 힘겨워하는 로드의 팔을 부축해서 함께 걸음을 옮겼다.

그런데, 2층에 도달했을 때 불이 모두 꺼진 그 복도에서 익숙한 형상이 천천히 자신들을 향해 걸어오는 것이 보였다.

"망할….."

"무슨 짓을 했을까, 레오."

또다시 L을 마주했다.

22

무제; 그들로부터

 다가오는 L의 한 손에는 칼이 쥐어져 있었다. 로드와 레오는 그 칼의 끝을 보고 쉽사리 움직일 수조차 없었다. 그러나 로드의 머릿속에는 레오의 어서 도망쳐야 한다는 말만이 맴돌고 있었다.
 "가야 한다며? 어서 가야죠!"
 "너 뛸 수 있겠어?"
 "그쪽보단 잘 뛰어요!"
 상황에 맞지 않는 농담에 레오가 반쯤 실성한 듯 웃었다. 그러곤 로드는 한 손으로는 레오의 팔목을 잡은 채로 계단을 반쯤 뛰며 내려가기 시작했다. 이윽고 2층과 1층을 잇는 계단에 이르렀고, 얼마 가지 않아 1층 복도가 보이기 시작했다.
 "로드는 지금 다쳤잖니? 레오, 너는 원래부터 몸이 안 좋고 말이야."

그런 둘의 뒤를 L이 꽤나 여유를 부리며 쫓아갔다. 아직도 그에게는 승리라는 확신이 남아 있었기 때문이었다. 하지만 하나 다른 점은, 더 이상 로드를 살려둘 생각이 없다는 것 정도였다.

"뭐, 적격자 까짓것 언젠가 나오기 마련이지."

"더, 더 빨리…."

"그런데 말이야. 내가 생각하기에 로드 너는 적격자가 영 아닌 것 같단 말이지."

L이 말했다. 방금 그가 말했듯, 그는 처음부터 로드가 적격자라는 확신이 없었다. 워낙에 자기애가 충만한 사람이니 그럴 수 있다고는 하지만 항상 그 점에 반감을 두고 있었던 것이다.

"나보다 덜떨어진 게 무슨 신이라고…."

"머리 좀 좋고, 인간성을 시험하는 인내력 좀 좋으면 다 적격자인 줄 아나."

그는 꽤 오랜만에 '진짜 진심'이 담긴 표정을 지으며 중얼거렸다. 그 표정은 조금 따분해 보이기도 했다. 그는 식사에 쓰이는 나이프 칼날을 이리저리 휘두르며 점점 더 로드와 레오에게로 접근해 가고 있었다.

그리고 마침내 그 칼날 끝이 누군가의 뒤통수를 가격하려고 할 때, 누군가 뒤돌아 손에 쥐고 있었던 연장을 휘둘렀다. 그 바람에 L은 순간적으로 날아온 칼날을 피하기 위해 뒤로 물러날 수밖에 없었다. 결국 그들 사이에는 다시금 싸움이 일어났다.

"로드, 꽤나 귀여운 짓을…."

L이 말을 이으려고 할 때, 그 연장의 끝은 끈질기게 L의 시야를 파고들었다. 그러나 L을 위협하는 손은 하나뿐이었다. 싸움을 벌이는 둘을 지나쳐, 로브를 입은 또 다른 아이는 1층 입구를 향해 달려 나간 지 이미 한참이 지났기 때문이었다. 그리고 그 연장은 L에게 꽤나 익숙한 도구였다. L은 자신의 시선을 사로잡는 그 연장의 끝부분과 검은 반 장갑을 번갈아 보았다.

"그거, 설마 빵칼인가?"

"…"

그건 바로 아이들이 디저트를 먹을 때나 주어지는 어린이용 빵칼이었다. 그 빵칼은 나이프와는 달리 끝이 전혀 날카롭지 않았기에, 그 도구를 위협적으로 만들기 위해 누군가 인위적으로 그 끝을 간 흔적이 선명했다.

"로드, 많이 성장했구나. 언제 준비한 거지? 레오가 건네주기라도 했나?"

그러나 돌아오는 대답은 없었다.

"교장님께는 사죄 정도 하면 되겠지, 그렇지?"

L은 그렇게 말하며 본격적으로 칼날을 더욱 들이밀었다. 그러나 상대도 지는 법이 없었다. 오히려 더 적극적인 태도로 반격에 나섰다. 멀리서 지켜보는 둘의 전투력은 얼핏 보면 흡사할 정도였다.

"이렇게나 잘하면서 아까는 왜 그랬지?"

또한 대답이 없었다.

"예의가 없구나. …제인을 닮은 건가? 하하!"

L은 즐기는 자의 태도로 점점 더 칼날을 위협적으로 휘두르기

시작했다. 둘은 복도를 한참 휘저으며 전투를 벌였다. 시간이 얼마나 지났을까. L이 결국 칼날의 끝이 그의 무릎 아래에 스치게 되었을 때, 둘은 잠시 멈췄다.

다리에 상처가 생긴 것과 동시에 벌써 건물에 근접한 교원들의 발소리가 들려왔다. 이곳의 교원의 수를 미리 헤아리는 것은 불가능에 가까웠기 때문에, 얼마나 많은 수의 사람이 이곳으로 몰려오고 있는지 알 수 없었다. 그리고 곧, 그런 의문에 대답이 되는 듯 하나둘 천천히 이 건물 1층의 복도를 채우기 시작했다.

"L 님!"

교원들이 사태를 파악하는 시간이 꽤나 걸렸다. 이에 L은 혀를 차며 가만히 있으라는 지시를 내렸고, 그제야 L이 관심이 다시 다리를 찔린 그에게로 향했다. 그는 L의 공격으로, 다리를 꽤나 깊게 다친 것인지 한참을 일어나지 못했다.

"체력이 깎일 대로 깎였네, 로드."

그는 자리를 옮기는 대로 다리의 피를 바닥에 묻히고 다녔다. 바닥을 기어다니다시피 움직이는 그에게로 L이 다가갔다. 최후의 일격이라도 되는 것을 내리치려는 것마냥, 팔을 높이 휘둘렀다. 그때.

"지금이야!"

바닥을 기어 입구의 빛과 조금이라도 가까워진 그가, 고함을 질렀다.

그 소리에 맞추어 위층에서 무언가가 깨지는 소리가 들렸다. 그건, 창문이었다. 그 소리가 난지 얼마 지나지 않아 건물에는 커다란 굉음이 울려 퍼졌다. 그것은 폭발음이었고, 하이얀 눈이 덮인 이곳에 어울리지 않는 붉은 화재가 레오와 로드가 계획한 대로 드디어 모습을 드러냈다.

다행히도 바닥을 기어다니던 그이는 폭발이 완전히 일어날 때 건물 입구를 빠져나온 뒤였다. 그러나 하반신을 완전히 뒤덮은 화상과 상처는, 재활이 불가능할 정도로 심각해져 있었다.

또한 그의 숨도.

"…레오."

눈 위를 기어다니던 그가 고개를 들었다.

파란색에 가까운 검은 머리, 그 오묘한 색과 같은 색의 눈동자. 그러나 그 색을 알아볼 수도 없을 만큼 그 위를 덮은 많은 양의 시뻘건 액체.

레오였다. L과 전투를 벌인 것도, L의 칼에 맞은 것도, 하반신이 닳아버린 것도, 그리고 숨이 멎어가는 것도.

"이 봐요…. 안 다친다며…."

눈 위에 엎어진 채로 헐떡이며 숨을 몰아 내쉬는 레오를 향해 떨리는 목소리를 한 로드가 천천히 그에게로 다가갔다.

"그럴 리가. 이렇게, 이렇게 약한 내가. 그럴 리가."

"아니야, 아니, 말하지 마요…."

"너 참 잘 속는다. 제인의 말이 맞았네."

"…."

"이럴, 이러려고 로브도 주고, 약품도 주고, 그랬어요? 장갑을 빌려달라더니! 그게 이런 의미야? 아니, 그 전에 자기 말만 잘 들으면 우리는 살아남을 수 있을 거라면서요!"

"하하. 넌 살았잖아. 그리고 장갑은 미안. 손에 기름이 아직 덜 닦여서. 미끄러워 그만 놓치고 말까 봐. 지금이라도 가져갈래?"

"그게…, 그게 무슨 소용이에요!"

레오는 보다 힘겹게 말을 이어나갔다. 그는 양손을 바닥에 비비며 장갑을 반쯤 손으로부터 벗겼다. 그리고, 겨우 고개만을 로드를 향해 들었다. 레오의 하반신을 비롯한 모든 신체의 기능이 그의 심장 박동에 비례하게 떨어지고 있었다. 아무래도 L의 칼끝에 독약이라도 묻어 있던 것인지 싶었다.

"빨리 업혀요! 장갑…, 나중에 줘도 되니까!"

로드는 아까부터 손을 내밀고 있었지만 레오는 그 손을 맞잡을 힘도 없었다. 그런 포기 상태의 레오를 로드는 억지로 업으려고도 했지만 역시 실패했다. 조금이라도 남은 힘을 바닥과 일체시키는 데에 쓰고 있었으니 말이다.

"뭐 하는 거예요, 지금….'

"빨리 가. 지금 가면 아무도 없어."

"뭘 가! 어딜 가요?"

"…L을 죽일 거라는 그 목표를 이루었네. 축하해."

"그런 소리가 나…!"

"나도 제인처럼 유언 하나 남겨줄까."

그는 말을 함과 동시에, 장갑을 제힘으로 모두 벗는 데에 성공했다. 그리고 그 장갑 두 개를 향해 눈짓하였다. 그것을 마지막으로 그는 고개를 다시 땅으로 떨궜다.

그런 레오를 향해 로드가 필사적으로 그의 떨어지는 고개를 잡으려고 할 때,

그는 다해가는 숨을, 그리고 힘을 모두 몰아넣고 입을 열었다.

"살아, 로드."

그리고 2차 폭발이 일어났다.

────── 그리고 완전히 그의 숨이 끊어지는 소리가 들렸다. 로드는 믿을 수 없었다. 이런 희생이라면 달갑지도 않은 데다가, 오히려 회로가 멈춰버린다고…. 로드는 속으로 여러 번 그의 이름을 되뇌었다.

그러나 불길은 빠른 속도로 번지고 있었다. 더군다나 화학 폭발이었기에 교원들의 진압과 수습에도 쉽사리 불길은 줄어들지 않았다. 엎친 데 덮친 격으로 눈도 그쳤으니 말이다.

레오가 올라가서 한 일은 간단했다. 이곳 울타리 경비를 모두 해제시키고, 3층과 4층에 윤활제를 뿌리는 일이었다. 그리고 4층 가장 규모가 작은 방에는 화재를 일으키기까지 했다.

그다음은 자신이 대신 희생하는 일. 이 일은 생각보다 더 간단했다. 그는 확실히 허약한 신체를 타고났지만, 그간 B에 있으면서 눈과 머리로라도 익힌 기술력은 생각보다 광범했던 것이었다. 그리고 계단에서 만난 로드에게 건넨 약품을 제 신호에 맞춰 화재가 난 방 안으로 던지게 하면, 폭발은 자연스럽게 일어날 수 있었다. 하지만 로드는 두 번째 계획까지는 몰랐다. 레오는 그저 로드에게 "신호에 맞춰 던지면, 그다음 내가 빠져나갈게."라고만 해두었으니 말이다.

파스스-

눈이 녹는다. 화력에 의해 주변의 한기가 모두 감춰진다. 새하얀 세상 속 붉은 불길이 피어올라 세계를 장식한다. 백색과 적색이 아름답게 어우러진다. 그곳 한 가운데에, 어쩌면 불꽃보다도 진한 색의 눈을 한 여자아이 2명이 서 있다. 그 아이들이, 레오를 향해 손을 흔든다. 레오는 마지막으로 그 모습을 눈에 담았다.

"…안녕, 리지. 보고 싶었어. 내가 갈게."

레오가 눈을 감자, 그 아이들의 형상은 더 이상 보이지 않는다.

그리고 곧 불길이 레오의 시체를 모두 덮을 때쯤.

레오와 로드가 일으킨 갑작스러운 상황을 뒤늦게 파악한 교원들이 불길과 연기들 사이로 그들의 형상을 좇기 시작했다.

하지만 그들이 레오의 시체 앞에 도착했을 때, 로드는 이미 레오의 유언을 이루어 주기로 다짐한 뒤였다.

───── 로드는 남은 체력을 끌어올려 울타리가 있는 남쪽 끝으로 달리기 시작했다. 여전히 그의 외투 속에 이젠 '그' 자체가 된 일기장이 있었고, 손에는 누군가의 손을 한번 거친 장갑이 있었다. 그가 달리는 동안, 그의 등 뒤에서 L의 이름이나, 레오의 이름이나 또 교원 서로의 이름을 부르는 고함 소리가 들리기도 했다. 로드는 L의 이름이 들릴 때 정말 기이할 정도의 폭소를 지었고, 또 레오의 이름이 들릴 때면 머리가 아플 정도로 소리치며 통곡하기도 했다. 그의 발은 멈출 줄을 몰랐고, 어느새 울타리에 다다랐을 때.

그곳에는 정말 레오의 말대로 아무도 없었다. 또한, 레오의 말대로 경비가 해제되어 전기가 흐르거나 하지도 않았다. 로드는 경비서는 교원도, 또 경비용 전류도 없는 그 울타리를 넘어갔다. 장갑을 낀 손이 경계를 넘어 그 너머에 닿는 순간, 그는 알아챘다.

자신은 정말 신이 아니었음을.

로드는, 지금껏 신은 그런 존재라고 생각했다. 전지전능하여 세상의 모든 것을 알고 있는 자. 동시에 만물과 만인을 포용해 줄 수 있는 자. 어떤 위험과 위기가 닥쳐도 일어서서 나아갈 수 있는 자, 또는 타인이 그럴 수 있게 토닥여 주는 자. 그랬기에 L이 적격자라는 말을 들었을 때 반발심에 몸부림쳤던 것이었고, 주변의 것을 잃을 대로 잃은 자신 또한 적격자라는 말을 들었을 때 좌절했던 것이었다.

"제인의 말이 맞았어. 나는 신이 아니야! 그래. 맞아! 내가, 내가 신이라면 지금 이렇게 죽은 아이들을 뒤로하고 이곳을 빠져나갈 리 없지, 그렇지! 그래. 오히려, 신은, 진짜 신은 오히려…."

그는 어쩌면 자신이 신이 아니라는 확신이 드는 것으로, 자괴감과 자책감을 씻고 있는 중일지도 모른다. 그는 아까부터 내내 외면하던 감정을 비집어내었다. 그리고 그 감정을 곧이곧대로 얼굴에 드러내기로 했다. 황홀감이었다. 또 해방감이었다. 그제야 그는 울타리를 타고 넘어 자신을 완전히 그 경계 밖으로 옮길 수 있었다.

그는 모든 것을 두고 왔지만, 여전히 그의 가슴 속 존재할 그녀와 그의 온기는 영원토록 남아 있으리라.

그는 계속해서 달렸다. 달리면서도, 그의 머릿속 그 어떤 말보다 깊게 자리 잡은 하나의 문장을 떠올렸다. **너는 신이 아니야,** 이 문장을 말이다. 그렇게 하며 안에서 타올라 자신을 괴롭히는 자책감을 연신 씻어냈다.

얼마나 달린 것인지, 중도에 자신을 찾으려는 교원들의 발걸음과 인기척이 느껴지기도 했지만 그는 멈추지 않고 달렸다. 이미 그의 체력은 울타리를 넘기도 전에 바닥이 되어버렸지만, 그는 초인적인 힘을 발휘할 이유가 아직 남아 있었다. 레오가 마치 L과의 싸움에서 그랬던 것처럼.

살아남으라는 제인과 레오의 유언. 그리고 그들의 목숨….

죄 없는 이곳 아이들의 다시 보지 못할 미소와 또 목숨까지.

"…그래, 들어줄게."

그는 또 다른 세상의 햇빛이 자신을 비출 때에서야 그 걸음을 멈췄다. 그 햇빛은 이곳의 아이들이 무의식에 갈망하고 열망했을 자유였으며, 또 레오의 소원인 하나의 삶이기도 했으며, 제인이 그토록 바랐을 로드의 구원이 되기도 했다.

"이뤘어, 내가…. 내가 이뤘어."

이제 더 이상 등 뒤의 인기척도 느껴지지 않았다. 이미 와버릴 대로 와버린 것. 그리고 아마 중간에 로드를 쫓던 교원들을 제지하는 교장의 지시 또한 있었을 것이다. 로드는 아직 거기까지 이해하진 못한 듯싶었지만, 교장은 이미 자유의 맛을 봐버린 적격자를 더 이상 살피려 하지도 않을 것이었고 더군다나 지금 그들에게 가장 중요시되는 일은 적격자의 도주이기도 하겠지만, 그렇게나 아꼈던 L의 죽음이기도 할 테니 말이다. 따라서 정도를 넘어선 추격을, 교장은 말렸으리라. 그리고 그곳 울타리 안에서 그들의 그 어떤 신조차 잃어버린 그들은, 결국 심연의 벌을 맛봤을 것이 분명하리라.

유일한 신을 모두 잃어버린 그들은 곧 가장 참혹한 벌을 받겠지. 기껏 배양한 신의 존재만이 자신들을 보람되게 하고 해방시켜 줄 수 있으리라 믿는 불완전한 그들에게, L의 죽음과 로드의 도주란 더 없이 절망으로의 길로 안내해 줄 수 있는 계기가 될 수 있을 것이다.

또 언제나 완벽함, 완전함에 가까운 이를 배양해 내기 위해 애썼던, 사실 그 누구보다 불완전했던 그들. 이젠 그 노릇이 자신들의 과오가 되어 더한 죄에 지나지 않는다는 사실을 알게 되기나 하였을까?

그야말로 멸망이었다. 시린 한겨울에 몰아친 고열의 폭풍이었다. 그 폭풍은 눈을 모조리 녹여버리는 것에서 그치지 않을 것이었다.
신을 잃은 그들은 한동안 울타리 안에서 진정한 현실의 쓴맛을 맛보다가, 결국 L과 같은 재가 되어버려 이곳, 이 세상을 떠나게 될 것이 분명하다. 더 이상 남은 것도 없는 그들이 삶을 연명할 이유란 찾을 수 없을 것이며, 이미 많은 수의 교원들이 타죽었기 때문에 재건이란 목표 설정도 불가능하겠지!

그건 그들의 죄를 향한 참된 형벌이다.
죄 없는 깨끗한 어린아이들을 데려다가 제멋대로 개조시킨 것,
자유에 거리를 둔 채 적격과 실격이라는 틀에 맞춰 제멋대로 기준을 세운 것,
사람의 생명이 고귀하다는 사실을 외면한 채 그들의 목숨을 해친 것.

그리고 딱 하나. 그들의 실수라 확언할 것이 있다면 이렇게 말할 수 있겠다.
그들의 세상에서 그들이 그토록 원하던 유일한 해방자를 제 손으로 죽인 것.
조건에 대체로 부합하며 어쩌면 조건을 초월하는 면까지 가지고

있는 이를,

  완벽함, 완전함과는 거리가 존재하는데도, 언제나 '자기 자신'을 알고 있었던, 진정한 이 현실의 바르고 올곧은 이를,

  놓쳐버린 것.

  제인, 그녀를 말이다.

작가의 말

안녕하세요. 《무제; 그들로부터》의 작가, 케이로 처음 인사드립니다. 제가 감히 작가라는 말을 저의 이름 곁에 두어도 될지 모르겠지만, 그럼에도 이렇게 책을 출판하게 되어 언제나 기쁘고 감사한 마음입니다.

저의 첫 소설인 《무제; 그들로부터》는 꽤나 무겁고 슬픈 이야기를 담고 있습니다. 주된 이야기가 어린아이들이 겪는 고군분투인데, 저는 사실 이런 주제로 언젠가 반드시 완결된 이야기를 쓰고 싶다고 생각해 왔습니다. 곰곰이 생각해 보면 우리 현실을 닮아 있기도 하기 때문일까요?

읽어보셨을지 모르겠지만, 사실 앞날개 작가 소개란에 이런 내용이 있습니다.

 '우리 이 사회는, 어린 학생들이 공부를 잘하는 것은 기본 소양 정도로 여기며, 어느 정도 성장한 어른들에겐 이보다 더한 책임의 짐을 지는 것을 요구합니다. 완벽함, 완전함. 우리는 언젠가부터 그런 기준들을 좇아가고 있어요. 그야말로 변질된 이상의 '적격자'를 추구하고 있는 것이 아닐까요? 따라서 저는 이 이야기를 그저 단순히 다른 세계의 이야기로 여기기엔, 이르다고 생각합니다.'

 앞서 저는 아직 이 세상을 겪은 지 17년밖에 되지 않아, 아는 것이 부족합니다. 하지만 저는 학교를 비롯하는 곳에서 다수의 사람의 이야기를 들으며 지니게 된 생각이 하나 있습니다. 말 그 자체로, 우리는 사람을 상대로 완벽함을 요구하는 것을 점점 당연하게 여긴다는 것입니다. 나이대를 가리지 않고 말입니다. 어린아이는 어린아이답게 자라야 한다는 말이 점점 예스러운 말이 되어가고 있고, 행복하게만 살자는 말이 점차 비현실적으로 여겨지고 있는 것만 같습니다.

 저는 이런 저의 생각을 허상의 이야기와 세계관 속에 스며들도록 담고 싶었습니다.

 제가 책 속에서 담지 못한 내용이 꽤 존재합니다.

 그 내용들을 이곳에서나마 조금 풀어보자면,

 먼저 아시다시피, 저는 책의 세계관 속 하나의 용어인 '신' 또는 '신의 적격자'를 현실이 추구하는 '완벽한 사람'으로 표현하고자 하였습니다. 또 '달콤한 디저트'를 이상과 현실의 부조화, 명예의

유혹, 그리고 더 나아가자면 '주변인들의 성취에 관한 속삭임'으로 들고자 하였으며, 또 이런 간접적인 의도와는 달리, 작중 '제인'이 겪은 '실험실에서의 고통'은, '보다 직설적이고 거리낌 없이 완벽을 속삭이는 우리 현실'을 표현하고자 했던 것이라 하고 싶습니다. 이 외에도 저는 현실에서 보고 겪은 것과 실존하는 사례 등을 바탕으로 한 가상의 이야기를 만들어보고 싶다는 생각을, 꽤 오래전부터 한 것 같습니다.

  즉, 정리하자면 저는 현실에서 느끼는 감정과 본 세계관 속 등장인물들이 느끼는 감정의 골이 그리 다르지만은 않을 것이라는 저의 생각을 전함과 동시에, 어린아이들이 느끼는 미성숙한 감정과 성장에 대해서도 표현하고 싶었습니다.
  그리하여 이러한 표현의 끝에는, 이 소설이 말하고자 하는 것이 하나 있습니다.
  작중 누군가의 말을 빌려볼까요?
  너는 신이 아니야.
  사람은 완벽할 필요 없어.

  이 외에도 소설 내 특정 색에 대한 상징과 해석, 등장인물 이름에 관한 해석, 그리고 본문 속 숨어 있는 내용과 결말에 대한 작은 퍼즐 요소들을 찾아 연관지어 보고 해석하는 것도, 하나의 재미가 될 수 있을 거라 생각합니다.

마지막까지 부족함이 가득한 글을 읽어주서서 감사합니다.
언젠간, 우리의 짐이 조금 덜어지게 되는 날이 오면 좋겠습니다.

케이 올림

초판 1쇄 발행 2025. 11. 27.

지은이 케이
펴낸이 김병호
펴낸곳 주식회사 바른북스

편집진행 황금주
디자인 김민지
마케팅 송송이 박수진 박하연

등록 2019년 4월 3일 제2019-000040호
주소 서울시 성동구 연무장5길 9-16, 301호 (성수2가, 블루스톤타워)
대표전화 070-7857-9719 | **경영지원** 02-3409-9719 | **팩스** 070-7610-9820

•바른북스는 여러분의 다양한 아이디어와 원고 투고를 설레는 마음으로 기다리고 있습니다.

이메일 barunbooks21@naver.com | **원고투고** barunbooks21@naver.com
홈페이지 www.barunbooks.com | **공식 블로그** blog.naver.com/barunbooks7
공식 포스트 post.naver.com/barunbooks7 | **페이스북** facebook.com/barunbooks7

ⓒ 케이, 2025
ISBN 979-11-7263-678-4 03810

•파본이나 잘못된 책은 구입하신 곳에서 교환해드립니다.
•이 책은 저작권법에 따라 보호를 받는 저작물이므로 무단전재 및 복제를 금지하며,
이 책 내용의 전부 및 일부를 이용하려면 반드시 저작권자와 도서출판 바른북스의 서면동의를 받아야 합니다.